LE FLAMBEAU

Paru dans Le Livre de Poche :

A.B.C. CONTRE POIROT
À L'HÔTEL BERTRAM
L'AFFAIRE PROTHEROE
ALLÔ ! HERCULE POIROT
ASSOCIÉS CONTRE LE CRIME
LE BAL DE LA VICTOIRE
BLACK COFFEE
CARTES SUR TABLE
LE CHAT ET LES PIGEONS
LE CHEVAL À BASCULE
LE CHEVAL PÂLE
CHRISTMAS PUDDING
CINQ HEURES VINGT-CINQ
CINQ PETITS COCHONS
LE CLUB DU MARDI CONTINUE
LE COUTEAU SUR LA NUQUE
LE CRIME DE L'ORIENT-EXPRESS
LE CRIME D'HALLOWEEN
LE CRIME DU GOLF
LE CRIME EST NOTRE AFFAIRE
LA DERNIÈRE ÉNIGME
DESTINATION INCONNUE
DIX BRÈVES RENCONTRES
DIX PETITS NÈGRES
DRAME EN TROIS ACTES
LE FLUX ET LE REFLUX
L'HEURE ZÉRO
L'HOMME AU COMPLET MARRON
LES INDISCRÉTIONS D'HERCULE POIROT
JE NE SUIS PAS COUPABLE
JEUX DE GLACES
LA MAISON BISCORNUE
LA MAISON DU PÉRIL
LE MAJOR PARLAIT TROP
MARPLE, POIROT, PYNE ET LES AUTRES
MEURTRE AU CHAMPAGNE
LE MEURTRE DE ROGER ACKROYD
MEURTRE EN MÉSOPOTAMIE
LE MIROIR SE BRISA
MISS MARPLE AU CLUB DU MARDI
MON PETIT DOIGT M'A DIT
LA MORT DANS LES NUAGES
LA MORT N'EST PAS UNE FIN
MORT SUR LE NIL
MR BROWN
MR PARKER PYNE
MR QUINN EN VOYAGE
MRS MCGINTY EST MORTE
LE MYSTÈRE DE LISTERDALE
LA MYSTÉRIEUSE AFFAIRE DE STYLES
LE MYSTÉRIEUX MR QUINN
N OU M ?
NÉMÉSIS
LE NOËL D'HERCULE POIROT
LA NUIT QUI NE FINIT PAS
PASSAGER POUR FRANCFORT
LES PENDULES
PENSION VANILOS
LA PLUME EMPOISONNÉE
POIROT JOUE LE JEU
POIROT QUITTE LA SCÈNE
POIROT RÉSOUT TROIS ÉNIGMES
POURQUOI PAS EVANS ?
LES QUATRE
RENDEZ-VOUS À BAGDAD
RENDEZ-VOUS AVEC LA MORT
LE SECRET DE CHIMNEYS
LES SEPT CADRANS
TANT QUE BRILLERA LE JOUR
TÉMOIN À CHARGE
TÉMOIN INDÉSIRABLE
TÉMOIN MUET
LE TRAIN BLEU
LE TRAIN DE 16 H 50
LES TRAVAUX D'HERCULE
TROIS SOURIS...
LA TROISIÈME FILLE
UN CADAVRE DANS LA BIBLIOTHÈQUE
UN MEURTRE EST-IL FACILE ?
UN MEURTRE SERA COMMIS LE...
UN, DEUX, TROIS...
UNE MÉMOIRE D'ÉLÉPHANT
UNE POIGNÉE DE SEIGLE
LES VACANCES D'HERCULE POIROT
LE VALLON

AGATHA CHRISTIE

Le Flambeau

TRADUIT DE L'ANGLAIS PAR JEAN-PAUL MARTIN

LIBRAIRIE DES CHAMPS-ÉLYSÉES

Titre original :

THE HOUND OF DEATH AND OTHER STORIES

ISBN : 978-2-253-18207-8 - 1re publication LGF

LE CHIEN DE LA MORT

(The Hound of Death)

Ce fut William P. Ryan, le correspondant d'un journal américain, qui me parla le premier de cette affaire. Dînant avec lui à Londres, la veille de son retour à New York, je lui racontai que je devais me rendre à Folbridge le lendemain.

Il me regarda et demanda vivement :

— Folbridge, Cornouailles ?

Il y a à peu près une personne sur mille qui sait, aujourd'hui, qu'il existe un Folbridge en Cornouailles. On pense d'ordinaire à Folbridge, Hampshire. Aussi, la question de Ryan éveilla ma curiosité.

— Oui, dis-je. Vous connaissez ?

Il me répondit simplement qu'il voulait bien être pendu... Puis il me demanda si je connaissais une maison du nom de Trearne.

J'étais de plus en plus intéressé.

— Très bien ! lui répondis-je. En fait, c'est à Trearne que je vais. C'est la maison de ma sœur.

— Eh bien, ça alors ! s'exclama Ryan. Ça dépasse tout !

Je le priai de cesser de s'exprimer par énigmes et de s'expliquer.

— Ma foi, pour ça, il va falloir que je vous parle d'une aventure qui m'est arrivée au début de la guerre.

Je soupirai. Nous étions en 1921. S'il y avait une

chose dont on n'avait pas envie d'entendre parler, c'était bien de la guerre. Dieu merci, on commençait à l'oublier ! En outre, je savais que William P. Ryan pouvait être intarissable sur le sujet.

Mais il était désormais impossible de l'arrêter.

— Au début de la guerre, comme vous le savez sans doute, mon journal m'avait envoyé en Belgique. Il y a là un petit village... Bon, je l'appellerai X. Un trou s'il en fût jamais, mais où se trouvait un couvent assez important avec des religieuses en blanc — je ne sais pas comment on les appelait ni à quel ordre elles appartenaient. Peu importe. Et ce village se trouvait juste sur la route de l'avance allemande. Les Uhlans arrivèrent...

Je m'agitai, mal à l'aise. William P. Ryan me rassura du geste.

— N'ayez pas peur, dit-il. Il ne s'agit pas d'une histoire à propos des atrocités allemandes. Ça aurait pu l'être, sans doute, mais ça ne l'est pas. En fait, ce ne sont pas eux qui portent le chapeau. Les Huns ont fait leur entrée dans ce couvent... et tout a explosé.

— Oh ! fis-je, un peu abasourdi.

— Curieux, non ? Bien sûr, à première vue on aurait pu penser que les Huns, ayant un peu trop bu, avaient fait les imbéciles avec leurs propres explosifs. Mais il semble qu'ils n'en avaient pas avec eux. Ils ne faisaient pas partie du génie. Dans ce cas, me direz-vous, qu'est-ce qu'une bande de bonnes sœurs pouvait connaître aux explosifs ? Drôles de bonnes sœurs, non ?

— Bizarre, en effet.

— J'ai voulu savoir ce que les paysans alentour en pensaient. Pour eux, cela ne faisait pas un pli : c'était un de ces miracles exemplaires des temps modernes, réussi à cent pour cent. L'une des religieuses, qui avait la réputation d'être une espèce de sainte en herbe, serait entrée en transes et aurait eu des visions. Toujours d'après eux, c'était elle qui aurait accompli cet exploit. Elle aurait appelé la foudre à descendre sur le Hun impie — et celle-ci serait bel et bien descendue, le faisant sauter et tout le reste alentour. Un joli petit miracle, ça !

» Je n'ai jamais découvert le fin mot de l'énigme ; le temps m'a manqué. Mais les miracles faisaient fureur à l'époque — les anges de Mons et tout ça. J'ai raconté l'histoire, en y ajoutant ce qu'il faut d'émotion, en faisant aussi ressortir son aspect religieux, et je l'ai expédiée à mon journal. L'article a eu beaucoup de succès aux Etats-Unis. Ils adoraient ce genre de choses dans ce temps-là.

» Mais — je ne sais pas si vous allez comprendre ça — au fur et à mesure que je l'écrivais, cette histoire m'intéressait de plus en plus. Je voulais savoir ce qui s'était réellement passé. Sur les lieux, il n'y avait plus rien à voir. Il ne restait debout que deux pans de murs, et sur l'un d'eux on distinguait une trace de poudre noire qui avait la forme d'un grand chien.

Les gens avaient une peur bleue de cette trace noire. Ils l'appelaient le Chien de la Mort, et rien n'aurait pu les amener à passer par là, la nuit tombée.

Les croyances populaires sont toujours intéressantes à étudier. J'aurais aimé rencontrer la bonne sœur qui avait accompli cet exploit. Il semblait qu'elle ait survécu et qu'elle soit partie pour l'Angleterre avec un convoi de réfugiés. J'ai pris la peine de retrouver sa piste et j'ai appris ainsi qu'elle avait été envoyée à la maison Trearne, à Folbridge, Cornouailles.

Je hochai la tête.

— Au début de la guerre, ma sœur a recueilli des réfugiés belges. Environ une vingtaine.

— Je m'étais toujours promis quand j'aurais le temps d'aller voir cette dame. Je voulais entendre sa version du désastre. Et puis, toujours occupé à une chose ou une autre, ça m'est sorti de l'esprit. D'autant plus que les Cornouailles ne sont pas exactement sur mon chemin. En fait, j'avais oublié toute l'histoire jusqu'au moment où vous avez mentionné Folbridge.

— Il faudra que j'en touche un mot à ma sœur. Elle en a peut-être entendu parler. Evidemment, il y a longtemps que les Belges ont été rapatriés.

— Bien sûr. Mais tout de même, si votre sœur savait quelque chose, je serais content que vous me teniez au courant.

— Promis, dis-je de grand cœur.

Et nous en restâmes là.

C'est seulement deux jours après mon arrivée à Trearne, que je me rappelai cette histoire. Ma sœur et moi, nous prenions le thé sur la terrasse.

— Kitty, lui demandai-je, parmi tes Belges, il n'y avait pas une religieuse ?

— Tu penses à sœur Marie-Angélique ?

— Peut-être, dis-je sans trop m'avancer. Parle-moi d'elle.

— Oh ! Seigneur... C'est une très étrange créature. Elle est toujours ici, tu sais.

— Quoi ? Dans cette maison ?

— Non, non. Au village. Le Dr Rose... Tu te souviens du Dr Rose ?

Je secouai la tête.

— Je me rappelle un vieux monsieur d'environ quatre-vingt-trois ans.

— Le Dr Laird. Oh ! il est mort. Le Dr Rose n'est ici que depuis quelques années. Il est très jeune et très porté sur les idées nouvelles. Il s'est beaucoup intéressé à sœur Marie-Angélique. Elle a des hallucinations, tu vois, ce genre de choses, et apparemment, d'un point de vue médical, elle serait tout à fait passionnante. La pauvre, elle n'avait pas où aller ; à mon avis elle est complètement fêlée mais très touchante, si tu vois ce que je veux dire. Bref, comme je le disais, elle n'avait nulle part où aller, alors le Dr Rose s'est très gentiment occupé de l'installer au village. Je crois qu'il écrit une monographie à son sujet ou Dieu sait comment on appelle ce genre de chose.

Elle s'arrêta puis me demanda :

— Mais d'où la connais-tu ?

— On m'a raconté une curieuse histoire à son propos.

Et je lui rapportai le récit de Ryan. Kitty m'écoutait avec grand intérêt.

— Elle a bien l'air d'une personne capable de vous faire sauter, si tu vois ce que je veux dire.

Ma curiosité ne faisait que grandir.

— Je crois qu'il faut que je rencontre cette jeune femme.

— Fais-le. J'aimerais savoir ce que tu en penses. Commence par aller voir le Dr Rose. Pourquoi n'irais-tu pas jusqu'au village après le thé ?

Ce que je fis.

Je trouvai le Dr Rose chez lui et me présentai. C'était apparemment un charmant jeune homme, et pourtant il y avait en lui quelque chose de repoussant. Quelque chose de trop violent pour être agréable.

Dès l'instant où je prononçai le nom de sœur Marie-Angélique, son attention fut éveillée. De toute évidence, je l'intéressais beaucoup. Je lui rapportai le récit de Ryan.

— Ah ! dit-il, songeur. Cela explique bien des choses.

Il me lança un rapide coup d'œil et poursuivit :

— C'est un cas vraiment extraordinaire ! Elle est arrivée ici après avoir manifestement subi un choc psychologique grave. Et dans un état d'agitation extrême. Elle était sujette à des hallucinations stupéfiantes. Sa personnalité est tout à fait insolite. Peut-être aimeriez-vous que nous allions la voir ensemble ? Je crois que cela en vaut la peine.

J'acceptai aussitôt.

Nous partîmes ensemble. Notre objectif était une petite maison située à la lisière du village. Localité pittoresque, Folbridge est bâtie sur la rive orientale de la Fol, presque à son embouchure — la rive ouest est trop escarpée — encore que quelques maisons s'accrochent à la falaise. C'était d'ailleurs à l'extrémité ouest de la falaise que se trouvait perchée la maison du médecin. De là, on pouvait contempler les vagues qui venaient se briser contre les rochers noirs.

La petite maison où nous nous rendions se situait, elle, à l'intérieur des terres, hors de vue de la mer.

— C'est là qu'habite l'infirmière du canton, m'expliqua le Dr Rose. Sur ma demande, elle a bien voulu prendre sœur Marie-Angélique en pension. Il n'est pas mauvais, d'ailleurs, qu'elle soit sous une surveillance éclairée.

— Elle a un comportement normal ? demandai-je avec curiosité.

— Vous en jugerez vous-même dans un instant, répondit-il avec un sourire.

L'infirmière, une petite créature boulotte et avenante, s'apprêtait à enfourcher sa bicyclette quand nous arrivâmes.

— Bonsoir, miss ! lui lança le médecin. Comment va votre patiente ?

— Comme d'habitude, docteur. Elle est assise, les mains jointes et l'esprit ailleurs. La plupart du temps, elle ne répond pas quand je lui parle, mais il est vrai qu'elle comprend toujours très mal l'anglais.

Rose hocha la tête et, tandis que l'infirmière s'éloignait sur sa bicyclette, il alla à la porte, frappa un petit coup sec et entra.

Sœur Marie-Angélique était étendue sur une chaise longue près de la fenêtre. A notre arrivée, elle tourna la tête.

Je découvris un visage étrange — pâle, presque translucide, avec des yeux immenses. Des yeux qui paraissaient exprimer une tragédie infinie.

— Bonsoir, ma sœur, dit le médecin en français.

— Bonsoir, docteur.

— Permettez-moi de vous présenter un ami, Mr Anstruther.

Je la saluai et elle inclina la tête avec un petit sourire.

— Comment vous sentez-vous aujourd'hui ? demanda Rose en s'asseyant près d'elle.

— Comme d'habitude. (Elle demeura un instant silencieuse et reprit :) Rien ne me semble réel. Sont-ce des jours qui passent, des mois ou des années ? Je n'en sais rien. Seuls mes rêves me semblent réels.

— Vous rêvez toujours beaucoup ?

— Toujours... toujours... et, comment vous dire ?

— Mes rêves me semblent plus vrais que la vie.

— Vous rêvez de votre pays ? De la Belgique ?

Elle secoua la tête.

— Non. Je rêve d'un pays qui n'a jamais, jamais existé. Mais vous le savez, docteur, je vous l'ai dit bien souvent. (Elle s'arrêta, puis demanda soudain :) Mais ce monsieur est peut-être également médecin ? Médecin pour les maladies du cerveau ?

— Non, non, dit Rose, d'un ton rassurant.

Comme il souriait, je remarquai ses canines terriblement pointues. Il y avait du loup chez cet homme-là.

— J'ai pensé que vous aimeriez faire la connaissance de Mr Anstruther. Il connaît la Belgique et, récemment, il a entendu parler de votre couvent.

Elle tourna son regard vers moi et rougit légèrement.

— Ce n'est pas grand-chose, m'empressai-je de rectifier. Mais j'ai dîné l'autre soir avec un ami qui m'a décrit les ruines de votre couvent.

— Alors, il est en ruine ! s'exclama-t-elle doucement, plus pour elle-même que pour nous.

De nouveau elle me regarda et me demanda, en hésitant :

— Dites-moi, monsieur, est-ce que votre ami vous a expliqué comment... de quelle façon il avait été détruit ?

— Par une explosion, dis-je, et j'ajoutai : Les paysans ont peur de passer par là, la nuit.

— De quoi ont-ils peur ?

— D'une marque noire qu'on voit sur un mur. Ils en ont une crainte superstitieuse.

Elle se pencha vers moi :

— Dites-moi, monsieur... vite... vite ! A quoi ressemble cette marque ?

— Elle a la forme d'un énorme chien. Les paysans l'appellent le Chien de la Mort.

— Ah !

Un cri aigu lui échappa.

— Alors, c'est vrai... c'est bien vrai ! Tout ce que je me rappelle est vrai ! Ce n'est pas simplement un cauchemar ! C'est vraiment arrivé !

— Qu'est-ce qui est arrivé, ma sœur ? demanda le médecin à voix basse.

Elle se tourna vivement vers lui.

— *Je m'en suis souvenue*. Là, sur les marches, je m'en suis souvenue. Je me suis rappelé comment faire. J'ai usé du pouvoir comme nous avions appris à en user. Debout sur les marches de l'autel, je leur ai ordonné d'arrêter. De partir en paix. Ils n'ont pas voulu m'écouter, ils ont continué d'avancer malgré ma mise en garde. Et alors... (elle se pencha et fit un mouvement bizarre). Et alors, j'ai lâché sur eux le Chien de la Mort...

Elle se laissa retomber sur sa chaise longue, tremblante et les yeux clos.

Le médecin se leva, alla prendre un verre dans le buffet, le remplit d'eau à moitié, ajouta deux gouttes d'une fiole qu'il tira de sa poche puis le lui apporta.

— Buvez, ordonna-t-il.

Elle but — machinalement, semble-t-il. Elle avait le regard lointain, comme si elle contemplait une vision intérieure.

— Mais alors, tout est vrai, dit-elle. Tout. La Cité des Cercles, le Peuple du Cristal... tout. Tout est vrai.

— On dirait, déclara Rose d'une voix douce et apaisante, plutôt faite pour encourager que pour détourner le cours de ses pensées.

— Parlez-moi de la Cité, demanda-t-il. La Cité des Cercles, c'est bien ça ?

Absente, elle répondit machinalement :

— Oui... il y avait trois cercles. Le premier destiné aux élus, le deuxième aux prêtresses et le cercle extérieur aux prêtres.

— Et au centre ?

Elle respira fortement et sa voix prit un ton de crainte révérentielle indescriptible.

— La Maison du Cristal...

Tandis qu'elle soufflait ces mots, de la main, elle traça un signe sur son front.

Elle parut se raidir, ferma les yeux, oscilla légèrement — puis se redressa brusquement, comme si elle se réveillait soudain.

— Qu'y a-t-il ? demanda-t-elle, troublée. Qu'est-ce que j'ai dit ?

— Rien, répondit Rose. Vous êtes fatiguée. Vous avez besoin de repos. Nous allons vous laisser.

Elle paraissait comme étourdie lorsque nous prîmes congé.

— Eh bien, me demanda Rose, une fois dehors, qu'en pensez-vous ?

Il me lança un regard en coin, inquisiteur.

— J'imagine qu'elle a l'esprit complètement dérangé, dis-je lentement.

— C'est l'effet qu'elle vous a fait ?

— Non — en vérité elle était... eh bien, étrangement convaincante. En l'écoutant, j'avais l'impression qu'elle avait réellement fait ce qu'elle prétend avoir fait : une espèce de gigantesque miracle. Elle paraissait y croire sincèrement. C'est pourquoi...

— C'est pourquoi vous dites qu'elle doit avoir l'esprit dérangé. Très bien. Mais considérez maintenant la question sous un autre angle. Supposez qu'elle ait vraiment accompli ce miracle, supposons qu'elle ait bien, personnellement, détruit un édifice et provoqué la mort de plusieurs centaines de personnes.

— Par le simple exercice de sa volonté ? demandai-je avec un sourire ?

— Je ne formulerais pas cela ainsi. Vous voudrez bien convenir qu'une seule personne peut en détruire une multitude en touchant le commutateur qui déclenche un dispositif de mines.

— Oui, mais c'est mécanique.

— C'est vrai, c'est mécanique. Mais à la base, cela consiste à maîtriser des forces naturelles. Il n'y a pas de différence fondamentale entre un orage et une centrale électrique.

— Oui, mais pour maîtriser l'orage il faut disposer de moyens mécaniques.

Rose sourit.

— Je vais maintenant aborder le sujet sous un autre angle. Il existe une substance que l'on appelle essence de gaulthérie ou de wintergreen. On la trouve dans la nature sous forme végétale. L'homme peut également en réaliser la synthèse en laboratoire.

— Eh bien ?

— Je veux dire par là qu'il y a souvent deux manières d'arriver au même résultat. Le nôtre est, en général, la synthèse. Il peut y en avoir un autre. Les résultats extraordinaires obtenus par les fakirs indiens, par exemple, ne peuvent s'expliquer de façon simple. Ce que nous qualifions de surnaturel n'est en fait qu'un naturel dont nous n'avons pas encore compris les lois.

— C'est-à-dire ? demandai-je, fasciné.

— Que je ne peux pas totalement rejeter la possibilité qu'un être humain soit capable de déclencher une énorme force destructrice et de l'utiliser à ses propres fins. Il y parviendrait par des moyens qui nous paraîtraient surnaturels, mais qui ne le seraient pas en réalité.

Je le regardai, les yeux ronds.

Il se mit à rire.

— Simple spéculation, dit-il d'un ton léger. Dites-moi, avez-vous remarqué son geste quand elle a parlé de la Maison du Cristal ?

— Elle a porté la main à son front.

— Exactement. Et elle y a tracé un cercle. Comme un catholique ferait le signe de la croix. Et je vais vous dire quelque chose d'intéressant, Mr Anstruther ; le mot « cristal » revenant très souvent dans les discours de ma patiente, j'ai tenté une expérience. J'ai emprunté une boule de cristal à quelqu'un et je la lui ai mise brusquement sous les yeux, pour voir sa réaction.

— Et alors ?

— Alors, elle a réagi de façon curieuse et significative. Tout son corps s'est raidi. Elle l'a regardée comme si elle n'en croyait pas ses yeux. Puis elle est tombée à genoux devant elle, a murmuré quelques mots et a perdu connaissance.

— Quels étaient ces quelques mots ?

— Des mots bizarres. Elle a dit : *Le cristal ! Alors la Foi vit encore !*

— Voilà qui est extraordinaire !

— Et révélateur, non ? Mais il y a autre chose de tout aussi curieux. Quand elle a repris connaissance, elle avait tout oublié. Je lui ai montré la boule de cristal en lui demandant si elle savait ce que c'était. Elle m'a répondu que c'était sans doute une de ces boules qu'utilisent les voyantes. Je lui ai demandé si elle en avait déjà vu. Elle m'a répondu : « Jamais, docteur. » Mais je voyais dans ses yeux qu'elle était perplexe. « Qu'est-ce qui vous trouble, ma sœur ? » ai-je demandé. Et elle m'a répondu : « C'est très étrange. Je n'avais jamais vu de boule de cristal et pourtant il me semble que je connais ça très bien. Il y a quelque chose... si seulement je pouvais me souvenir... » L'effort de mémoire qu'elle faisait lui était manifestement si pénible que je lui interdis d'y penser. Ceci s'est passé il y a deux semaines. J'avais décidé d'attendre. Mais, demain, je tenterai une nouvelle expérience.

— Avec la boule de cristal ?

— Avec la boule de cristal. Je vais lui demander de la fixer. Le résultat devrait se révéler intéressant.

— Qu'espérez-vous ?

Cette question banale produisit sur Rose un effet inattendu. Il se raidit, rougit et me parut imperceptiblement changé. Plus cérémonieux, plus professionnel.

— J'espère faire la lumière sur certains troubles mentaux que l'on ne comprend pas très bien. Sœur Marie-Angélique est un sujet d'étude très intéressant.

L'intérêt de Rose était-il uniquement professionnel ? Je me posais la question.

— Me permettrez-vous d'y assister ? demandai-je.

Etait-ce imagination de ma part ? Il me sembla qu'il hésitait avant de répondre. J'eus soudain l'impression qu'il ne voulait pas de moi.

— Certainement. Je n'y vois aucune objection.

Et il ajouta :

— Je suppose que vous n'allez pas rester ici très longtemps ?

— Je pars après-demain.

J'eus le sentiment que ma réponse lui plaisait. Son visage s'éclaira et il se mit à parler de ses récentes expériences sur des cobayes.

Comme convenu, je passai le prendre le lendemain après-midi et nous nous rendîmes ensemble chez sœur Marie-Angélique. Rose, cette fois, débordait de cordialité. Selon moi, il était désireux d'effacer l'impression qu'il m'avait faite la veille.

— Il ne faut pas prendre trop au sérieux tout ce que je vous ai raconté, dit-il en riant. Je ne voudrais pas que vous voyiez en moi un amateur de sciences occultes. Le malheur, c'est que j'ai l'incorrigible faiblesse de vouloir résoudre des cas.

— Vraiment ?

— Oui, et plus le cas est extraordinaire, plus je m'y attache.

Il rit, comme on rit d'une innocente manie.

Quand nous arrivâmes, le médecin fut accaparé par l'infirmière qui voulait le consulter et je restai en tête à tête avec sœur Marie-Angélique.

Elle me regarda attentivement.

— L'infirmière me dit que vous êtes le frère de la dame qui habite la grande maison où l'on m'a amenée quand je suis arrivée de Belgique.

— Oui, confirmai-je.

— Elle a été très gentille avec moi. Elle est très bonne.

Elle demeura un instant silencieuse, comme si elle suivait le cours de ses pensées. Puis elle me demanda :

— Le docteur est bon aussi ?

Je me sentis quelque peu embarrassé.

— Eh bien, oui. Enfin... je crois.

— Ah ! (Elle s'arrêta. Puis elle poursuivit :) En tout cas il s'est toujours montré très bon avec moi.

— Je n'en doute pas.

Elle me lança un coup d'œil perçant.

— Monsieur... vous qui êtes en train de me parler... est-ce que vous me croyez folle ?

— Mais, ma sœur, une idée pareille ne m'est jamais...

Elle hocha lentement la tête, interrompant mes protestations.

— Est-ce que je suis folle ? Je ne sais pas... Les choses que je me rappelle... Les choses que j'oublie...

Elle soupira et à cet instant Rose entra dans la pièce.

Il la salua gaiement et lui expliqua ce qu'il attendait d'elle.

— Certaines personnes ont le don de voir des choses dans une boule de cristal. Je me suis dit, ma sœur, que vous possédiez peut-être un tel don.

Elle parut effrayée.

— Non, non, je ne peux pas faire ça. Tenter de lire l'avenir, c'est un péché.

Rose en fut déconcerté. Il n'avait pas pensé au point de vue religieux. Il changea habilement son fusil d'épaule...

— Il ne faut pas tenter de voir l'avenir. Vous avez tout à fait raison. Mais voir dans le passé... c'est différent.

— Le passé ?

— Oui. On trouve bien des choses étranges dans le passé. Elles reviennent par éclairs, on les distingue un instant, puis elles disparaissent. Ne cherchez pas à voir quoi que ce soit dans la boule de cristal puisque vous n'en avez pas le droit. Prenez-la seulement dans vos mains... comme ceci et regardez. Regardez bien. Oui... plus loin, encore plus loin... Vous vous souvenez, n'est-ce pas ? Oui, vous vous souvenez. Vous m'entendez vous parler. Vous pouvez répondre à mes questions. Vous ne m'entendez pas ?

Sœur Marie-Angélique avait pris la boule de cristal comme on l'en avait priée et la tenait d'une façon curieusement déférente. Et puis, comme elle la fixait intensément, son regard devint vide, aveugle, sa tête s'affaissa. Elle paraissait endormie.

Le médecin lui retira doucement la boule de cristal des mains et la posa sur la table. Il lui souleva la paupière puis vint s'asseoir près de moi.

— Il faut attendre qu'elle se réveille. Ce ne sera pas long, je pense.

Il ne se trompait pas. Cinq minutes plus tard, sœur Marie-Angélique s'agitait. Elle ouvrit des yeux encore pleins de sommeil.

— Où suis-je ?

— Vous êtes ici, chez vous. Vous avez fait un petit somme. Vous avez rêvé n'est-ce pas ?

— Oui, j'ai rêvé.

— Vous avez rêvé du Cristal ?

— Oui.

— Parlez-moi de lui.

— Vous allez me prendre pour une folle, docteur. Car, voyez-vous, dans mon rêve le Cristal était un emblème sacré. J'ai même vu un deuxième Christ, un Maître du Cristal mort pour sa foi, ses disciples traqués, persécutés... Mais la foi est demeurée. Oui, pendant quinze mille pleines lunes... je veux dire, pendant quinze mille ans.

— Quelle était la durée d'une pleine lune ?

— Treize lunes ordinaires. Oui, ce fut au cours de la quinze millième pleine lune, bien sûr. J'étais prêtresse du Cinquième Signe dans la Maison du Cristal. Nous étions aux premiers jours de la venue du Sixième Signe...

Ses sourcils se rejoignirent, elle eut l'air soudain effrayée.

— Trop tôt, murmura-t-elle. Trop tôt. Une erreur... ! Ah ! oui, je me souviens ! Le Sixième Signe...

Elle faillit sauter sur ses pieds, mais retomba assise. Elle se passa la main sur le visage et murmura :

— Mais qu'est-ce que je raconte ? Je divague. Ces choses ne se sont jamais produites.

— Allons, ne vous tourmentez pas.

Angoissée, elle le regarda avec inquiétude.

— Docteur, je ne comprends pas. Pourquoi ces rêves, ces fantasmes ? J'avais à peine seize ans quand j'ai pris le voile. Je n'ai jamais voyagé. Et pourtant je rêve de villes, de gens, de coutumes étranges. Pourquoi ?

Elle se prit la tête à deux mains.

— Vous a-t-on déjà hypnotisée, ma sœur ? Vous êtes-vous déjà trouvée en état de transe ?

— On ne m'a jamais hypnotisée, docteur. Quant aux transes, quand je priais à la chapelle, mon esprit s'est souvent séparé de mon corps ; je suis restée comme morte pendant des heures. C'était sans aucun doute un état de béatitude comme disait la Révérende Mère... un état de grâce. Ah ! oui (elle retint son souffle). *Je me souviens, nous aussi, nous appelions cela un état de grâce.*

— Je voudrais tenter une expérience, ma sœur, dit Rose d'un ton égal. Elle dissipera peut-être ces douloureuses bribes de souvenirs. Je vais vous demander de fixer de nouveau le cristal. Je prononcerai alors un certain mot. Vous répondrez par un autre. Nous poursuivrons ainsi jusqu'à ce que vous soyez fatiguée. Concentrez-vous sur le cristal, pas sur les mots.

Tandis que je déposais à nouveau la boule de cristal dans les mains de sœur Marie-Angélique, je remarquai avec quel respect révérentiel elle la prenait. La boule reposait sur le velours noir entre ses doigts délicats. Elle la fixa de son beau regard profond. Un bref silence suivit, puis le docteur dit :

— *Chien.*

Aussitôt, sœur Marie-Angélique répondit :

— *Mort.*

Il n'est pas dans mon propos de rapporter le récit complet de l'expérience. Le médecin glissa exprès de nombreux mots sans importance et sans signification particulière. Il y en eut d'autres qu'il répéta à plusieurs reprises, obtenant parfois la même réponse, parfois une réponse différente.

Ce soir-là, dans la maison du docteur, sur la falaise, nous discutâmes des résultats de l'expérience.

Il s'éclaircit la gorge et ouvrit son carnet de notes.

— Ces résultats sont très intéressants... et très curieux. En réponse aux mots Sixième Signe nous obtenons invariablement *Destruction, Violet, Chien, Pouvoir,* puis de nouveau *Destruction,* et à la fin *Pouvoir*. Après quoi, comme vous l'avez peut-être remarqué, j'ai inversé le procédé avec les résultats suivants : En réponse à *Destruction* j'ai obtenu *Chien* ; à *Violet, Pouvoir* ; à *Chien*, de nouveau *Mort*, et à *Pouvoir, Chien.* Tout cela paraît cohérent, mais quand j'ai répété *Destruction* j'ai obtenu *Mer*, ce qui paraît n'avoir aucun rapport. Pour les mots Cinquième Signe, j'ai obtenu *Bleu, Pensées, Oiseau, Bleu* encore, et enfin une phrase assez significative : *Ouverture d'esprit à esprit*. Etant donné que les mots Quatrième Signe entraînent pour réponse *Jaune*, puis *Lumière*, et que la réponse à Premier Signe est *Sang*, j'en conclus qu'à chaque Signe correspond une couleur particulière et peut-être un symbole particulier, celui du Cinquième Signe étant un *Oiseau* et celui du Sixième un *Chien*. Quoi qu'il en soit, je présume que le Cinquième Signe correspond à ce qu'on appelle familièrement la télépathie, l'ouverture d'esprit à esprit. Le Sixième Signe représente sans aucun doute le Pouvoir de Destruction.

— Et quel sens attribuez-vous à *Mer ?*

— Là, j'avoue que je n'ai pas d'explication. J'ai glissé le mot de nouveau par la suite et j'ai obtenu la réponse habituelle : *Bateau*. Pour le Septième Signe, j'ai eu d'abord *Vie*, et la deuxième fois, *Amour*. Pour le Huitième Signe, elle m'a répondu *Rien*. D'où j'en ai déduit que les signes sont au nombre de sept.

— Mais nous n'avons pas atteint le Septième, dis-je, pris d'une inspiration soudaine. Puisque au Sixième elle a répondu *Destruction !*

— Ah ! vous pensez ? Je crois que nous sommes

en train de prendre ces... folles divagations trop au sérieux. Elles ont un intérêt purement médical.

— Mais elles retiendront sûrement l'attention de la recherche psychique.

Le médecin fronça les sourcils.

— Mon cher ami, je n'ai pas l'intention de les rendre publiques.

— Pourquoi vous y intéressez-vous, alors ?

— C'est purement personnel. Bien entendu, je prendrai note de mes observations.

— Je vois.

Mais, pour la première fois, j'avais l'impression, comme l'aveugle, de ne rien voir du tout. Je me levai.

— Eh bien, je vous souhaite une bonne nuit, docteur. Je rentre à Londres demain.

— Ah !

Il y avait de la satisfaction, du soulagement peut-être, dans cette exclamation.

— Et bonne chance pour vos recherches, ajoutai-je d'un ton léger. Ne lâchez pas sur moi le Chien de la Mort à notre prochaine rencontre !

A cet instant, j'avais sa main dans la mienne et je sentis qu'il sursautait. Il se reprit bien vite et un sourire découvrit ses dents pointues.

— Pour un homme qui aime le pouvoir, quel pouvoir ce serait ! dit-il. Tenir la vie de tous les êtres humains dans le creux de sa main !

Son sourire s'élargit encore.

Je n'eus pas d'autres rapports directs avec cette affaire.

Par la suite, je devais avoir entre les mains le carnet de notes du médecin et son journal. On en trouvera reproduits ci-après quelques passages, mais vous comprendrez qu'ils ne sont venus en ma possession que beaucoup plus tard.

» *5 août*. Ai découvert que pour sœur M.-A., les "Elus" désignent ceux qui perpétuent la race. On les tenait en grand honneur, semble-t-il, et on les considérait comme supérieurs aux membres de la prêtrise. Comparer avec les premiers chrétiens.

» *7 août*. Ai convaincu sœur M.-A. de se laisser hypnotiser. Suis parvenu à provoquer un sommeil hypnotique et un état de transe mais sans réussir à établir un *rapport*.

» *9 août*. Y a-t-il eu dans le passé des civilisations auprès desquelles la nôtre ne serait rien ? Etrange s'il en était ainsi et si j'étais le seul homme à en posséder la clef...

» *12 août*. Sœur M.-A. est réfractaire à la suggestion en état d'hypnose. Facile, en revanche, de provoquer un état de transe. Incompréhensible.

» *13 août*. Sœur M.-A. a déclaré aujourd'hui qu'en état de grâce, la porte doit être fermée, de peur qu'un autre ne veuille gouverner son corps. Intéressant — mais déroutant.

» *18 août*. Ainsi le Premier Signe n'est rien d'autre que... *(plusieurs mots biffés)*... combien de siècles faudra-t-il alors pour atteindre le Sixième ? Et s'il existait un raccourci pour accéder au pouvoir ?...

» *20 août*. Ai fait le nécessaire pour que sœur M.-A. s'installe ici avec l'infirmière. Lui ai dit qu'il fallait garder la patiente sous morphine. Suis-je fou ? Ou deviendrai-je le surhomme détenteur du Pouvoir de la Mort ? »

(Là se termine le journal.)

C'est le 29 août, je crois, que je reçus cette lettre. Elle m'était adressée, aux bons soins de ma belle-sœur. L'écriture était étrangère. Je l'ouvris avec une certaine curiosité. La voici :

Cher Monsieur,

Je ne vous ai rencontré que deux fois, mais j'ai le sentiment de pouvoir vous faire confiance. Que mes rêves traduisent ou non la réalité, ils sont devenus plus précis depuis quelque temps... Et, monsieur, j'ai au moins une certitude : le Chien de la Mort n'est pas un rêve. Aux temps que j'évoquais (et dont j'ignore s'ils sont réels ou pas), Lui, le Gardien du Cristal, révéla trop tôt au peuple le Sixième Signe... Le mal entra dans leurs cœurs. Ils avaient le pouvoir de tuer à volonté, et ils tuaient hors de toute justice, dans la colère. Ils étaient ivres de pouvoir. Ce que voyant, Nous qui étions encore purs nous sûmes que cette fois encore nous n'allions pas achever le Cercle et arriver au Signe de la Vie éternelle. Lui qui devait devenir le futur Gardien du Cristal fut prié d'agir. Pour que meurent les anciens et que les nouveaux, après des temps infinis, puissent revenir, il lâcha le Chien de la Mort sur la mer *(en veillant à ne pas refermer le cercle) et la mer se souleva en forme de Chien et engloutit la terre entière...*

De cela, je me suis déjà souvenue une fois — sur les marches de l'autel en Belgique...

Le Dr Rose est l'un de nos Frères. Il connaît le Premier Signe et la forme du Deuxième, encore que son sens ne soit accessible qu'à quelques élus. Par moi il voudrait apprendre le Sixième. *J'ai résisté jusqu'à maintenant — mais la faiblesse me gagne. Monsieur, il n'est pas juste qu'un homme accède à la puissance avant son temps. Bien des siècles seront encore nécessaires avant que le monde ne soit prêt à recevoir en ses mains le pouvoir de mort... Je vous en conjure, monsieur, vous qui êtes homme de bien et de vérité, venez à mon secours... avant qu'il ne soit trop tard.*

Votre sœur dans le Christ,
Marie-Angélique.

Je laissai tomber la lettre. La terre ferme sous mes pieds me parut un peu moins ferme que d'habitude. Et puis je me ressaisis. Les croyances — très sincères — de cette pauvre femme m'avaient presque gagné, *moi !* Mais une chose était claire : le Dr Rose, dans son zèle de chercheur, outrepassait les droits de sa profession. Je devais courir là-bas et...

Soudain, dans mon courrier, je remarquai une lettre de Kitty. Je l'ouvris et je lus :

Il est arrivé quelque chose d'affreux. Tu te souviens de la maison du Dr Rose, sur la falaise ? Elle a été emportée par un éboulement la nuit dernière. Le docteur et cette pauvre sœur Marie-Angélique ont été tués. C'est affreux à voir, ces débris sur la plage qui forment un amas fantastique ; de loin, on dirait un énorme Chien...

La lettre me tomba des mains.

Les autres faits ne sont peut-être que pure coïncidence. Un certain Mr Rose, dont je découvris qu'il était un riche parent du docteur, mourut subitement la même nuit — soi-disant frappé par la foudre. Personne n'avait eu connaissance d'un orage dans le voisinage sauf un ou deux individus qui déclarèrent avoir entendu un coup de tonnerre. On trouva sur lui une brûlure de forme curieuse. Par testament, il léguait tous ses biens à son neveu, le Dr Rose.

Supposons maintenant que le Dr Rose ait réussi à obtenir de sœur Marie-Angélique le secret du Sixième Signe. Il m'avait toujours fait l'impression d'un homme sans scrupules, qui n'aurait pas hésité à prendre la vie de son oncle s'il avait eu la certitude qu'on ne remonterait pas jusqu'à lui. Une phrase de la lettre de sœur Marie-Angélique tourne encore dans ma tête : « en veillant à ne pas refermer le cercle... » Le Dr Rose avait négligé cette précaution — ignorant peut-être les étapes à respecter, ou même leur utilité. Ainsi, la Force qu'il avait libérée s'était-elle retournée contre lui, fermant la boucle...

Mais bien sûr, tout cela est absurde ! On peut trouver à ces choses une explication toute naturelle. Le fait que le médecin croyait aux hallucinations de sœur Marie-Angélique prouve seulement que *son* esprit, à lui aussi, était légèrement dérangé.

Il m'arrive cependant de rêver d'un continent sous les mers, où auraient un jour vécu des hommes ayant atteint un degré de civilisation très en avance sur le nôtre...

A moins que sœur Marie-Angélique n'ait vu *der-*

rière elle — comme ce serait paraît-il possible — et que la Cité des Cercles se trouve dans le futur et non dans le passé ?

Absurde ! Toute cette histoire, bien sûr, n'est que le fruit d'une hallucination !

LE SIGNAL ROUGE

(The Red Signal)

— Oh ! c'est passionnant ! s'exclama la jolie Mrs Eversleigh, en ouvrant tout grand ses beaux yeux au regard légèrement vide. On dit toujours que les femmes possèdent un sixième sens. Vous pensez que c'est vrai, sir Alington ?

Le célèbre aliéniste eut un sourire ironique. Il avait un mépris sans borne pour ce genre de jolies idiotes. Eminente autorité en matière de troubles mentaux, Alington West était parfaitement conscient de sa position et de son importance. Il avait une personnalité plutôt pompeuse.

— Je sais qu'on raconte bien des bêtises, Mrs Eversleigh. Un sixième sens ? Qu'entend-on par là ?

— Vous êtes toujours si sévères, vous les scientifiques ! C'est tout de même extraordinaire la façon dont on connaît positivement les choses quelquefois — on les connaît tout simplement ; on les sent, je veux dire... c'est vraiment troublant. Claire sait de quoi je parle, n'est-ce pas Claire ?

Avec une moue charmante et un léger haussement d'épaules, elle en appelait à la maîtresse de maison.

Claire Trent ne répondit pas tout de suite. Un dîner intime réunissait, outre Claire et son mari, Violette Eversleigh, sir Alington West et son neveu Dermot West, un vieil ami de Jack Trent. Celui-ci, homme fort et rubicond, au sourire jovial et au rire bon enfant, saisit la balle au bond.

— Balivernes, Violette ! Votre meilleure amie trouve la mort dans un accident de chemin de fer : aussitôt vous vous souvenez que le mardi précédent vous avez rêvé d'un chat noir. Donc, ô merveille, vous saviez depuis longtemps qu'il allait arriver quelque chose !

— Ah, non ! Jack, vous confondez prémonition et intuition. Voyons, sir Alington, vous admettez qu'il existe des prémonitions ?

— Dans une certaine mesure, peut-être, répondit prudemment le psychiatre. Mais les coïncidences interviennent pour une bonne part et il faut tenir compte aussi du fait que l'on a invariablement tendance à broder après coup.

— Pour moi, la prémonition n'existe pas, décréta Claire Trent. Pas plus que l'intuition, le sixième sens ou toutes ces choses dont nous parlons si aisément. Nous traversons la vie comme un train qui fonce dans l'obscurité vers une destination inconnue.

— La comparaison est mal choisie, Mrs Trent, dit Dermot West, intervenant pour la première fois dans la discussion. Vous oubliez les signaux, voyez-vous.

Une étrange lueur scintilla dans ses yeux gris, qui ressortaient curieusement sur son visage bronzé.

— Les signaux ?

— Oui, vert quand tout va bien, rouge en cas de danger.

— Rouge en cas de danger... comme c'est excitant ! souffla Violette Eversleigh.

Dermot eut un mouvement d'impatience.

— Simple image, bien sûr. Attention, danger ! Le feu est au rouge ! Prenez garde !

Trent le regarda avec curiosité.

— Dermot, mon vieux, tu en parles comme de quelque chose que tu aurais vécu.

— C'est le cas. Cela a été le cas, plutôt.

— Racontez !

— Je peux vous en donner un exemple. Juste après l'armistice, en Mésopotamie, je regagnai ma tente, un soir, avec le sentiment d'un danger. Attention ! prends garde ! Je n'avais pas la moindre idée de ce que cela pouvait être. Je fis le tour du camp, prenant toutes sortes de précautions inutiles en prévision d'une attaque arabe. Puis je rentrai sous ma tente. Aussitôt, l'impression me revint, plus vive que jamais. Danger ! Je finis par sortir avec une couverture, je m'y enroulai et je m'endormis.

— Et alors ?

— Le lendemain matin, en rentrant sous ma tente, la première chose que je vis c'est une espèce de long poignard — de quarante centimètres environ, — fiché dans mon lit de camp, exactement là où j'aurais dû être couché. Je découvris rapidement le coupable, un de nos serviteurs arabes dont le fils avait été fusillé comme espion. Qu'en dites-vous, oncle Alington ? N'est-ce pas un bon exemple de ce que j'appelle le Signal Rouge ?

Le spécialiste sourit, sans se compromettre.

— C'est une histoire très intéressante, mon cher Dermot.

— Mais que vous n'êtes pas disposé à accepter sans réserve ?

— Si, si. Je ne doute pas que tu aies eu une prémonition du danger. C'est l'origine de cette prémonition que je conteste. D'après toi, elle émanait de quelque source extérieure qui avait frappé ton esprit. Or, nous savons maintenant que presque tout émane de l'intérieur de nous-même, de notre subconscient.

— Ce bon vieux subconscient ! s'écria Jack Trent. Aujourd'hui, c'est notre factotum.

Sans prendre garde à l'interruption, sir Alington poursuivit :

— Selon moi, cet Arabe avait dû se trahir par un air quelconque, par un regard. Ton moi conscient ne l'avait pas remarqué, ou l'avait oublié, mais il n'en allait pas de même de ton subconscient. Le subconscient n'oublie jamais. On l'estime en outre capable de raisonnement et de déduction indépendamment de la volonté consciente. Ton subconscient a eu l'impression qu'on allait peut-être tenter de t'assassiner et il est parvenu à pousser ta conscience à agir.

— Je dois avouer que cela paraît très convaincant, reconnut Dermot en souriant.

— Mais beaucoup moins excitant, dit Mrs Eversleigh avec une moue.

— Il est possible, également, que tu aies ressenti inconsciemment la haine que cet homme te portait. Ce que nous appelions naguère télépathie existe sans doute, encore que l'on comprenne mal les lois auxquelles elle obéit.

— Avez-vous d'autres exemples ? demanda Claire à Dermot.

— Oh, oui ! mais rien de spectaculaire, et rien qui ne puisse s'expliquer, j'imagine, par une coïncidence. J'ai refusé une fois d'aller dans une maison de campagne, sans aucune autre raison que le « Signal Rouge ». Et un incendie a détruit la maison cette semaine-là. Au fait, oncle Alington, où intervient le subconscient dans cette affaire ?

— Nulle part, je le crains, répondit Alington en souriant.

— Mais vous avez une explication tout aussi valable. Allez-y. Inutile de faire preuve de tact avec ses proches.

— Eh bien, mon cher neveu, je me risquerai à suggérer que tu as refusé cette invitation pour la raison bien simple que tu n'avais pas envie d'y aller, et qu'après l'incendie tu as cru avoir reçu un signal de danger, explication à laquelle tu crois maintenant implicitement...

— C'est sans espoir, observa Dermot en riant. Pile, vous gagnez et face je perds.

— Laissez donc, Mr West ! s'écria Violette Eversleigh. Moi, je crois implicitement en votre Signal Rouge. En Mésopotamie, c'est la dernière fois que vous l'avez ressenti ?

— Oui... jusqu'à...

— Pardon ?

— Non, rien.

Dermot se tut. Les mots qui avaient failli venir

spontanément à ses lèvres étaient : *Oui, jusqu'à ce soir,* exprimant une pensée dont il venait seulement de prendre conscience mais dont il comprit aussitôt la vérité. Le Signal Rouge avait surgi des ténèbres. Danger ! Danger imminent !

Mais pourquoi ? Quel danger pouvait-on imaginer ici ? Ici chez ses amis ? A moins que... Ma foi, oui, ce genre de danger existait bien. Il regarda Claire Trent — sa blancheur, sa finesse, l'exquise façon qu'elle avait de pencher sa tête blonde. Mais ce danger existait depuis longtemps et ne prendrait sans doute jamais un caractère aigu. Car Jack Trent était son meilleur ami et, plus encore, c'était l'homme qui lui avait sauvé la vie en Flandre, ce qui lui avait valu d'être proposé pour la Victoria Cross. Un chic type Jack, un des meilleurs. Une sacrée déveine qu'il soit justement tombé amoureux de l'épouse de Jack. Ça lui passerait un jour, sans doute. Il n'était pas possible qu'une chose pareille puisse vous faire souffrir éternellement. On pouvait la laisser dépérir. C'est ça, la laisser dépérir. Ce n'était pas comme si Claire pouvait jamais le deviner — et d'ailleurs, même si elle le devinait, ce serait le cadet de ses soucis. Une statue, une merveilleuse statue, un objet d'or, d'ivoire et de corail rose pâle... C'était... un jouet de roi, pas une femme réelle.

Claire... le seul fait d'évoquer son nom lui fit mal... Il devait surmonter ça. Il avait déjà aimé d'autres femmes... Mais pas comme ça ! disait quelque chose en lui. Pas comme ça... Bon, c'était ainsi. Ce n'était pas un danger... une peine de cœur, oui, mais pas un danger... Pas le danger du Signal Rouge. Celui-ci était là pour autre chose...

Il regarda autour de lui et pour la première fois fut frappé par ce que leur petite réunion avait d'inhabituel. Son oncle, par exemple, sortait rarement dîner en petit comité, de façon aussi peu protocolaire. Si encore les Trent avaient été pour lui de vieux amis ; mais jusqu'à ce soir, Dermot ne savait même pas qu'il les connaissait.

Certes, il y avait un prétexte à cela. Un médium

assez célèbre devait venir après le dîner pour une *séance*. Sir Alington faisait profession de s'intéresser un peu au spiritisme. Oui, c'était sans aucun doute le prétexte.

Le mot s'imposait. Un *prétexte*. La *séance* n'était-elle qu'un prétexte pour que la présence du spécialiste à ce dîner paraisse naturelle ? Dans ce cas, quelle était la vraie raison de sa présence ? Une foule de détails revenaient à l'esprit de Dermot, des petits riens qu'il n'avait pas remarqués à l'époque ou, comme aurait dit son oncle, que son esprit conscient n'avait pas remarqués.

Le grand médecin avait jeté, plus d'une fois, sur Claire des regards bizarres, très bizarres. Comme s'il l'observait. Elle était mal à l'aise sous ce regard scrutateur. Elle agitait les mains. Elle était nerveuse, horriblement nerveuse. N'était-elle pas aussi, est-ce possible, *effrayée ?* Pourquoi était-elle effrayée ?

Sursautant, il revint à la conversation. Mrs Eversleigh avait lancé le grand homme sur son propre terrain.

— Chère madame, disait-il, qu'est-ce que la folie ? Je peux vous assurer que plus on étudie le sujet, plus il est difficile de se prononcer. Nous nous trompons tous nous-mêmes jusqu'à un certain point, mais quand on en arrive à se prendre pour le tsar de Russie, c'est là qu'on vous enferme. Cependant, la route est longue jusque-là. A quel endroit exactement établir le poste frontière et déclarer : « De ce côté-ci, la raison, de l'autre, la folie » ? C'est impossible, vous le savez. Et d'ailleurs, je vous dirai que tant que quelqu'un, qui souffre d'hallucinations, n'aborde pas ce sujet, nous ne sommes pas capables de le distinguer d'un individu normal. L'extraordinaire sagesse des fous est un objet d'étude passionnant.

Sir Alington but un peu de vin en connaisseur et sourit à son auditoire.

— J'ai toujours entendu dire qu'ils étaient très malins, observa Mrs Eversleigh. Les piqués, je veux dire.

— Très. Et les tirer de leur idée fixe produit souvent un effet désastreux. Tout refoulement est dangereux, ainsi que nous l'enseigne la psychanalyse. L'individu qui cultive une innocente manie et s'y complaît, passe rarement la frontière. Mais l'homme... (il s'arrêta) — ou la femme — parfaitement normal selon toute apparence, peut représenter en réalité une grave source de danger pour la société.

Il regarda autour de lui en s'arrêtant un instant sur Claire. Il but encore un peu de vin.

Dermot fut saisi d'une peur horrible. Voulait-il dire *ça ?* Voulait-il en venir à *ça ?* Impossible, mais...

— Et tout cela à cause du refoulement, soupira Mrs Eversleigh. Je vois qu'il faut faire très attention à... à exprimer sa personnalité. Les dangers sont terrifiants, sinon.

— Chère Mrs Eversleigh, vous m'avez mal compris. La cause du mal se situe dans la matière même du cerveau. Le dommage peut être provoqué par un agent extérieur, un coup par exemple ; parfois, hélas, il est congénital.

— L'hérédité, c'est bien triste, soupira la dame. La tuberculose et tout ça...

— La tuberculose n'est pas héréditaire, répliqua sir Alington, d'un ton ironique.

— Non ? Je l'ai toujours cru ! Mais la folie est héréditaire. Quelle horreur ! Et quoi encore ?

— La goutte, dit sir Alington en souriant. Et le daltonisme. Très intéressant, le daltonisme. Il se transmet aux hommes mais reste latent chez les femmes. S'il existe de nombreux daltoniens, pour qu'une femme soit daltonienne, il faut que l'anomalie ait été à la fois latente chez la mère et présente chez le père. Ce qui arrive rarement. C'est ce qu'on appelle l'hérédité liée au sexe.

— Comme c'est intéressant. Mais ce n'est pas le cas de la folie, n'est-ce pas ?

— La folie est transmise équitablement aux hommes comme aux femmes, déclara gravement le médecin.

Claire se leva soudain et repoussa sa chaise si brusquement qu'elle se renversa. Elle était très pâle, et les mouvements nerveux qui agitaient ses mains très visibles...

— Vous ne serez pas trop long, n'est-ce pas ? demanda-t-elle, d'un ton suppliant. Mrs Thompson sera là d'ici quelques minutes, maintenant.

— Un verre de porto et je suis à vous, déclara sir Alington. Voir cette merveilleuse Mrs Thompson dans ses œuvres, c'est pour ça que je suis venu, non ? Ha, ha ! Non qu'il m'ait fallu une incitation quelconque, ajouta-t-il en s'inclinant.

Claire lui répondit par un vague sourire et quitta la pièce, une main sur l'épaule de Mrs Eversleigh.

— Je crains d'avoir trop parlé boutique, observa le médecin en se rasseyant. Pardonnez-moi, mon vieux.

— Mais non, répondit Trent machinalement.

Il paraissait las et soucieux. Pour la première fois, Dermot eut l'impression d'être tenu à l'écart. Un secret, que même un vieil ami ne pouvait pas partager, unissait ces deux-là. Tout cela était cependant fantastique, incroyable. Sur quoi se fondait-il ? Sur un regard, sur la nervosité d'une femme.

Ils burent leur porto et passèrent sans s'attarder au salon, juste au moment où l'on annonçait Mrs Thompson.

Le médium était une femme replète entre deux âges, atrocement vêtue de velours magenta, à la voix forte et plutôt commune.

— J'espère ne pas être en retard, Mrs Trent, dit-elle joyeusement. Vous aviez bien dit 9 heures ?

— Vous êtes très ponctuelle, Mrs Thompson, assura Claire de sa voix douce et un peu rauque. Voici notre petit cercle.

Les présentations s'arrêtèrent là, comme c'était sans doute l'usage. Le médium balaya l'assemblée d'un regard vif et pénétrant.

— J'espère que nous obtiendrons de bons résultats, dit-elle gaiement. Vous ne pouvez pas savoir à quel point je déteste m'en aller sans avoir donné satisfaction, pour ainsi dire. Cela me rend folle. Mais je pense que Shiromako (mon témoin japonais) pourra se manifester ce soir. Je me sens en pleine forme après avoir refusé le *welsh rarebit*, moi qui raffole des toasts au fromage.

Dermot écoutait, mi-amusé, mi-écœuré. Tout cela était si prosaïque ! Mais ne jugeait-il pas un peu sottement ? Après tout, tout était naturel ; les puissances invoquées par les médiums étaient des puissances naturelles, même si on ne les comprenait encore qu'imparfaitement. Un grand chirurgien pouvait craindre une indigestion à la veille d'une opération délicate. Alors, pourquoi pas Mrs Thompson ?

On disposa les chaises en cercle et les lumières de façon à pouvoir les allumer ou les éteindre commodément. Dermot remarqua qu'il ne fut pas question d'*épreuves* et que sir Alington ne se préoccupa pas des conditions de déroulement de la *séance*. Non, Mrs Thompson n'était qu'un prétexte. Sir Alington était là pour tout autre chose. Dermot se souvint que la mère de Claire était morte à l'étranger. Dans un certain mystère... Héréditaire...

Dans un sursaut, il s'efforça de revenir à ce qui l'entourait.

Chacun prit place et l'on éteignit les lumières, à l'exception d'une petite lampe à abat-jour rouge posée sur une table, à l'écart.

Pendant un moment, on n'entendit que la respiration basse et régulière du médium. Petit à petit, elle se fit de plus en plus ronflante. Et puis, si soudainement que Dermot sauta en l'air, un coup violent retentit à un bout de la pièce. Il se répéta de l'autre côté. On entendit ensuite un parfait crescendo de coups. Ils déclinèrent et un brusque rire moqueur traversa la pièce en cascade. Puis ce fut le silence, rompu par une voix toute différente de celle de Mrs Thompson, haut perchée et aux inflexions bizarres.

— Je suis ici, messieurs, disait-elle. Ouiii, je suis ici. Vous voulez demander des choses ?

— Qui êtes-vous ? Shiromako ?

— Ouiii. Moi Shiromako. Mort bien longtemps déjà. Moi travaille. Moi très heureux.

Suivirent d'autres détails de la vie de Shiromako. Tout cela très banal et sans intérêt, toutes choses que Dermot avait déjà entendues très souvent : tout le monde était très heureux, très heureux. On reçut des messages de parents dont la description était assez vague pour s'adapter à n'importe qui. Une vieille dame, la mère d'une des personnes présentes, tint la scène un moment à lire des maximes sorties d'un manuel, comme s'il s'agissait de rafraîchissantes nouveautés.

— Maintenant, un autre veut venir, annonça Shiromako. Avec très important message pour un des messieurs.

Après un silence, une nouvelle voix se fit entendre, avec un rire démoniaque en prologue.

— Ha, ha ! Ha, ha, ha ! Préférable pas rentrer chez vous. Préférable pas rentrer chez vous. Ecoutez mon conseil.

— A qui parlez-vous ? demanda Trent.

— Un de vous trois. Je ne rentrerais pas chez moi, si j'étais lui. Danger ! Sang ! Pas beaucoup de sang... mais assez. Non, ne rentrez pas chez vous. (La voix faiblit.) *Ne rentrez pas chez vous !*

Elle s'évanouit complètement. Dermot se sentit des picotements dans les membres. Il était convaincu que cette mise en garde le concernait. D'une façon ou d'une autre, il y avait danger pour lui ce soir.

Le médium soupira puis gémit. Elle reprenait conscience. On ralluma ; elle se redressa aussitôt et cligna des yeux.

— Cela s'est bien passé, j'espère ?

— Très bien, merci, Mrs Thompson.

— C'était Shiromako, j'imagine ?

— Oui, et d'autres.

Mrs Thompson bâilla.

— Je suis morte de fatigue. Absolument exténuée. Ça vous arrache les tripes. Mais je suis contente que ça ait marché. J'avais peur que non... peur qu'il se produise quelque chose de désagréable. Il y a une drôle d'atmosphère ce soir, dans cette pièce.

Elle regarda chacun tour à tour puis, mal à l'aise, haussa les épaules.

— Je n'aime pas cela, dit-elle. Y a-t-il eu récemment une mort subite parmi vous ?

— Qu'entendez-vous par « parmi vous » ?

— Un parent proche, un ami très cher ? Non ? Ma foi, si je voulais me montrer mélodramatique, je dirais que la mort plane dans l'air, ce soir. Mais non, c'est une absurdité de ma part. Bonsoir, Mrs Trent. Je suis contente que vous ayez été satisfaite.

Mrs Thompson sortit, dans sa robe de velours magenta.

— J'espère que cela vous a intéressé, sir Alington, murmura Claire.

— La soirée a été très intéressante, chère madame. Je vous en remercie mille fois. Permettez-moi de vous souhaiter bonne nuit. Vous allez tous danser, n'est-ce pas ?

— Vous ne voulez pas venir avec nous ?

— Non, non. Je me fais une règle d'être au lit à 11 heures et demie. Bonsoir. Bonsoir, Mrs Eversleigh. Ah ! Dermot, je voudrais te dire un mot. Peux-tu venir avec moi maintenant ? Tu pourras rejoindre les autres aux *Grafton Galleries*.

— Certainement, mon oncle. Je vous retrouverai là-bas, Trent.

L'oncle et le neveu n'échangèrent que quelques rares paroles durant le court trajet jusqu'à Harley Street. Sir Alington s'excusa vaguement d'avoir enlevé Dermot et l'assura qu'il ne le retiendrait que quelques minutes.

— Veux-tu que je garde la voiture pour toi ? demanda-t-il alors qu'ils descendaient.

— Laissez, mon oncle. Je prendrai un taxi.

— Très bien. Je n'aime pas retenir Charlston trop tard. Bonne nuit, Charlston. Bon, où diable ai-je fourré ma clé ?

La voiture s'éloigna tandis que sir Alington fouillait en vain ses poches.

— Je l'ai sans doute laissée dans mon autre manteau, dit-il enfin. Sonne, veux-tu ? J'espère que Johnson n'est pas encore couché.

L'imperturbable Johnson vint en effet ouvrir dans la minute.

— J'ai égaré ma clé, Johnson, expliqua sir Alington. Apportez-nous deux whiskies et du soda dans la bibliothèque, voulez-vous ?

— Très bien, sir Alington.

Le médecin alla allumer dans la bibliothèque et fit signe à Dermot de refermer la porte derrière lui.

— Je ne te retiendrai pas longtemps, Dermot. Je voudrais simplement te dire quelque chose. Est-ce pure imagination de ma part, ou aurais-tu, dirons-nous, de la... *tendresse* pour Mrs Jack Trent ?

Le sang monta à la tête de Dermot.

— Jack Trent est mon meilleur ami.

— Pardonne-moi mais cela ne répond pas à ma question. J'imagine que tu considères mes idées sur le divorce et autres sujets du même ordre, comme terriblement puritaines, mais je dois te rappeler que tu es mon seul parent proche et mon héritier.

— Il n'est pas question de divorce, dit Dermot, avec irritation.

— Evidemment pas, et pour une raison que je conçois peut-être mieux que toi. Je ne peux pas te dire laquelle pour l'instant, mais je voudrais te mettre en garde. Claire Trent n'est pas pour toi.

Le jeune homme croisa le regard de son oncle sans ciller.

— Je le comprends, permettez-moi de le dire, peut-être mieux que vous ne le pensez. Je connais la raison de votre présence au dîner de ce soir.

— Ah ? comment le sais-tu ? demanda le médecin, visiblement stupéfait.

— Disons que je l'ai deviné. Je ne me trompe pas, n'est-ce pas, en disant que vous êtes là... à titre professionnel ?

Sir Alington se mit à arpenter la pièce.

— Tu as tout à fait raison, Dermot. Je ne pouvais pas, bien sûr, te le dire moi-même bien que, j'en ai peur, cela ne va pas tarder à faire partie du domaine public.

Dermot sentit son cœur se serrer.

— Vous voulez dire que... votre opinion est faite ?

— Oui, il y a des aliénés dans la famille, du côté de la mère. Un triste cas, un bien triste cas.

— Je ne peux pas le croire, monsieur.

— Evidemment. Pour le profane, il y a peu — sinon aucun signe apparent.

— Et pour le spécialiste ?

— C'est manifeste. En pareil cas, le malade doit être interné au plus tôt.

— Seigneur ! souffla Dermot. Mais on ne peut pas enfermer quelqu'un pour rien !

— Mon cher Dermot ! On ne décide l'internement que lorsque le malade constitue un danger pour les autres.

— Un danger ?

— Un très grave danger. Selon toute probabilité, une certaine forme de folie homicide. C'était le cas de la mère.

Dermot se détourna avec une sorte de gémissement et enfouit son visage dans ses mains. Claire... sa Claire toute de blanc et d'or !

— Compte tenu des circonstances, poursuivit le psychiatre, très à l'aise, j'ai pensé qu'il m'appartenait de te prévenir.

— Claire, murmura Dermot, ma pauvre Claire...

— Oui, effectivement, elle est bien à plaindre.

Soudain, Dermot leva la tête.

— Je n'y crois pas.

— Comment ?

— Je dis que je n'y crois pas. Les médecins se trompent. C'est bien connu. Ils se laissent toujours entraîner par la passion dans leur spécialité.

— Mon cher Dermot ! s'écria sir Alington, indigné.

— Je vous dis que je n'y crois pas. Et même si vous aviez raison, je m'en moque. J'aime Claire. Si elle accepte de me suivre, je l'emmènerai, loin, hors d'atteinte des médecins qui fourrent leur nez partout. Je la protégerai, je veillerai sur elle, à l'abri de mon amour.

— Tu ne feras rien de tel. Est-ce que tu deviens fou ?

Dermot eut un rire ironique.

— C'est ce que *vous* allez dire, j'imagine.

— Comprends-moi bien, Dermot, raisonna sir Alington, le visage rouge de colère retenue. Si tu fais ça, si tu fais cette chose honteuse, tout est fini entre nous. Je supprimerai la rente que je te fais en ce moment et je ferai un nouveau testament léguant tous mes biens à divers hôpitaux.

— Faites ce que vous voulez de votre fichu argent, dit Dermot à voix basse. Ce que je veux, c'est la femme que j'aime !

— Une femme qui...

— Si vous vous permettez un mot contre elle, par Dieu, je vous tue ! s'écria Dermot.

Ils se retournèrent tous les deux en entendant un léger tintement de verres. Johnson était là avec un plateau, mais dans le feu de leur discussion, ils ne l'avaient pas vu entrer. Il avait le visage impassible du parfait serviteur, mais Dermot se demanda ce qu'il avait bien pu entendre.

— Merci, Johnson, dit sir Alington plutôt sèchement. Vous pouvez aller vous coucher.

— Merci, monsieur. Bonne nuit, monsieur.

Johnson se retira.

Les deux hommes se regardèrent. L'interruption avait calmé l'orage.

— Mon oncle, reprit Dermot, je n'aurais pas dû vous parler comme je l'ai fait. De votre point de vue, vous avez parfaitement raison, je le comprends. Mais cela fait longtemps que j'aime Claire Trent. Si, jusqu'ici, je ne lui en ai jamais parlé, c'est parce que Jack Trent est mon meilleur ami. Mais, dans ces circonstances, cela ne compte plus. L'idée qu'une question d'argent pourrait m'y faire renoncer est absurde. Je pense que nous nous sommes tout dit. Bonsoir.

— Dermot...

— Cela ne servirait à rien de continuer cette discussion. Bonne nuit, oncle Alington. Désolé, mais c'est ainsi.

Dermot sortit aussitôt. Le vestibule était plongé dans l'obscurité. Dermot ouvrit la porte d'entrée et la fit claquer en la refermant.

Un taxi venait de déposer un client un peu plus loin dans la rue. Dermot le héla et se fit conduire aux *Grafton Galleries*.

Il s'arrêta un instant à la porte du dancing, ahuri, comme pris de vertige. Les sonorités rauques du jazz, les femmes qui souriaient... il était tombé dans un autre monde.

Tout cela n'avait-il été qu'un rêve ? Il n'était pas possible que cette horrible conversation avec son oncle ait vraiment eu lieu. Claire passait devant lui en dansant, tel un lis dans sa robe-fourreau blanc et argent qui la moulait. Elle lui souriait, le visage calme et serein. C'était très certainement un rêve.

La danse venait de s'achever. Souriante, Claire se trouva aussitôt près de lui. Comme dans un rêve, il l'invita à danser. Elle était dans ses bras maintenant, les sons rauques avaient repris.

Il sentit qu'elle peinait un peu.

— Fatiguée ? Vous voulez vous arrêter ?

— S'il vous plaît. Y a-t-il un endroit où nous pourrions parler ? Je voudrais vous dire quelque chose.

Non, ce n'était pas un rêve. Il redescendit brusquement sur terre. Comment avait-il pu lire le calme et la sérénité sur ce visage ? Il exprimait l'angoisse, la peur. Que savait-elle au juste ?

Ils trouvèrent un coin tranquille et s'assirent, côte à côte.

— Eh bien ? fit-il, affectant la légèreté. Que vouliez-vous me dire ?

— C'est assez... difficile, murmura-t-elle, les yeux baissés, jouant nerveusement avec la ceinture de sa robe.

— Dites-moi tout, Claire.

— Voilà. Je voudrais que... que vous partiez quelque temps.

Il fut stupéfait. Il s'attendait à tout sauf à cela.

— Vous voulez que je parte ? Pourquoi ?

— Il vaut mieux être honnête, n'est-ce pas ? Je sais que vous êtes un... un gentleman et un ami. Je voudrais que vous vous éloigniez parce que je me suis prise d'affection pour vous.

— Claire !

Cette déclaration le laissait sans voix.

— N'allez pas me croire assez vaniteuse pour penser... que vous pourriez jamais tomber amoureux de moi. C'est seulement que... je ne suis pas très heureuse... et... oh ! je préférerais que vous partiez.

— Claire, vous ne savez pas que je tiens à vous... que je tiens terriblement à vous... depuis que je vous connais ?

Elle leva sur lui un regard surpris.

— Vraiment ? Depuis longtemps ?

— Depuis toujours.

— Oh ! s'écria-t-elle, pourquoi ne m'avez-vous rien dit alors ? Quand j'aurais pu venir à vous ? Pourquoi me le dire maintenant qu'il est trop tard ? Non, je suis folle — je ne sais plus ce que je raconte. Cela n'aurait jamais pu se faire.

— Claire, que signifie ce « maintenant qu'il est trop tard » ? Est-ce... à cause de mon oncle ? De ce qu'il sait ? De ce qu'il croit ?

Elle hocha la tête, sans un mot, et des larmes coulèrent sur ses joues.

— Voyons, Claire, il ne faut pas croire tout ça. N'y pensez plus. Nous allons partir ensemble. Nous allons aller dans les mers du Sud, dans des îles pareilles à des émeraudes. Vous y serez heureuse et je veillerai sur vous. Je vous protégerai, toujours.

Il la prit dans ses bras, l'attira contre lui, la sentit frémir à son contact. Mais, brusquement, elle se libéra.

— Non ! Je vous en prie... Vous ne comprenez pas ? C'est impossible, maintenant. Ce serait mal, ce serait mal, ce serait mal... J'ai toujours voulu me conduire bien... et maintenant... ce serait tout aussi mal...

Dermot hésita, déconcerté. Claire le regarda d'un air suppliant.

— Je vous en prie, dit-elle. Je veux rester bien...

Sans un mot, Dermot se leva et partit, ému et agité au-delà des mots. En allant récupérer son chapeau et son manteau, il tomba sur Trent.

— Tiens ! Dermot, tu rentres bien tôt !

— Oui, je ne suis pas d'humeur à danser ce soir.

— Fichue soirée, dit Trent, lugubre. Et encore tu n'as pas mes soucis.

Dermot fut pris soudain de panique à l'idée que Trent pourrait vouloir se confier à lui. Ah ! non... tout mais pas ça !

— Eh bien, bonsoir, dit-il vivement. Je rentre chez moi.

— Chez toi, hein ? Et la mise en garde des esprits ?

— J'en prends le risque. Bonne nuit, Jack.

Dermot n'habitait pas très loin. Il rentra à pied comptant sur l'air frais de la nuit pour apaiser sa fièvre.

Il ouvrit sa porte, entra et alluma dans sa chambre.

Et soudain, pour la deuxième fois ce soir-là, il fut la proie de ce qu'il appelait le Signal Rouge. Si totalement qu'il en oublia même Claire.

Danger ! Il était en danger. A cet instant même, dans cette pièce, il était en danger.

Il tenta en vain de ridiculiser sa peur. Sans conviction, peut-être. Jusque-là, le Signal Rouge lui avait laissé le temps d'éviter le désastre. Il fit soigneusement le tour de l'appartement, avec un vague sourire railleur pour lui-même. Il était possible qu'un malfaiteur soit entré et soit maintenant caché quelque part. Mais ses recherches ne donnèrent rien. Milson, son domestique, était absent, l'appartement était absolument vide.

Il retourna dans sa chambre et, soucieux, se déshabilla lentement. La sensation de danger ne le quittait pas. Il alla prendre un mouchoir dans un tiroir et, tout à coup, s'arrêta net. Il y avait une protubérance insolite dans le tiroir, quelque chose de dur.

D'une main vigoureuse, Dermot poussa les mouchoirs de côté et sortit l'objet qui s'y trouvait caché : c'était un revolver.

Stupéfait, il l'examina attentivement. C'était un modèle peu courant et qui avait servi il y a peu de temps. Il ne pouvait rien en dire de plus. Quelqu'un l'avait placé dans le tiroir le soir même. Il ne s'y trouvait pas quand il s'était habillé pour le dîner, il en était certain.

Il allait le remettre dans le tiroir quand un coup de sonnette le fit sursauter. La sonnerie retentit encore et encore, particulièrement bruyante dans le silence de l'appartement vide.

Qui pouvait venir à une heure pareille ? Une seule réponse, convenait à la question, une réponse instinctive, insistante : Danger... danger... danger...

Poussé par il ne savait quel instinct, Dermot éteignit, enfila le manteau qu'il avait posé sur une chaise et alla ouvrir.

Deux hommes étaient à la porte. Derrière eux, il aperçut un uniforme bleu. Un policier !

— Mr West ? demanda le premier des deux hommes.

Dermot eut l'impression qu'une éternité s'écoulait avant qu'il ne réponde. En vérité, il répondit au bout de quelques secondes, imitant assez bien la voix inexpressive de son domestique :

— Mr West n'est pas encore rentré. Qu'est-ce que vous lui voulez à cette heure de la nuit ?

— Pas encore rentré, hein ? Parfait. Dans ce cas je crois que nous allons l'attendre ici.

— Non, c'est impossible.

— Ecoutez, mon brave, je suis l'inspecteur Verall, de Scotland Yard ; nous avons un mandat d'arrêt concernant votre maître. Vous pouvez vérifier si vous voulez.

Dermot parcourut le document, ou fit semblant, puis demanda, stupéfait :

— Pourquoi ? Qu'est-ce qu'il a fait ?

— Pour meurtre. De sir Alington West, Harley Street.

La cervelle en ébullition, Dermot s'effaça devant ses redoutables visiteurs. Il entra au salon et fit la lumière. L'inspecteur l'y suivit.

— Fouillez la maison, ordonna-t-il à son subordonné, puis il se tourna vers Dermot :

— Vous restez ici, mon brave. Pas question de filer prévenir votre maître. Au fait, comment vous appelez-vous ?

— Milson, monsieur.

— A quelle heure votre maître doit-il rentrer, Milson ?

— Je ne sais pas, monsieur, il est allé au bal, je crois. Aux *Grafton Galleries*.

— Il en est parti il y a un peu moins d'une heure. Vous êtes sûr qu'il n'est pas là ?

— Je ne pense pas, monsieur. Je l'aurais entendu rentrer.

A cet instant, le deuxième policier revint de la pièce voisine. Avec le revolver dans la main. Très excité, il le tendit à l'inspecteur. Celui-ci eut une expression d'intense satisfaction.

— Voilà qui règle tout ! Il a dû rentrer et ressortir sans que vous l'entendiez. Il s'est tiré maintenant. Bon, je ferais mieux d'y aller. Cawley, restez ici pour le cas où il reviendrait, et ayez l'œil sur ce lascar. Il en sait peut-être plus sur son maître que ce qu'il dit.

L'inspecteur disparut. Dermot tenta de soutirer tous les détails de l'affaire à Cawley, qui ne demandait qu'à parler.

— Le cas est clair, affirma celui-ci. On a découvert le crime presque aussitôt. Johnson, le domestique, venait de se coucher quand il a cru entendre un coup de feu. Il est redescendu et a trouvé sir Alington mort, tué d'une balle en plein cœur. Il nous a tout de suite téléphoné, nous sommes arrivés et il nous a raconté son histoire.

— Autrement dit, le cas est clair, répéta Dermont.

— Absolument. Le jeune West est rentré avec son oncle et ils se querellaient quand Johnson leur a apporté à boire. Le vieux menaçait de modifier son testament et votre maître parlait de le tuer. Le coup de feu a été entendu moins de cinq minutes plus tard. Oh ! oui, c'est très clair. Un pauvre imbécile, ce jeune homme.

Très clair, effectivement. Dermot sentit son cœur se serrer devant la nature accablante des preuves réunies contre lui. Danger, en effet... horrible danger ! Et aucun autre moyen d'y échapper que la fuite. Il fit travailler ses méninges. Puis il proposa de faire du thé. Cawley accepta volontiers. Il avait déjà fouillé la maison et savait qu'il n'existait pas de sortie de service.

Dermot obtint la permission d'aller à la cuisine. Il mit la bouilloire sur le feu et entrechoqua tasses et soucoupes. Après quoi il gagna vivement la fenêtre qu'il ouvrit. L'appartement se trouvait au deuxième étage et, à l'extérieur, un petit monte-charge, utilisé par les commerçants, montait et descendait sur un câble d'acier.

Vif comme l'éclair, Dermot enjamba la fenêtre et se suspendit au câble. Il s'entailla les mains qui se mirent à saigner, mais il n'en continua pas moins de descendre, poussé par l'énergie du désespoir.

Quelques minutes plus tard, il sortait prudemment du pâté de maisons. En tournant le coin, il heurta un individu planté sur le trottoir. A sa grande stupeur, il reconnut Jack Trent. Celui-ci se tenait tout prêt à parer au danger.

— Mon Dieu ! Dermot ! Vite, ne reste pas ici !

Il le prit par le bras et l'entraîna dans une petite rue latérale, puis dans une autre. Il héla un taxi en maraude dans lequel ils s'engouffrèrent et Trent donna son adresse au chauffeur.

— Pour l'instant, c'est l'endroit le plus sûr. Nous déciderons ensuite des mesures à prendre pour que ces abrutis perdent ta trace. J'étais venu te prévenir, espérant arriver avant la police, mais... trop tard.

— Je ne savais même pas que tu étais au courant. Jack, tu ne crois pas que...

— Bien sûr que non, mon vieux, pas un instant. Je te connais trop bien. N'empêche, tu es dans de sales draps. Ils sont venus poser des questions : à quelle heure tu étais arrivé aux *Grafton Galleries*, quand tu en étais parti, etc. Dermot, qui a pu descendre le vieux ?

— Je n'en ai aucune idée. Mais qui que ce soit, je suppose que c'est lui qui a mis le revolver dans mon tiroir. Il devait nous surveiller de près.

— Cette *séance*, c'est drôlement bizarre. *Ne rentrez pas chez vous*. C'était destiné à ce pauvre vieux West. Il est rentré, et on l'a tué.

— C'était valable pour moi aussi. Je suis rentré pour trouver chez moi un revolver et un inspecteur de police.

— Eh bien, j'espère que cela ne me visait pas moi aussi. Nous y voilà.

Trent régla le taxi, ouvrit la porte d'entrée et conduisit Dermot dans l'obscurité jusqu'à son bureau, une petite pièce au premier étage.

Il ouvrit et Dermot entra tandis que Trent allumait et venait ensuite le rejoindre.

— Pour l'instant tu es en sécurité ici, remarqua-t-il. Nous pouvons réfléchir ensemble maintenant, à ce qu'il convient de faire.

— Je me suis conduit comme un imbécile, déclara soudain Dermot. J'aurais dû affronter la situation. J'y vois plus clair maintenant. Mais pourquoi diable ris-tu ?

Enfoncé dans son fauteuil, Trent était secoué d'un rire inextinguible. Il y avait quelque chose d'horrible dans ce rire, et quelque chose d'horrible aussi dans sa personne. Il avait une curieuse lueur dans le regard.

— Un coup sacrément bien monté, dit-il, haletant. Dermot, mon gars, tu es fait comme un rat.

Il tira le téléphone vers lui.

— Qu'est-ce que tu vas faire ? demanda Dermot.

— Appeler Scotland Yard. Leur dire que l'oiseau se trouve ici, sous les verrous. Oui, mon vieux, j'ai fermé à double tour en entrant et la clé est dans ma poche. Inutile de regarder cette porte derrière moi. C'est celle de la chambre de Claire, qui la verrouille toujours de son côté. Elle a peur de moi, vois-tu. Cela fait longtemps qu'elle a peur. Elle sait toujours quand je pense à ce couteau — un long couteau bien tranchant. Non ! Ne fais pas ça...

Dermot allait sauter sur lui mais l'autre sortit soudain un affreux petit revolver.

— C'est le second, gloussa Trent. J'ai glissé le premier dans ton tiroir, après avoir abattu le vieux West avec. Que regardes-tu encore derrière moi ? La porte ? C'est inutile : même si Claire s'avisait de t'ouvrir — ce qu'elle pourrait bien faire pour *toi* — je te tirerais dessus avant que tu puisses t'échapper. Pas au cœur, pas pour tuer : dans la jambe, simplement, pour que tu ne puisses pas t'enfuir. Je suis un excellent tireur, tu sais. Je t'ai sauvé la vie, une fois. Quel idiot ! Non, non, je veux te voir pendu, oui, pendu. Ce n'est pas pour toi, ce couteau. C'est pour Claire, la jolie Claire, si blanche, si douce. Le vieux West le savait. C'est pour ça qu'il se trouvait ici ce soir, pour voir si j'étais fou ou pas. Il voulait me faire enfermer pour m'empêcher de tuer Claire avec ce couteau. Mais j'ai été très malin. Je lui ai fauché la clé de sa porte d'entrée, ainsi que la tienne. J'ai quitté la salle de bal sitôt arrivé. Quand je t'ai vu sortir de chez lui, je suis entré. Je l'ai tué et je suis ressorti immédiatement. Après quoi, je suis passé chez toi où j'ai caché le revolver. Et je me suis retrouvé au bal presque en même temps que toi. J'ai glissé la clé dans la poche de ton manteau en te disant au revoir. Je peux bien te raconter tout ça. Personne ne nous entend, et quand on te pendra je veux que tu saches que c'est à moi que tu le dois... Dieu, ce que ça peut me faire rire ! A quoi penses-tu ? Qu'est-ce que tu regardes ?

— Je pense à ce que tu disais, tout à l'heure. Tu aurais mieux fait de ne pas rentrer chez toi.

— Que veux-tu dire ?

— Regarde derrière toi.

Trent se retourna. Dans l'encadrement de la porte de communication se tenaient Claire... et l'inspecteur Verall.

Trent fut rapide. Son revolver ne parla qu'une fois

— et fit mouche. Trent s'écroula sur la table. L'inspecteur bondit vers lui tandis que Dermot regardait Claire comme dans un rêve. Des pensées décousues se bousculaient dans sa tête. Son oncle... leur querelle... l'extraordinaire malentendu... la loi anglaise qui ne permettrait jamais à Claire de divorcer d'un mari aliéné... Elle est bien à plaindre... la conspiration entre elle et sir Alington — que le rusé Trent avait éventée... Ces mots qu'elle lui avait lancés, « Ce serait mal... mal... mal... » Oui, mais maintenant...

L'inspecteur se releva.

— Mort, annonça-t-il, vexé.

— Oui, marmonna Dermot, qui s'entendit dire : Il a toujours été un excellent tireur.

LE QUATRIÈME HOMME

(The Fourth Man)

Le révérend Parfitt était un peu essoufflé. Courir pour attraper son train, voilà qui n'était plus de son âge. D'abord il n'était plus aussi mince que naguère et, à mesure qu'il prenait du poids, son souffle se faisait de plus en plus court. Ce que le révérend lui-même commentait par un très digne : "C'est mon cœur, vous savez !"

Il se laissa tomber dans un coin du compartiment de première classe avec un soupir de soulagement. La chaleur du wagon lui fut particulièrement agréable. Dehors, il neigeait. Une chance d'avoir pu trouver un coin pour ce long voyage de nuit. Une horreur quand ce n'était pas le cas. Il aurait dû y avoir des couchettes dans ce train.

Le révérend Parfitt remarqua que les trois autres coins étaient déjà occupés et que le voyageur assis dans le coin opposé lui souriait comme à quelqu'un de connaissance. Rasé de frais, les tempes grisonnantes, il avait une drôle de tête. Il avait si clairement l'air d'un homme de loi que personne n'aurait pu s'y tromper. Sir George Durand était en effet un avocat célèbre.

— Eh bien, Parfitt, vous avez dû courir pour l'avoir, hein ? remarqua-t-il, affable.

— C'est mauvais pour mon cœur, répliqua le révérend. Mais quelle coïncidence de vous rencontrer là, sir George. Allez-vous très loin dans le nord ?

— Newcastle, répondit brièvement sir George. Au fait, connaissez-vous le Dr Campbell Clark ?

L'homme assis du même côté que le révérend inclina aimablement la tête.

— Nous nous sommes rencontrés sur le quai, continua l'avocat. Encore une coïncidence.

Le révérend Parfitt regarda le Dr Campbell Clark avec intérêt. Ce nom, il l'avait souvent entendu. Le Dr Clark était un éminent spécialiste des maladies mentales, et son dernier livre, *Le Problème de l'esprit inconscient*, avait été l'ouvrage le plus débattu de l'année.

Mâchoire carrée, regard bleu très vif et cheveux roux sans un fil blanc mais s'éclaircissant rapidement, il donnait l'impression d'une très forte personnalité.

Par une association d'idées parfaitement naturelle, le pasteur regarda l'individu assis en face de lui, s'attendant presque, là aussi, à croiser un regard de connaissance, mais ce quatrième occupant s'avéra être un parfait inconnu. Un étranger, pensa le révérend. Il était brun et plutôt insignifiant. Enfoui dans un gros pardessus, il avait l'air profondément endormi.

— Le révérend Parfitt, de Bradchester ? demanda aimablement le Dr Campbell.

Le pasteur parut flatté. Ses "sermons scientifiques" remportaient décidément un gros succès, surtout depuis qu'ils avaient trouvé un écho dans la presse. Ma foi, c'était ce qu'il fallait à l'Eglise, quelque chose de moderne, au goût du jour.

— J'ai lu votre livre avec grand intérêt, docteur,

dit-il. Bien qu'ici et là il soit un peu trop technique pour moi et difficile à suivre.

— Souhaitez-vous bavarder ou dormir, révérend ? intervint sir George. Je vous avouerai que pour ma part je souffre d'insomnie et que je préférerais la première solution.

— Oh ! bien sûr. Tout à fait d'accord, répondit le révérend. Je dors rarement dans le train et le livre que j'ai emporté est très ennuyeux.

— En tout cas, nous formons un groupe tout à fait représentatif, fit observer le médecin avec un sourire. L'Eglise, la Loi, la Médecine.

— Il ne reste pas grand-chose à propos de quoi nous ne pourrions pas émettre une opinion, hein ? déclara sir George en riant. L'Eglise pour le point de vue spirituel, moi-même pour l'aspect purement temporel et légal, et vous, docteur, pour le domaine plus vaste qui s'étend du plus strictement pathologique à l'extra-psychologique ! A nous trois, nous devrions occuper presque tous les terrains.

— Pas autant que vous le croyez, dit le Dr Clark. A mon avis, il existe un point de vue que vous avez négligé et qui est tout de même assez important.

— C'est-à-dire ? demanda l'avocat.

— Celui de l'homme de la rue.

— Est-ce si important ? Est-ce que l'homme de la rue ne se trompe pas le plus souvent ?

— Oh ! presque toujours. Mais il possède ce qui manque à l'expert : un point de vue personnel. En fin de compte, voyez-vous, on ne peut pas éviter les problèmes de relations personnelles. C'est ce que ma profession m'a enseigné. Pour chaque patient qui vient me consulter parce qu'il est vraiment malade, j'en reçois cinq au moins qui ne souffrent de rien d'autre que d'une incapacité à vivre heureux avec leur entourage. Ils donnent à cela toutes sortes de noms, de l'épanchement de synovie à la crampe de l'écrivain, mais c'est toujours la même chose : l'irritation provoquée par le frottement d'un esprit contre l'autre.

— J'imagine que beaucoup de vos patients ont « les nerfs malades », déclara le pasteur avec mépris.

Les siens étaient d'acier.

— Ah ! les nerfs ! Qu'entendez-vous par là ? s'écria le médecin en se tournant vers lui, vif comme l'éclair. Les gens lancent ce mot pour s'en moquer, comme vous venez de le faire. On dit : « Je n'ai rien. Ce sont les nerfs. » Grands Dieux, mais c'est le nœud du problème ! On sait soigner et guérir une maladie du corps. Mais aujourd'hui, nous n'en savons pas plus sur les causes profondes des centaines de formes d'affections nerveuses qu'à l'époque de... eh bien, de la reine Elisabeth !

— Seigneur ! s'exclama le révérend Parfitt, un peu surpris par cette philippique.

— Remarquez, c'est bon signe, poursuivit le Dr Campbell Clark. Jadis on considérait l'homme comme un simple animal, un corps et une âme, et on mettait l'accent sur le premier.

— Un corps, une âme et un esprit, rectifia doucement le pasteur.

— Un esprit ? répéta le médecin avec un sourire bizarre. Qu'entendez-vous exactement par là, vous autres, hommes d'Eglise ? Vous n'avez jamais été très clairs à cet égard. Vous vous êtes toujours gardés d'en donner une exacte définition.

Le pasteur s'éclaircit la gorge avant de parler, malheureusement on ne lui en donna pas l'occasion. Le médecin poursuivit.

— Sommes-nous même sûrs que le mot soit esprit. Est-ce que cela ne pourrait pas être esprits, au pluriel ?

— Au pluriel ? répéta George Durand, le sourcil interrogateur.

— Oui, dit gravement Campbell Clark en se penchant vers lui et en lui tapotant la poitrine. Etes-vous si sûr qu'il n'existe qu'un seul occupant, dans ce bâtiment — car il ne s'agit de rien d'autre — dans cette agréable résidence qu'on vous loue meublée pour sept, vingt, quarante ou soixante-dix ans ? Et à la fin le locataire déménage petit à petit ses affaires et quitte la maison, laquelle s'écroule, ne laissant qu'un amas de ruines. Vous êtes le maître de cette maison, nous en conviendrons, mais ne prenez-vous jamais conscience d'autres présences ? De serviteurs discrets, qu'on remarque à peine, si ce n'est pour le travail qu'ils font, un travail que vous n'avez pas conscience d'avoir fait ? Ou d'amis — des humeurs qui s'emparent de vous et vous changent pour un temps en un autre homme, comme on dit ? Vous êtes le roi du château, c'est d'accord, mais vous pouvez être sûr qu'un sale coquin y réside aussi.

— Mon cher Clark, dit lentement l'avocat, vous me mettez vraiment mal à l'aise. Mon esprit est-il vraiment le champ de bataille de personnalités conflictuelles ? Est-ce là le dernier état de la science ?

Le médecin haussa les épaules.

— Votre corps l'est bien, dit-il avec ironie. Si le corps l'est, pourquoi pas l'esprit ?

— Très intéressant, déclara le révérend. Ah ! merveilleuse science, merveilleuse science !

Et intérieurement, il se dit : "Je peux tirer un excellent sermon de cette idée-là."

Mais le Dr Campbell Clark s'était rencogné sur sa banquette, son enthousiasme éteint.

— En fait, déclara-t-il d'un ton professionnel, c'est un cas de dédoublement de la personnalité qui m'emmène à Newcastle ce soir. Un cas très intéressant. Un sujet névrotique, évidemment. Mais tout à fait authentique.

— Un dédoublement de la personnalité, répéta sir George, songeur. Ce n'est pas tellement rare, je crois. On perd aussi la mémoire, non ? Le cas s'est présenté récemment à l'occasion de l'homologation d'un testament.

Le Dr Clark hocha la tête.

— Le cas classique fut celui de Félicie Bault, dit-il. Vous en avez peut-être entendu parler ?

— Bien sûr, confirma Parfitt. Je me rappelle l'avoir lu dans les journaux, mais il y a longtemps, sept ans au moins.

Le Dr Campbell Clark hocha la tête.

— Cette femme est devenue un personnage très célèbre en France, dit-il. Des spécialistes sont venus du monde entier pour la voir. Elle n'avait pas moins de quatre personnalités différentes. On les avait appelées Félicie 1, Félicie 2, etc.

— N'a-t-on pas évoqué la possibilité d'une supercherie ? demanda sir George vivement.

— Les personnalités de Félicie 3 et de Félicie 4 pouvaient prêter au doute, reconnut le médecin. Mais les faits principaux demeurent. Félicie Bault était une paysanne bretonne, troisième enfant d'une famille de cinq, fille d'un père alcoolique et d'une mère débile légère. Au cours d'une de ses beuveries, le père étrangla la mère et fut, si je m'en souviens bien, condamné au bagne à vie. Félicie avait alors cinq ans. Des personnes charitables s'intéressèrent aux enfants et Félicie fut élevée par une vieille demoiselle anglaise, miss Slater, qui tenait une espèce de foyer pour enfants indigents. Cependant, celle-ci ne put en tirer grand-chose. Elle décrit la fillette comme anormalement lente et stupide, ayant appris à lire et à écrire avec le plus grand mal et maladroite de ses mains. Cette miss Slater essaya de former l'enfant au rôle de domestique et lui trouva effectivement plusieurs places dès qu'elle fut en âge de travailler. Mais, à cause de sa stupidité et aussi de son immense paresse, Félicie ne restait jamais bien longtemps quelque part.

Le médecin s'interrompit un instant et le pasteur, qui croisait les jambes et arrangeait sa couverture de voyage autour de lui, remarqua soudain que l'homme qui lui faisait face avait légèrement bougé. Il avait les yeux ouverts maintenant avec une expression indéfinissable, moqueuse, qui surprit l'estimable révérend. Comme s'il les écoutait, secrètement satisfait de ce qu'il entendait.

— On a une photo de Félicie Bault à l'âge de dix-sept ans, continua le médecin. C'est une fille de la campagne, un peu lourdaude. Rien n'indique qu'elle allait devenir une des personnes les plus célèbres de France.

» Cinq ans plus tard, à vingt-deux ans, Félicie Bault fut atteinte d'une grave maladie nerveuse, et c'est au cours de sa convalescence que ces phénomènes étranges commencèrent à se manifester. Les faits que je vais vous citer ont été attestés par plusieurs éminents spécialistes. La personnalité de Félicie 1 n'était en rien différente de la Félicie qu'on connaissait depuis vingt-deux ans. Elle ânonnait le français qu'elle écrivait aussi avec une certaine difficulté ; elle ne parlait aucune langue étrangère et était incapable de jouer du piano. Félicie 2, au contraire, parlait l'italien couramment et passablement l'allemand. Son écriture était tout à fait différente de celle de Félicie 1 et elle écrivait un français aisé et expressif. Elle était capable de discuter art et politique, et elle jouait du piano avec passion. On trouvait chez Félicie 3 nombre de points communs avec Félicie 2. Elle était intelligente et apparemment cultivée, mais d'un caractère totalement opposé. C'était, en fait, un être complètement dépravé, mais dépravé à la parisienne, pas comme en province. Elle connaissait l'argot de Paris et les expressions qu'on employait dans le *demi-monde* chic. Elle avait un langage ordurier, se moquait de la religion et des braves gens dans les termes les plus blasphématoires. Enfin, on avait Félicie 4 — jeune fille rêveuse, presque un peu demeurée, profondément pieuse et se prétendant clairvoyante. Mais cette quatrième personnalité était très vague et on a pensé parfois qu'il s'agissait d'une supercherie de Félicie 3, qui voulait se jouer d'un public crédule. Je peux dire que (à l'exception peut-être de Félicie 4), chacune des personnalités était distincte, et ne connaissait pas les autres. Félicie 2 était incontestablement la personnalité prédominante, qui restait quelquefois en place pendant quinze jours de suite, Puis Félicie 1 apparaissait brusquement, pendant un jour ou deux. Après cela, venait Félicie 3 ou 4, mais celles-ci dominaient rarement plus de quelques heures. Les changements s'accompagnaient de violents maux de tête et d'un profond sommeil, avec, chaque fois, l'oubli total de ses autres états, la personnalité en question reprenant le fil de sa vie là où elle l'avait laissé, sans avoir conscience du temps écoulé.

— Remarquable, murmura le révérend. Tout à fait remarquable. Nous ne connaissons encore rien des merveilles de l'univers.

— Nous savons qu'il s'y trouve d'astucieux imposteurs, observa l'avocat avec ironie.

— Le cas de Félicie Bault a été étudié par des juristes, par des médecins et par des scientifiques, rétorqua vivement le Dr Campbell Clark. Rappelez-vous, Me Quimbellier s'est livré à une enquête serrée qui a confirmé l'opinion des scientifiques. Après tout, qu'y a-t-il là de si surprenant ? N'avez-vous pas des œufs à deux jaunes ? Et des bananes jumelles ? Pourquoi pas une âme double dans un seul corps ?

— Une âme double ! protesta le pasteur.

Le Dr Campbell Clark tourna vers lui son regard bleu et perçant.

— Comment l'appeler autrement ? C'est-à-dire... si la personnalité, c'est bien l'âme.

— Encore heureux qu'il s'agisse d'une « monstruosité », observa sir George. Si le cas était banal, cela donnerait lieu à de jolies complications.

— Le cas est effectivement tout à fait anormal, convint le médecin. Il est dommage qu'on n'ait pas pu l'étudier plus longtemps, mais l'histoire a pris fin avec la mort subite de Félicie.

— Dans mon souvenir, cette mort a eu quelque chose de bizarre, remarqua lentement l'avocat.

Le Dr Campbell Clark hocha la tête.

— Elle a été tout à fait inexplicable. Un beau matin, Félicie a été trouvée morte dans son lit. Manifestement étranglée. Mais à la stupéfaction de tous, on prouva sans l'ombre d'un doute qu'elle s'était étranglée elle-même. Les marques, sur son cou, étaient bien celles de ses doigts. Une façon de se suicider qui, si elle n'est pas matériellement impossible, a dû nécessiter une formidable force physique et une volonté presque surhumaine. On n'a jamais découvert ce qui avait poussé cette fille à une telle extrémité. Bien sûr, son équilibre mental avait toujours été précaire. Quoi qu'il en soit, le fait est là. Le rideau est tombé à jamais sur le mystère de Félicie Bault.

C'est alors que l'homme qui occupait le quatrième coin se mit à rire.

Les trois autres sursautèrent comme s'ils avaient entendu un coup de feu. Ils avaient totalement oublié la présence de ce personnage toujours emmitouflé dans son pardessus. Comme ils le regardaient, celui-ci se remit à rire.

— Je vous prie de m'excuser, messieurs, dit-il en un excellent anglais, teinté cependant d'un léger accent étranger.

Il se redressa, découvrant un visage pâle, ombré d'une fine moustache d'un noir de jais.

— Oui, vous devez m'excuser, répéta-t-il avec un salut moqueur. Mais, vraiment ! dans le domaine scientifique, a-t-on jamais dit le dernier mot ?

— Vous savez quelque chose à propos de l'affaire dont nous parlions ? demanda poliment le médecin.

— De l'affaire, non. Mais je l'ai connue, elle.

— Félicie Bault ?

— Oui. Et Annette Ravel aussi. Je vois que vous n'avez pas entendu parler d'Annette Ravel. Et pourtant l'histoire de l'une est l'histoire de l'autre. Croyez-moi, on ignore tout de Félicie Bault si l'on ne connaît pas également l'histoire d'Annette Ravel.

Il sortit sa montre et la consulta.

— Il reste une demi-heure avant le prochain arrêt. J'ai le temps de vous raconter l'histoire — si vous en avez envie, bien entendu.

— Racontez-la-nous, s'il vous plaît, dit le médecin.

— Avec plaisir, dit le révérend. Avec plaisir.

Sir George Durand s'installa simplement pour écouter avec attention.

— Mon nom, messieurs, est Raoul Letardeau, commença leur étrange compagnon. Vous venez d'évoquer une demoiselle anglaise, miss Slater, qui s'occupait d'œuvres de charité. Je suis né dans un village de pêcheurs bretons et, quand mes parents ont tous les deux trouvé la mort dans un accident de chemin de fer, miss Slater m'a recueilli, m'épargnant l'équivalent de vos maisons de correction. Nous étions là une vingtaine d'enfants, garçons et filles, confiés à ses bons soins. Parmi eux se trouvaient Félicie Bault et Annette Ravel. Si je ne parviens pas à vous faire comprendre la personnalité d'Annette Ravel, messieurs, vous ne comprendrez rien à l'histoire. Sa mère était ce qu'on appelle une *fille de joie*, et elle était morte de phtisie, abandonnée par son amant. Elle avait été danseuse et Annette aussi désirait danser. Quand je l'ai vue pour la première fois, c'était une gamine de onze ans, pas plus haute que trois pommes, avec un regard tour à tour moqueur et prometteur — une jeune créature pleine de feu et de vie. Et aussitôt — oui, aussitôt — elle fit de moi son esclave. C'était des "Raoul, fais ceci pour moi", "Raoul, fais cela pour moi". Et moi, j'obéissais. Je l'adorais déjà, et elle le savait.

» Nous allions ensemble sur la plage, tous les trois, car Félicie venait avec nous. Annette retirait ses chaussures et ses bas et dansait sur le sable. Et quand elle se laissait tomber, à bout de souffle, elle nous expliquait ce qu'elle avait l'intention de faire et de devenir.

» Je serai célèbre, vous savez. Oui, très célèbre. J'aurai des centaines, des milliers de bas de soie, de la soie la plus fine. Et je vivrai dans un merveilleux appartement. Tous mes amants seront jeunes, beaux, et riches aussi. Et tout Paris viendra me voir danser. On criera, on hurlera, on perdra la tête en me regardant. L'hiver, je ne danserai pas. Je partirai pour le Midi, au soleil. Il y a des villas là-bas, avec des orangers. J'en aurai une. Je m'étendrai au soleil sur des coussins de soie, et je mangerai des oranges. Quant à toi, Raoul, je ne t'oublierai jamais, aussi riche et célèbre que je sois. Je te protégerai, je m'occuperai de ta carrière. Félicie sera ma femme de chambre

— non, elle est trop maladroite de ses mains. Regarde comme elles sont grosses et rudes.

» Félicie se fâchait. Mais Annette continuait à la taquiner.

— C'est une si grande dame, Félicie, si élégante, si raffinée. C'est une princesse déguisée, ha ! ha !

— Mon père et ma mère étaient mariés, rétorquait Félicie, méprisante. Tu ne peux pas en dire autant.

— Oui, et ton père a tué ta mère. C'est très joli d'être la fille d'un assassin !

— Ton père, à toi, il l'a laissé crever, ta mère, répliquait Félicie.

— Ah, oui... disait Annette, songeuse. *Pauvre maman*. Il faut rester fort et en bonne santé. Tout est là : rester fort et en bonne santé...

— Moi, je suis forte comme un cheval, disait fièrement Félicie.

» C'était vrai. Elle était deux fois plus forte que n'importe quelle fille du foyer. Et elle n'était jamais malade.

» Mais elle était idiote, vous voyez, bête comme un âne. Je me suis souvent demandé pourquoi elle suivait Annette partout. C'était, chez elle, une espèce de fascination. Je crois même qu'elle la haïssait parfois. D'ailleurs, Annette n'était pas gentille avec elle. Elle se moquait de sa lourdeur d'esprit, de sa stupidité, et elle l'humiliait devant les autres. J'ai vu Félicie devenir blanche de fureur. Il m'est arrivé de penser qu'elle allait lui mettre les mains autour du cou et serrer jusqu'à ce que mort s'ensuive. Elle n'avait pas assez de vivacité d'esprit pour répliquer aux moqueries d'Annette, mais elle avait fini par trouver une riposte qui ne manquait jamais son but : l'allusion à sa santé et à sa force. Elle avait compris — ce que j'avais toujours su — qu'Annette lui enviait sa vigueur physique, et elle frappait d'instinct le point faible de la cuirasse.

» Un jour, Annette est arrivée, exultant.

— Raoul, m'a-t-elle dit, aujourd'hui nous allons

nous amuser avec cette idiote de Félicie ! Nous allons mourir de rire.

— Qu'est-ce que tu vas faire ?

— Viens derrière la petite remise, je te le dirai.

» Annette avait trouvé un livre. Elle ne comprenait pas tout et, à vrai dire, ça lui passait un peu au-dessus de la tête. C'était un vieil ouvrage d'hypnotisme.

— Ils disent : un objet brillant. La boule de cuivre de mon lit, elle se dévisse. Hier soir, j'ai obligé Félicie à la regarder.

« Regarde fixement, je lui ai dit. Ne la quitte pas des yeux. » Et puis je l'ai fait tourner. Raoul, j'ai eu peur. Elle a eu l'air bizarre... si bizarre. "Félicie, tu feras toujours ce que je t'ordonnerai" je lui ai dit. Et elle m'a répondu : "Je ferai toujours ce que tu m'ordonneras, Annette". Et puis... et puis je lui ai dit : "Demain tu apporteras une chandelle de suif dans la cour, à midi, et tu la mangeras. Et si on te pose des questions, tu diras que c'est la meilleure *galette* que tu aies jamais mangée." Oh, Raoul, tu imagines !

— Mais jamais elle ne fera une chose pareille, ai-je objecté.

— Le livre dit que si. Je n'y crois pas beaucoup mais oh ! Raoul, si ce que dit le livre est vrai, ce que nous allons nous amuser !

» Moi aussi j'ai trouvé l'idée très drôle. Nous avons fait passer le mot à nos camarades et à midi nous nous sommes tous retrouvés dans la cour. Ponctuelle à la minute près, Félicie est arrivée, une chandelle à la main. Me croirez-vous, messieurs, si je vous dis qu'elle s'est mise à la grignoter avec le plus grand sérieux ? Nous étions malades de rire ! De temps en temps, un des enfants s'approchait d'elle et lui demandait, tout aussi sérieusement : "C'est bon ce que tu manges là, hein, Félicie ?" Et elle de répondre : "Mais oui, c'est la meilleure *galette* que j'aie jamais mangée." Et nous éclations de rire. Nous avons fini par rire si fort que le bruit a réveillé Félicie et lui a fait prendre conscience de ce qu'elle était en train de faire. Elle a cligné des yeux, ahurie, elle a regardé la chandelle, puis nous. Elle s'est passé la main sur le front. Et elle a murmuré :

— Mais qu'est-ce que je fais ici ?

» Nous avons tous hurlé :

— Tu es en train de manger une chandelle !

— C'est *moi* qui t'ai fait faire ça. C'est *moi*, qui t'ai fait faire ça ! criait Annette en dansant autour d'elle.

» Félicie l'a regardée un moment. Puis elle a marché lentement sur Annette.

— Alors c'est toi... C'est toi qui m'as ridiculisée... Je m'en souviens. Je te tuerai pour ça !

» Elle avait dit cela d'un ton très calme, mais Annette s'est précipitée soudain derrière moi pour se cacher.

— Sauve-moi, Raoul. Elle me fait peur. C'était seulement une blague, Félicie. Seulement une blague !

— Je n'aime pas ce genre de blagues. Tu comprends ? Je te hais. Je vous hais tous.

» Soudain, elle a fondu en larmes et elle s'est enfuie.

» Je crois qu'Annette, effrayée par ce résultat, n'a pas essayé de renouveler l'expérience. Mais à dater de ce jour, son ascendant sur Félicie a encore grandi.

» Je crois maintenant que Félicie l'avait toujours détestée mais que, néanmoins, elle ne pouvait pas s'en détacher. Elle suivait Annette partout comme un chien.

» Peu après, messieurs, on m'a trouvé un emploi et je ne suis revenu au foyer qu'occasionnellement, pour des vacances. On n'avait pas pris au sérieux le désir d'Annette de devenir danseuse, mais en grandissant elle s'était découvert une fort jolie voix, et miss Slater avait consenti à ce qu'elle travaille le chant.

» Annette n'était pas paresseuse. Elle travaillait dans la fièvre, sans prendre de repos. Miss Slater fut obligée de l'empêcher d'en faire trop. Elle m'en a parlé un jour.

— Toi qui as toujours eu de l'affection pour

Annette, tâche de la convaincre de se ménager. Elle a une petite toux qui ne me plaît guère, depuis quelque temps.

» Peu après, mon travail m'a emmené très loin de là. J'ai reçu une ou deux lettres d'Annette au début, puis cela a été le silence. Après quoi je suis resté cinq ans à l'étranger.

» Tout à fait par hasard, à mon retour à Paris, une affiche avec la photo d'une certaine Annette Ravelli a attiré mon attention. Je l'ai reconnue aussitôt. Le soir même, je suis allé au théâtre en question. Annette chantait en français et en italien. Sur scène, elle était merveilleuse. Ensuite, je me suis rendu dans sa loge. Elle m'a reçu aussitôt.

— Raoul, ça alors ! s'est-elle écriée en me tendant ses mains blanches. Quelle joie ! Où étais-tu passé pendant tout ce temps ?

» Je le lui aurais dit, mais elle ne tenait pas vraiment à le savoir.

— Tu vois, je suis presque arrivée !

» D'un geste triomphant, elle lui montra la pièce pleine de fleurs.

— La bonne miss Slater doit être fière de ton succès.

— Cette vieille chouette ? Sûrement pas. Elle me voyait au conservatoire, tu imagines. Donnant de beaux concerts. Mais moi, je suis une artiste. C'est là, sur une scène de variétés, que je peux m'exprimer.

» A cet instant, un homme d'un certain âge est entré. Il était très distingué. A son attitude, j'ai vite deviné qu'il était le protecteur d'Annette. Il m'a jeté un regard en coin et Annette a expliqué :

— C'est un ami d'enfance. Il est passé par Paris, il a vu ma photo sur une affiche, et voilà !

» L'homme s'est montré alors affable et courtois. En ma présence, il a sorti un bracelet de rubis et de diamants qu'il a passé au poignet d'Annette. Alors que je me levais pour prendre congé, elle m'a lancé un regard triomphant et m'a chuchoté :

— Je suis arrivée, non ? Tu vois ? Tout le monde est à mes pieds !

» Mais en quittant la loge, j'ai entendu sa toux. Une toux sèche et déchirante. Je savais ce que signifiait cette toux. C'était l'héritage de sa phtisique de mère.

» Je l'ai revue deux ans plus tard. Elle était allée chercher refuge chez miss Slater. Sa carrière était brisée. Elle en était à un stade avancé de sa maladie et les médecins pensaient qu'il n'y avait plus rien à faire.

» Ah ! je n'oublierai jamais celle que j'ai vue alors... Elle était étendue sous une sorte d'abri dans le jardin. Elle restait dehors jour et nuit. Elle avait les joues creuses et rouges, les yeux brillants et fiévreux, et elle toussait sans arrêt.

» Elle m'accueillit avec une sorte de désespoir qui m'effraya.

— Je suis heureuse de te voir, Raoul. Tu sais ce qu'ils disent ? Que je pourrais bien ne pas guérir. Ils le disent dans mon dos, tu comprends. Moi, ils me rassurent, ils me consolent. Mais ce n'est pas vrai, Raoul, ce n'est pas vrai ! Je n'accepterai pas de mourir. Mourir ? avec une vie si belle devant moi ? L'important, c'est de vouloir vivre. Tous les grands médecins le disent, aujourd'hui. Je ne suis pas de ces faibles qui se laissent abattre. Je me sens déjà beaucoup mieux — infiniment mieux, tu m'entends ?

» Pour appuyer ses paroles, elle se dressa sur un coude, mais retomba en arrière, secouée par un accès de toux.

— La toux... ce n'est rien ! haleta-t-elle. Et je n'ai pas peur des hémorragies. Je surprendrai les médecins. C'est la volonté qui compte. Sache-le, Raoul, je vais vivre.

» C'était pitoyable, voyez-vous, pitoyable.

» A cet instant arriva Félicie Bault, avec un plateau et un verre de lait chaud. Elle le tendit à Annette et la regarda boire, avec une expression que je ne pus déchiffrer, qui ressemblait à une sorte de profonde satisfaction.

» Annette avait aussi remarqué ce regard. Furieuse, elle jeta le verre qui se cassa en mille morceaux.

— Tu la vois ? Elle me regarde tout le temps comme ça. Elle est contente que je sois en train de mourir ! Oui, elle jubile, elle qui est solide et bien portante. Regarde-la, jamais malade, celle-là, pas un seul jour ! Et tout ça pour rien. A quoi lui sert cette grande carcasse ? Que peut-elle en faire ?

» Félicie ramassa les débris du verre.

— Je me fiche bien de ce qu'elle dit, chantonna-t-elle, quelle importance ? Je suis une fille respectable, moi. Pas comme elle. Elle ne va pas tarder à connaître les flammes du purgatoire. Je suis chrétienne, je ne dis rien, moi !

— Tu me hais ! Félicie. Tu m'as toujours haïe. Ah ! mais je suis encore capable de t'ensorceler. Je peux te faire faire ce que je veux. Tiens, si je te le demandais, tu te traînerais à genoux sur l'herbe devant moi.

— Tu es ridicule, dit Félicie, mal à l'aise.

— Mais si, tu vas le faire ! Fais-le. Pour me faire plaisir. A genoux ! Je te l'ordonne, moi, Annette. A genoux, Félicie !

» Que ce soit à cause de sa voix merveilleusement persuasive ou pour quelque raison plus profonde, Félicie obéit. Elle tomba lentement à genoux, les bras en croix, le visage vide, hébété.

» Annette rejeta la tête en arrière, et se mit à rire, à rire...

— Non, mais regarde-la avec sa tête d'idiote ! Elle est grotesque ! Tu peux te relever maintenant, Félicie. Merci ! Pas la peine de me foudroyer du regard. Je suis ta maîtresse. Tu dois m'obéir.

» Elle retomba sur ses oreillers, épuisée. Félicie ramassa le plateau et s'éloigna lentement. A un moment donné elle se retourna et je fus stupéfait de lire dans ses yeux tant de ressentiment.

» Je n'étais pas là quand Annette est morte. Mais il semble que cela a été terrible. Elle s'accrochait à la vie. Elle luttait contre la mort comme une forcenée. Sans cesse elle répétait, haletante, “Je ne mourrai pas... vous m'entendez ? Je ne mourrai pas. Je veux vivre... vivre.”

» C'est miss Slater qui m'a raconté tout ça quand je suis venu la voir six mois plus tard.

— Mon pauvre Raoul, m'a-t-elle dit gentiment, tu l'aimais n'est-ce pas ?

— Je l'ai toujours aimée. Mais de quel secours aurais-je pu lui être ? Je ne veux plus en parler. Elle est morte... elle, si brillante, si bouillonnante de vie...

» Miss Slater était une femme compatissante. Elle parla d'autre chose. Elle s'inquiétait pour Félicie, qui avait fait une espèce de dépression nerveuse et se comportait, depuis, de façon tout à fait étrange.

— Tu sais, m'a dit miss Slater après un instant d'hésitation, qu'elle apprend le piano ?

» Je l'ignorais et j'en ai été très surpris. Félicie, apprenant le piano ! J'aurais juré qu'elle était incapable de distinguer une note d'une autre.

— On prétend qu'elle a du talent, a continué miss Slater. Je n'y comprends rien. Je l'ai toujours considérée... ma foi, tu le sais bien, Raoul, elle a toujours été stupide.

» J'ai hoché la tête.

— Elle se conduit de façon si bizarre, parfois... Vraiment, je ne sais plus quoi penser.

» Quelques instants plus tard, je suis entré dans la salle de lecture. Félicie jouait du piano. Elle jouait l'air qu'Annette avait chanté, à Paris. Vous le comprendrez, messieurs, cela m'a fait un choc. Et puis, en m'entendant, elle a brusquement cessé de jouer et s'est retournée, le regard moqueur, brillant d'intelligence. Un instant, j'ai pensé... eh bien, je ne vous dirai pas ce que j'ai pensé.

— Tiens ! a-t-elle dit. C'est vous, *monsieur* Raoul ?

» Je ne peux pas vous décrire la façon dont elle avait dit ça. Pour Annette, j'avais toujours été Raoul. Mais Félicie, depuis que nous étions adultes, m'appelait *monsieur* Raoul. Mais la façon qu'elle avait eu de le dire, cette fois, était différente — comme si ce *monsieur*, sur lequel elle avait insisté légèrement, avait quelque chose d'amusant.

— Eh bien, Félicie, tu parais toute changée aujourd'hui, ai-je balbutié ?

— Vraiment ? a-t-elle dit, songeuse. C'est curieux, ça. Mais ne sois pas si solennel, Raoul — décidément, je vais t'appeler Raoul, n'avons-nous pas joué ensemble quand nous étions petits ? La vie est faite pour rire. Parlons de la pauvre Annette, qui est morte et enterrée. Est-elle au purgatoire, ou ailleurs ?

Elle s'est mise à fredonner — plutôt faux, mais ce sont les paroles de sa chanson qui ont attiré mon attention.

— Félicie... me suis-je écrié, tu parles italien ?

— Pourquoi pas, Raoul ? Je ne suis peut-être pas aussi bête que j'en ai l'air.

» Elle a ri en voyant ma stupéfaction.

— Je ne comprends pas...

— Eh bien voilà. Je suis une excellente actrice, même si personne ne s'en doute. Je peux jouer plusieurs rôles — et très bien.

» Elle s'est remise à rire et a filé avant que je n'aie pu l'arrêter.

» Je l'ai revue avant de partir. Elle s'était endormie dans un fauteuil et ronflait bruyamment. Je suis resté à la regarder, avec un mélange de fascination et de répulsion. Soudain, elle s'est réveillée en sursaut. Son regard morne et sans vie a croisé le mien.

— Monsieur Raoul, a-t-elle murmuré machinalement.

— Oui, Félicie. Je vais partir, maintenant. Veux-tu jouer encore pour moi avant mon départ ?

— Moi ? Jouer ? Vous vous moquez de moi, monsieur Raoul !

— Tu ne te souviens pas d'avoir joué du piano ce matin ?

» Elle a secoué la tête.

— Comment une pauvre fille comme moi pourrait-elle jouer ?

» Elle est demeurée un instant songeuse, puis elle m'a fait signe d'approcher.

— Monsieur Raoul, il se passe des choses étranges dans cette maison ! On nous fait des blagues. On change l'heure des pendules. Oui, oui, je sais ce que je dis. Et c'est elle qui fait tout ça.

— Qui donc ? ai-je demandé, surpris.

— Annette. La mauvaise. Quand elle était vivante, elle me tourmentait toujours. Maintenant qu'elle est morte, elle revient encore me tourmenter.

» J'ai regardé Félicie. Je voyais maintenant qu'elle était prise d'une terreur intense, que les yeux lui sortaient de la tête.

— Elle est mauvaise, celle-là. Elle est mauvaise, c'est moi qui vous le dis. Elle vous ôterait le pain de la bouche, les vêtements du dos, *l'âme du corps*...

» Soudain, elle s'est accrochée à moi.

— J'ai peur, je vous le dis, j'ai peur... J'entends sa voix — pas dans mon oreille, non, pas dans mon oreille. Là, dans ma tête. (Elle s'est frappé le front.) Elle va me chasser, me chasser pour de bon, et alors qu'est-ce que je vais faire, qu'est-ce que je vais devenir ?

» Sa voix montait, elle criait presque. Elle avait le regard terrifié d'un animal aux abois...

» Et soudain elle a souri, d'un sourire rusé de paysanne, avec quelque chose qui me donna le frisson.

— Si on devait en arriver là, monsieur Raoul, j'ai des mains très fortes... des mains très fortes.

» Jusque-là, je n'y avais jamais fait particulièrement attention. Je les ai regardées et je n'ai pas pu m'empêcher de frémir. Ses doigts étaient gros, courts et larges et, en effet, terriblement forts... Je ne peux pas vous décrire la nausée qui m'a saisi. C'est avec de telles mains que son père avait dû étrangler sa mère.

» C'est la dernière fois que j'ai vu Félicie Bault. Aussitôt après, je suis parti pour l'étranger — pour l'Amérique du Sud. J'en suis revenu deux ans après sa mort. J'avais lu quelque chose dans les journaux sur sa vie et sa mort brutale. J'ai appris d'autres détails ce soir — par vous, messieurs ! Félicie 3, Félicie 4... Je me demande... C'était une bonne comédienne, vous savez ! »

Soudain, le train ralentit. L'homme se redressa et boutonna son pardessus.

— Quelle est votre théorie ? demanda l'avocat en se penchant vers lui.

— Je ne peux pas croire..., commença le révérend Parfitt.

Le médecin ne dit rien. Il regardait fixement Raoul Lepardeau.

— *"Elle vous ôterait les vêtements du dos, l'âme du corps"*, cita le Français d'un ton léger. (Il se leva.) Je vous ai dit, messieurs, que l'histoire de Félicie Bault était l'histoire d'Annette Ravel. Vous ne l'avez pas connue. Moi si. *Elle aimait passionnément la vie...*

La main sur la porte, prêt à sortir, il se retourna soudain, se pencha et tapa doucement sur la poitrine du révérend Parfitt.

— Le médecin a dit tout à l'heure que tout *cela*... (il lui frappa l'estomac et le révérend grimaça) n'était qu'une résidence. Si vous trouviez un cambrioleur chez vous, que feriez-vous ? Vous le tueriez, non ?

— Non, s'écria le pasteur. Vraiment, non. Je veux dire... pas dans ce pays.

Mais il parlait dans le vide, maintenant. La porte du compartiment avait claqué.

Le pasteur, l'avocat et le médecin étaient seuls. Le quatrième coin n'avait pas d'occupant.

LA GITANE

(The Gipsy)

Macfarlane avait souvent remarqué que son ami Dickie Carpenter avait une profonde aversion pour les gitans. Il n'en connaissait pas la raison. Mais lorsque Dickie rompit ses fiançailles avec Esther Lawes, les deux hommes sortirent momentanément de leur réserve.

Macfarlane était fiancé à Rachel, la cadette des sœurs Lawes, depuis un an environ. Il les connaissait toutes les deux depuis l'enfance. Lent et prudent en toutes choses, il avait mis longtemps à admettre l'attrait croissant qu'exerçaient sur lui le visage enfantin de Rachel et ses yeux marron au regard honnête. Ce n'était pas une beauté comme Esther, non ! Mais elle était plus vraie, plus douce. Les fiançailles de Dickie avec la sœur aînée semblaient avoir encore rapproché les deux hommes.

Et voilà que, quelques semaines plus tard, les fiançailles étaient rompues et que Dickie, ce brave Dickie, accusait sérieusement le coup. Jusque-là, sa jeune vie s'était déroulée sans heurt. Il avait un amour inné de la mer et une carrière dans la Marine avait été tout indiquée. Il y avait quelque chose du Viking dans sa nature primitive et directe qui ne s'embarrassait pas de subtilités. Il appartenait à cette catégorie d'Anglais qui détestent l'émotion sous toutes ses formes et pour qui il est particulièrement difficile de s'exprimer avec des mots.

Macfarlane, cet Ecossais austère qui dissimulait quelque part une imagination celtique, fumait et écoutait son ami se débattre dans un océan de paroles. Il s'attendait bien à un grand déballage, mais à propos d'autre chose. Pas un mot d'Esther Lawes. Pour l'instant, il s'agissait simplement d'une histoire de terreur enfantine.

— Tout a débuté par un rêve que je faisais quand j'étais gosse. Pas vraiment un cauchemar. Elle — une gitane, tu comprends — arrivait dans n'importe quel rêve... même dans un rêve agréable (au sens où l'entendent les enfants : une fête, des gâteaux...). J'étais en train de m'amuser et tout à coup je sentais, je *savais* que si je levais les yeux elle serait debout, comme d'habitude, à m'observer. Tristement, comme si elle comprenait quelque chose qui m'échappait... Je ne saurais te dire pourquoi cela me faisait si peur, mais c'était ainsi. Je me réveillais toujours en hurlant de terreur et ma vieille nounou me disait : "Ça y est ! Monsieur Dickie a encore rêvé de sa gitane !"

— Tu as déjà eu peur de vrais bohémiens ?

— Je n'en ai vu que plus tard. Drôle d'histoire, là aussi. Je poursuivais un de mes chiots qui s'était sauvé. J'étais sorti par la porte du jardin et j'avais pris un sentier dans la forêt. Comme tu sais, nous habitions alors New Forest. Je suis arrivé dans une espèce de clairière, où un pont de bois enjambait une rivière. Et juste à côté, il y avait une gitane, debout, avec un foulard rouge sur la tête, exactement comme dans mon rêve. Elle m'a effrayé. Elle me regardait, tu sais... avec le même regard comme si elle savait quelque chose que j'ignorais et en était désolée... Et puis elle a dit tout tranquillement, avec un signe de tête dans ma direction : *"A votre place, je n'irais pas par là."* Je ne peux pas t'expliquer pourquoi, ça m'a fichu une peur bleue. J'ai pris mes jambes à mon cou, je suis passé devant elle et j'ai poursuivi sur le pont. Il devait être pourri, j'imagine. Quoi qu'il en soit, il a cédé et je me suis retrouvé dans la rivière. Le courant était assez violent et j'ai failli me noyer. Je ne l'oublierai jamais. J'avais le sentiment que tout cela avait un rapport avec la gitane...

— Elle t'avait pourtant mis en garde, en vérité.

— Je suppose qu'on peut voir les choses comme ça, dit Dickie qui demeura un instant songeur avant de reprendre : si je te parle de ce rêve ce n'est pas qu'il ait quelque chose à voir avec ce qui est arrivé ensuite — du moins, je ne le pense pas — mais parce que cela a été le point de départ de tout. Tu comprendras maintenant ce que je veux dire par le sens gitan. Je vais revenir à cette première soirée chez les Lawes. Je rentrais de la côte occidentale de l'Inde et cela me faisait tout drôle de me retrouver en Angleterre. Les Lawes étaient de vieux amis de la famille. Je n'avais pas revu les deux filles depuis l'âge de sept ans, mais le jeune Arthur était un grand copain et, après sa mort, Esther avait pris l'habitude de m'écrire et de m'envoyer des journaux. Elle écrivait de sacrément belles lettres ! Qui me remontaient le moral. J'aurais bien voulu avoir une meilleure plume pour lui répondre. Je brûlais de la revoir. Cela paraissait bizarre de ne connaître une jeune fille qu'à travers ses lettres. Bref, je me précipitai chez les Lawes dès mon arrivée. Esther n'était pas là, mais elle devait rentrer le soir même. Au dîner, je me retrouvai à côté de Rachel et, en regardant autour de moi, je fus pris d'un sentiment étrange. J'avais l'impression que quelqu'un m'observait, ce qui me mit mal à l'aise. Et puis je la vis...

— Qui ça ?

— Mrs Haworth — celle dont je te parle !

Macfarlane fut à deux doigts de lui rétorquer : je pensais que tu parlais d'Esther Lawes, mais il n'en fit rien et Dickie poursuivit :

— Il y avait chez elle quelque chose de tout à fait différent des autres. Elle était assise à côté du vieux Lawes et l'écoutait gravement, tête penchée. Elle avait une espèce de tulle rouge autour du cou. Je crois qu'il s'était déchiré, mais quoi qu'il en soit, il rebiquait derrière sa tête comme des petites langues de feu.

» Qui est cette dame, là-bas ? demandai-je à Rachel. La brune... avec une écharpe rouge ?

» Vous voulez dire Alistair Haworth ? Elle a une écharpe rouge, en effet. Mais elle est blonde. *Très* blonde.

» Et c'était bien le cas. Elle avait de ravissants cheveux, clairs et brillants. Cependant, j'aurais juré qu'elle était brune. C'est curieux les tours que peuvent nous jouer nos sens... Après le dîner, Rachel nous présenta l'un à l'autre, et nous allâmes nous promener dans le jardin. Nous parlâmes de la réincarnation.

— Cela ne fait pas partie de tes préoccupations, Dickie !

— En effet. Je me souviens de lui avoir dit que cela

me paraissait une façon joliment raisonnable d'expliquer cette impression qu'on a parfois d'avoir déjà rencontré quelqu'un qu'on voit pour la première fois. Elle m'a répondu : « Vous pensez aux amoureux ? » Elle avait dit ça assez bizarrement avec douceur et vivacité. Cela me rappelait quelque chose, mais je ne savais pas quoi. Nous avons continué à bavarder un peu, jusqu'à ce que le vieux Lawes nous appelle : Esther venait d'arriver et voulait me voir. Mrs Haworth a posé la main sur mon bras et m'a dit : Vous rentrez ? — J'ai répondu : Oui, je pense que cela vaut mieux. Et alors... alors...

— Eh bien ?

— Cela paraît tellement idiot ! Mrs Haworth m'a dit : *A votre place, je ne rentrerais pas*... (Dickie s'arrêta)... Cela m'a effrayé, tu comprends. Terriblement effrayé. Voilà pourquoi je t'ai parlé du rêve... Parce que, tu vois, elle m'a dit cela exactement de la même façon, tranquillement, comme si elle savait quelque chose que j'ignorais. Ce n'était pas tout bonnement une jolie femme qui souhaitait me retenir dans le jardin. Je sentais qu'elle était gentille, et tout à fait désolée. Presque comme si elle savait ce qui allait arriver... Je me suis sans doute conduit très grossièrement : je l'ai plantée là et j'ai couru vers la maison comme vers un refuge. J'ai compris alors que j'avais peur d'elle depuis le début. Ce fut un véritable soulagement de retrouver le vieux Lawes. Esther était à côté de lui. (Il hésita un instant puis marmonna, de façon plutôt hermétique :) Dès que je l'ai vue, la question était réglée. J'étais pris.

Macfarlane se prit à songer à Esther Lawes. Une fois, il avait entendu quelqu'un faire ainsi son portrait : « Un mètre quatre-vingt-deux de perfection juive. » Bien vu, se dit-il, en pensant à sa taille insolite, à sa sveltesse, à la blancheur marmoréenne de son visage au nez délicatement aquilin et à la noire splendeur de sa chevelure et de ses yeux. Oui, rien de surprenant que Dickie, dans sa simplicité enfantine, ait succombé. Quant à lui, elle ne lui aurait pas fait accélérer le pouls d'un iota, mais il reconnaissait qu'elle était superbe.

— Et alors, poursuivit Dickie, nous nous sommes fiancés.

— Aussitôt ?

— Environ une semaine plus tard. Après quoi il lui a fallu à peu près quinze jours pour se rendre compte qu'au fond elle ne tenait pas à moi.

Dickie eut un petit rire amer.

— C'était la veille de mon retour à bord. Je rentrais du village à travers bois, et soudain je l'ai vue, *elle* — Mrs Haworth, je veux dire. Elle avait un béret écossais rouge sur la tête, ce qui m'a fait faire un bond ! Je t'ai raconté mon rêve alors tu dois comprendre... Nous avons marché ensemble un moment. Non pas que nous ayons prononcé un seul mot qu'Esther n'aurait pu entendre, tu sais...

— Non ?

Macfarlane regarda son ami avec curiosité. Bizarre cette façon qu'ont les gens de vous faire savoir des choses dont eux-mêmes n'ont pas conscience.

— Et puis, au moment où j'allais faire demi-tour pour rentrer à la maison, elle m'a arrêté. Elle m'a dit : « Vous y serez toujours assez tôt. *A votre place, je ne serais pas aussi pressé...* » *J'ai su* alors que quelque chose d'abominable m'attendait... et, dès que je suis entré, Esther est venue me dire qu'elle avait réfléchi, qu'elle ne tenait pas vraiment à moi...

Macfarlane lui exprima sa sympathie par un vague grognement.

— Et Mrs Haworth ? demanda-t-il.

— Je ne l'ai plus revue... jusqu'à ce soir.

— Ce soir ?

— Oui. A l'hôpital militaire. Ils ont jeté un coup d'œil sur ma jambe, celle qui a été touchée quand cette torpille a explosé. Elle m'inquiétait un peu depuis quelque temps. Le vieux a conseillé d'opérer — une intervention très banale. En sortant je suis tombé sur une fille qui avait passé un pull rouge sur son uniforme d'infirmière et qui m'a dit : *A votre place, je ne me laisserais pas faire cette opération...*

C'est alors que j'ai reconnu Mrs Haworth. Elle est passée si vite que je n'ai pas pu l'arrêter. J'ai croisé une autre infirmière que j'ai questionnée. Elle m'a répondu qu'elle ne connaissait personne de ce nom à l'hôpital... Bizarre...

— Tu es sûr que c'était elle ?

— Oh ! oui ! Elle est très belle, tu sais..., affirma Dickie, qui ajouta : Je vais passer sur le billard, évidemment, mais..., mais si je devais avaler mon bulletin de naissance...

— Foutaises !

— Foutaises, bien sûr. Mais tout de même, je suis content de t'avoir parlé de cette histoire de gitane... Et ce n'est pas tout. Si seulement je pouvais me rappeler...

Macfarlane montait un sentier abrupt à travers la lande. Il s'arrêta devant une maison près du sommet, serra les dents et sonna.

— Mrs Haworth est chez elle ?

— Oui, monsieur. Je vais vous annoncer.

La femme de chambre l'introduisit dans une immense salle basse dont les fenêtres donnaient sur la lande sauvage. Il fronça les sourcils. Est-ce qu'il n'était pas en train de se rendre absolument ridicule ?

Soudain, il sursauta. Une voix grave chantait, au-dessus de sa tête :

La gitane
Vit dans la lande...

La voix se tut. Le cœur de Macfarlane battit un peu plus fort.

La porte s'ouvrit.

Il eut un choc devant cette étonnante blondeur, presque scandinave. Malgré le portrait que lui en avait fait Dickie, il l'avait imaginée brune comme une gitane... Il se souvint brusquement des mots qu'il avait employés et du ton qu'il avait pris pour dire :

Elle est très belle, tu sais... Rare est la beauté parfaite, incontestable, mais Alistair Haworth était d'une beauté parfaite, incontestable.

Il se ressaisit et avança à sa rencontre :

— Vous ne me connaissez ni d'Eve ni d'Adam, lui dit-il. J'ai eu votre adresse par les Lawes. Mais... je suis un ami de Dickie Carpenter.

Elle le dévisagea attentivement pendant un moment. Puis elle déclara :

— J'allais sortir. Sur la lande. Voulez-vous venir avec moi ?

Elle ouvrit la porte-fenêtre et passa dehors. Il la suivit. Un homme corpulent, à l'air plutôt niais, fumait, assis dans un fauteuil d'osier.

— Mon mari, dit-elle. Maurice, nous allons faire un tour sur la lande. Et Mr Macfarlane reviendra déjeuner avec nous. N'est-ce pas, Mr Macfarlane ?

— Avec plaisir.

Elle se mit à escalader la colline avec aisance et il la suivait tout en se demandant : « Pourquoi ? Pourquoi grands dieux avoir épousé *ça ?* »

— Allons nous asseoir là, dit Alistair en se dirigeant vers quelques rochers. Et vous allez me dire... ce que vous êtes venu me dire.

— Vous saviez ?

— Je sais toujours quand il arrive une mauvaise nouvelle. Car c'est une mauvaise nouvelle, n'est-ce pas ? Concernant Dickie ?

— Il a subi une opération bénigne — avec succès. Mais il devait avoir une faiblesse cardiaque. Il est mort de l'anesthésie.

Macfarlane ne savait pas très bien ce qu'il s'attendait à voir sur le visage de cette femme — mais pas cet air de profonde et infinie lassitude.

— Attendre... encore... si longtemps... si longtemps, l'entendit-il murmurer. (Puis, levant les yeux :) Oui, qu'alliez-vous dire ?

— Simplement que quelqu'un l'avait mis en garde contre cette opération. Une infirmière. Il pensait que c'était vous. C'est vrai ?

— Non, ce n'était pas moi. Mais j'ai une cousine

qui est infirmière. Dans la pénombre, elle me ressemble beaucoup. C'est sans doute cela. Elle leva de nouveau les yeux vers lui. C'est sans importance, n'est-ce pas ? (Soudain, elle ouvrit les yeux tout grands et retint son souffle :) Oh ! dit-elle... Oh ! comme c'est drôle ! Vous ne comprenez pas...

Macfarlane ne savait que penser. Elle le regardait toujours.

— J'aurais cru que si... Vous *devriez*... On dirait que vous l'avez, vous aussi...

— Que j'ai quoi ?

— Le don — ou la malédiction — appelez cela comme vous voudrez. Je crois que vous l'avez. Regardez très fort ce creux au milieu des rochers. Ne pensez à rien, regardez seulement... Ah ! fit-elle alors qu'il tressaillait, vous avez vu quelque chose ?

— Ça doit être mon imagination. Pendant une seconde, je l'ai vu plein de sang !

Elle hocha la tête.

— Je savais que vous l'aviez. C'est là que les anciens adorateurs du soleil sacrifiaient leurs victimes. Je l'ai su bien avant qu'on me le dise. Et parfois je sais exactement ce qu'ils ressentaient alors, presque comme si j'avais été présente... Et il y a quelque chose, dans la lande, qui me donne l'impression que je reviens chez moi. Evidemment, il est tout naturel que je possède le don. Je suis une Fergues-son. On a le don de double vue dans la famille. Et ma mère a été médium jusqu'à son mariage. Elle s'appelait Cristing. Elle était assez connue.

— Par don, est-ce que vous entendez le pouvoir de voir les événements avant qu'ils ne se produisent ?

— Oui, l'avenir ou le passé, c'est la même chose. Par exemple, j'ai vu que vous vous demandiez pourquoi j'avais épousé Maurice — mais si ! Eh bien, simplement parce que je sais qu'une menace épouvantable pèse sur lui. J'ai voulu l'en protéger... Les femmes sont ainsi faites. Avec mon don, je devrais pouvoir l'empêcher de se réaliser... Si c'est possible. Je n'ai pas réussi à aider Dickie. Et Dickie ne voulait pas comprendre. Il avait peur. Il était très jeune.

— Vingt-deux ans.

— Moi, j'en ai trente. Mais ce n'est pas ce que je voulais dire. Il y a tant de façons d'être divisé, par la longueur, par la hauteur, par la largeur... Mais le pire, c'est de l'être par le temps.

Elle sombra dans un long silence rêveur.

Le bruit sourd d'un gong venant de la maison les tira de leurs pensées.

Pendant le déjeuner, Macfarlane observa Maurice Haworth. Il était manifestement amoureux fou de sa femme. On lisait dans ses yeux l'amour total, aveugle, du chien. Et, chez Alistair, une tendresse quasi maternelle. Après le repas, il prit congé.

— Je suis descendu à l'auberge pour un jour ou deux. Puis-je revenir vous voir ? Demain, peut-être ?

— Certainement. Mais...

— Mais quoi ?

Elle se passa la main sur les yeux d'un geste rapide.

— Je ne sais pas. Je... je me suis imaginé que nous ne devions plus nous revoir. C'est tout... Au revoir.

Il descendit lentement la route. Bien qu'il s'en défendît, une main glacée lui étreignait le cœur. Il n'y avait rien dans ses paroles, bien sûr, mais...

Un bruit de moteur, dans le tournant. Il se plaqua contre la haie... Il était temps. Son visage devint d'une curieuse pâleur grisâtre.

« Seigneur, j'ai les nerfs dans un triste état », murmura Macfarlane en se réveillant le lendemain. Il passa froidement en revue les événements de la veille. Le bruit de moteur, le raccourci menant à l'auberge, et le brouillard soudain qui lui avait fait perdre son chemin pas très loin d'une dangereuse tourbière. Et puis la cheminée qui était tombée du toit de l'auberge, et l'odeur de brûlé dans la nuit, à cause d'une braise qu'il avait retrouvée sur sa carpette. Rien dans tout cela. Rien du tout, sinon les mots qu'elle avait prononcés et au fond de son cœur, la certitude, inavouée, qu'elle *savait*...

Animé d'une soudaine énergie, il rejeta ses couvertures. D'abord et avant tout, il devait aller la voir. Ainsi, le charme serait rompu. A condition qu'il *arrive sain et sauf...* Seigneur, quel idiot il faisait !

Il ne mangea pas grand-chose au petit déjeuner. A 10 heures, il prit la route. A 10 heures et demie, il avait la main sur la sonnette. Alors, et seulement alors, il se permit un long soupir de soulagement.

— Mrs Haworth est chez elle ? demanda-t-il à la femme de chambre qui lui avait déjà ouvert la veille, mais qui avait un visage ravagé par le chagrin, cette fois.

— Oh ! monsieur, monsieur ! vous n'êtes donc pas au courant ?

— Au courant de quoi ?

— Miss Alistair, le pauvre agneau. C'est son fortifiant. Elle en prenait tous les soirs. Le pauvre capitaine est dans tous ses états, il est fou de douleur. Dans l'obscurité, il s'est trompé de bouteille. On a envoyé chercher le docteur, mais il était trop tard...

Aussitôt revinrent à l'esprit de Macfarlane les paroles d'Alistair : *Je sais qu'une menace épouvantable pèse sur lui... Je devrais pouvoir l'empêcher de se réaliser... Si c'est possible.* Mais on ne peut tromper le Destin... Etrange fatalité que cette vision qui a causé la destruction de ce qu'elle cherchait à sauver...

— Mon petit agneau ! poursuivit la vieille servante. Si douce, si gentille, toujours à souffrir du malheur des autres. Elle ne supportait pas de voir quelqu'un dans l'affliction. (Elle hésita un instant, puis ajouta :) Voulez-vous monter la voir, monsieur ? Je crois que vous la connaissiez depuis longtemps. Depuis *très* longtemps, à ce qu'elle disait...

Macfarlane suivit la vieille femme à l'étage, dans la chambre au-dessus du salon, d'où il avait entendu chanter la veille. Il y avait un vitrail au sommet des fenêtres. Il envoyait une lumière rouge sur la tête de lit... *Une gitane avec un foulard rouge sur la tête...* Balivernes. Ses nerfs lui jouaient de nouveau des tours. Il jeta un dernier long regard sur Alistair Haworth.

— Une dame voudrait vous voir, monsieur.

— Hein ? fit Macfarlane en regardant l'aubergiste d'un œil vide. Oh ! je vous demande pardon, Mrs Rowse, je voyais des fantômes.

— Pas vraiment, monsieur ? Je sais qu'on voit des choses bien étranges sur la lande après la tombée de la nuit. Il y a la dame blanche, et le forgeron du diable, le marin et la gitane...

— Quoi ? Un marin et une gitane ?

— A ce qu'on prétend, monsieur. On racontait ça dans ma jeunesse. On disait qu'ils avaient eu des amours malheureuses, dans le temps... Mais cela fait un moment qu'on ne les a plus vus marcher.

— Non ? Je me demande si peut-être... Ils ne vont pas de nouveau maintenant...

— Seigneur ! vous en dites des choses, monsieur ! A propos de cette jeune dame...

— Quelle jeune dame ?

— Celle qui vous attend, monsieur. Elle est dans le salon. Miss Lawes, elle a dit qu'elle s'appelle.

— Oh !

Rachel ! Il éprouva un étrange sentiment de contraction, de changement de perspective. Il était en train d'épier un autre univers. Il avait oublié Rachel, car Rachel faisait seulement partie de cette vie... De nouveau ce curieux déplacement de perspective, ce retour à un monde à trois dimensions seulement.

Il ouvrit la porte du salon. Rachel — avec le regard direct de ses yeux noisette. Et soudain, comme un homme s'éveillant d'un rêve, il fut submergé par une joyeuse et chaleureuse réalité. Vivant ! Il était vivant ! Et il pensa : « Il n'y a qu'une vie dont on puisse être *sûr*. Celle-ci ! »

— Rachel ! s'écria-t-il.

Il lui souleva le menton et lui baisa les lèvres.

LE FLAMBEAU

(The Lamp)

C'était incontestablement une vieille maison. Toute la place était vieille et avait cet air de dignité réprobatrice que l'on rencontre si souvent dans les cités épiscopales. Mais le n° 19 donnait l'impression d'être vieille parmi les vieilles. Elle avait une véritable majesté patriarcale. Elle se dressait, plus grise que les grises, plus hautaine que les hautaines, plus glaciale que les glaciales. Austère, rébarbative et empreinte de cette désolation propre à toutes les maisons depuis longtemps inoccupées, elle régnait sur les autres habitations.

Dans toute autre ville, on l'eût franchement qualifiée de hantée, mais Weyminster était hostile aux fantômes, et les considérait comme à peine respectables sauf s'ils étaient l'apanage d'une famille noble. Aussi ne parlait-on jamais du n° 19 comme d'une maison hantée. Néanmoins, elle était depuis des années, « à vendre ou à louer ».

Mrs Lancaster regarda la maison avec approbation. Quant à son volubile agent immobilier, il était d'humeur exceptionnellement joyeuse à l'idée de voir disparaître le n° 19 de ses fichiers. Il glissa la clé dans la serrure sans interrompre ses commentaires laudateurs.

— Depuis combien de temps la maison est-elle inoccupée ? demanda Mrs Lancaster, mettant assez brutalement un terme à ce flot d'éloquence.

Mr Raddish (de l'agence Raddish & Foplow) fut un peu embarrassé.

— Euh... euh... depuis un certain temps, répondit-il avec un sourire suave.

— C'est bien ce qu'il me semble, répliqua Mrs Lancaster avec ironie.

L'entrée chichement éclairée était proprement glaciale. Une femme plus imaginative en aurait frissonné, mais celle-ci était d'un naturel éminemment pratique. Elle était grande, avec une abondante chevelure châtain à peine marquée de quelques touches de gris, et des yeux d'un bleu plutôt froid.

Elle visita la maison de la cave au grenier, posant de temps à autre une question judicieuse. L'inspection terminée, elle regagna l'une des pièces donnant sur la place et affronta l'agent immobilier d'un air résolu.

— Qu'est-ce qui cloche avec cette maison ?

Mr Raddish fut pris de court.

— Vous savez ce que c'est, une maison vide est toujours un peu sinistre, répliqua-t-il sans conviction.

— Balivernes. Le loyer est ridiculement bas, presque symbolique, pour une telle maison. Il doit y avoir une raison à ça ? Est-ce qu'elle serait hantée ?

Mr Raddish tressaillit mais ne dit rien. Mrs Lancaster le regardait avec attention. Elle reprit au bout d'un moment :

— Balivernes, bien sûr. Je ne crois pas aux fantômes et, personnellement, ce n'est pas ça qui m'empêcherait de la prendre. Mais les domestiques sont malheureusement très crédules et s'effraient d'un rien. Vous seriez donc très aimable de me dire quoi... quelle est la chose censée hanter ces lieux.

— Je... euh... sincèrement, je l'ignore, balbutia l'agent immobilier.

— Je suis sûre du contraire, répliqua la dame sans s'émouvoir. Je ne peux pas prendre la maison si je ne sais pas de quoi il s'agit. D'un crime ?

— Oh ! non, protesta Mr Raddish, choqué à l'idée d'une chose si étrangère à la respectabilité du quartier. C'est... c'est seulement un enfant.

— Un enfant ?

— Oui. Je ne connais pas exactement l'histoire, continua Raddish à contrecœur. Bien sûr, il en existe différentes versions, mais, d'après ce que je crois savoir, il y a une trentaine d'années le n° 19 a été occupé par un certain Williams. On ne savait rien de lui. Il n'avait pas de domestiques ; il n'avait pas d'amis ; il sortait rarement dans la journée. Il n'avait qu'un enfant, un petit garçon. Deux mois après son arrivée, il partit pour Londres, et à peine y avait-il posé le pied qu'on s'aperçut qu'il était recherché par la police pour je ne sais quel délit. Cela devait être grave car, plutôt que de se rendre, il préféra se tuer. En attendant, l'enfant vivait seul dans la maison. Il avait de quoi subsister quelque temps et il espérait jour après jour le retour de son père. Malheureusement, on lui avait inculqué qu'en aucun cas il ne devait sortir de la maison ni parler à qui que ce soit. C'était un petit être frêle et de santé délicate, qui n'aurait jamais osé désobéir. La nuit, les voisins, ignorant que son père était parti, l'entendaient souvent sangloter dans l'affreuse solitude et la désolation de la maison vide.

Mr Raddish s'arrêta.

— Et... euh... l'enfant est mort de faim, conclut-il sur le ton avec lequel il aurait pu annoncer qu'il commençait à pleuvoir.

— Et c'est le fantôme de cet enfant qui est censé hanter les lieux ?

— Rien de réellement sérieux, dit Mr Raddish, se hâtant de la rassurer. On n'a jamais rien *vu*, rien *vu* du tout. On raconte simplement, c'est ridicule, bien sûr, qu'on entend... pleurer l'enfant, vous voyez.

Mrs Lancaster se dirigea vers la porte.

— J'aime beaucoup cette maison. Je ne trouverai rien d'aussi bien pour le prix. Je vais réfléchir et je vous ferai part de ma décision.

— Cette maison est devenue très gaie, n'est-ce pas, papa ?

Mrs Lancaster embrassa son nouveau domaine du regard avec satisfaction. Des tapis de couleurs vives, des meubles bien cirés et un tas de bibelots avaient effacé le côté sinistre du n° 19.

Elle s'adressait à un vieux monsieur maigre et

voûté, aux épaules tombantes et au visage fin de mystique. Mr Winburn ne ressemblait nullement à sa fille ; en fait, on pouvait difficilement imaginer contraste plus frappant entre l'esprit résolument pratique de la fille et celui, rêveur et distrait, du père.

— Oui, répondit-il en souriant. Personne ne pourrait penser que cette maison est hantée.

— Papa ! ne dis pas de bêtises. Dès le premier jour, en plus !

Mr Winburn sourit.

— Très bien, ma chérie, nous admettrons donc que les fantômes, ça n'existe pas.

— Et, s'il te plaît, continua Mrs Lancaster, pas un mot devant Geoff. Il a tellement d'imagination.

Geoff était le petit garçon de Mrs Lancaster. La famille comprenait Mr Winburn, sa fille veuve, et Geoffrey.

La pluie s'était mise à taper contre les vitres — flip-flap, flip-flap.

— Ecoute, dit Mr Winburn. Est-ce qu'on ne dirait pas des bruits de pas ?

— On dirait plutôt qu'il pleut, répondit Mrs Lancaster avec un sourire.

— Mais *ça, ça,* c'est un pas, s'écria son père en se penchant pour écouter.

Mrs Lancaster rit de bon cœur.

Mr Winburn fut obligé de rire, lui aussi. Ils étaient en train de prendre le thé dans le hall et il tournait le dos à l'escalier. Il déplaça son fauteuil pour lui faire face.

Le petit Geoffrey descendait les marches lentement, posément, avec cette espèce de crainte révérentielle qu'éprouvent les enfants pour les endroits inconnus. L'escalier était en chêne, sans tapis. Il vint se planter à côté de sa mère. Mr Winburn tressaillit. Il avait distinctement entendu d'autres pas dans l'escalier, comme si quelqu'un suivait Geoffrey. Des pas traînants, qui avançaient curieusement avec difficulté. Il haussa les épaules. « La pluie, sans doute », pensa-t-il.

— Je vois une génoise, observa Geoffrey, avec l'air

admirablement détaché de celui qui fait remarquer un détail très intéressant.

Sa mère se hâta d'obéir à ce qu'il entendait insinuer.

— Alors, fiston, tu aimes ta nouvelle maison ? demanda-t-elle ?

— Beaucoup, répondit Geoffrey, la bouche pleine. Des tonnes, des tonnes et des tonnes.

Après cette affirmation, qui était manifestement l'expression de la satisfaction la plus profonde, l'enfant se replongea dans son mutisme, uniquement désireux de retirer la génoise, dans le plus bref délai possible, de la vue du monde.

La dernière bouchée engloutie, il retrouva la parole.

— Oh, maman ! Jane a dit qu'il y a des greniers ici. Est-ce que je peux aller les *zeg*splorer tout de suite ? Il y a peut-être un passage secret, Jane dit que non, mais moi je crois que si, et de toute façon, je sais que je vais trouver des *tuyaux, des tuyaux d'eau,* dit-il avec une expression d'extase, et je pourrai jouer avec eux et, oh ! est-ce que je peux aller voir la chaudi-ière ?

L'enfant prononça ce dernier mot avec un tel ravissement que son grand-père se sentit honteux à l'idée que cet incomparable délice pour enfant n'évoquait pour lui que de l'eau chaude qui n'était pas chaude et de lourdes et nombreuses factures de plombier.

— Nous nous occuperons des greniers demain, mon chéri, dit Mrs Lancaster. Si tu allais chercher tes cubes pour construire une belle maison, ou une locomotive ?

— J'veux pas construire une maison. Ni une locomotive.

— Alors, construis une chaudière, suggéra son grand-père.

Le visage de l'enfant s'illumina.

— Avec des tuyaux ?

— Oui, plein de tuyaux.

Tout heureux, Geoffrey fila chercher ses cubes.

La pluie tombait toujours. Mr Winburn écouta.

Oui, c'était sûrement la pluie qu'il avait entendue... mais on aurait vraiment dit des pas.

Cette nuit-là, il fit un rêve étrange.

Il rêva qu'il marchait à travers une ville, une grande ville, selon toute apparence. Mais une ville réservée aux enfants ; on n'y trouvait pas d'adultes, uniquement des enfants, des foules d'enfants. Dans son rêve, tous se précipitaient vers l'étranger en criant : « L'avez-vous amené avec vous ? » Il semblait comprendre de quoi ils voulaient parler et secouait tristement la tête. Ce que voyant, les enfants lui tournaient le dos et se mettaient à pleurer, à sangloter amèrement.

La ville et les enfants disparurent et il s'éveilla pour se retrouver dans son lit, mais il entendait toujours les sanglots. Bien que tout à fait réveillé, il les entendait distinctement. Et il se rappela que Geoff dormait au rez-de-chaussée alors que ce chagrin d'enfant provenait de l'étage au-dessus. Il se redressa et gratta une allumette. Aussitôt, les sanglots cessèrent.

Mr Winburn ne raconta pas son rêve et ce qui avait suivi à sa fille. Ce n'était pas son imagination qui lui avait joué des tours, il en était convaincu ; en effet, peu après, il l'entendit de nouveau en plein jour. Le vent hurlait dans la cheminée, mais *ça* c'était un son différent, qu'on ne pouvait confondre avec aucun autre : c'était les sanglots pitoyables d'un cœur brisé.

Il découvrit aussi qu'il n'était pas seul à les entendre. Il surprit la bonne disant à la femme de chambre qu'elle pensait que la nurse n'était pas gentille avec monsieur Geoffrey, car elle l'avait entendu pleurer toutes les larmes de son corps ce matin. Geoffrey était descendu prendre son petit déjeuner, puis son déjeuner, resplendissant de santé et de joie. Et Mr Winburn avait compris que ce n'était pas Geoff qui pleurait, mais cet autre enfant qui traînait les pieds et l'avait fait sursauter plus d'une fois.

Seule Mrs Lancaster n'entendait jamais rien. Sans

doute ses oreilles n'étaient-elles pas accordées aux sons venant d'un autre monde.

Un beau jour, cependant, elle eut aussi un choc.

— Maman, supplia Geoffrey, je voudrais que tu me laisses jouer avec le petit garçon.

Mrs Lancaster, assise à son bureau, leva la tête en souriant.

— Quel petit garçon, mon chéri ?

— Je ne sais pas son nom. Il était assis par terre, dans le grenier, en train de pleurer, mais il s'est sauvé dès qu'il m'a vu. Peut-être qu'il est *timide*, fit-il méprisant, pas comme un *grand* garçon, et puis quand je jouais dans la nursery, je l'ai vu à la porte, il me regardait faire mes constructions, et il avait l'air comme s'il voulait jouer avec moi. Je lui ai dit : « Viens, construis une locomotive », mais il a pas répondu. Il a continué à regarder, comme si — comme s'il voyait plein de chocolats et que sa maman lui avait défendu d'y toucher. (Geoffrey soupira à cette évocation de souvenirs manifestement personnels.) Mais quand j'ai demandé à Jane qui il était et que je lui ai dit que je voulais jouer avec lui, elle m'a répondu qu'il n'y avait pas de petit garçon dans la maison et de pas raconter de vilaines histoires. Moi, j'aime pas du tout Jane.

Mrs Lancaster se leva.

— Jane a raison. Il n'y a pas de petit garçon.

— Mais je l'ai vu. Oh ! maman, laisse-moi jouer avec lui, il avait l'air si seul et si triste. Je veux faire quelque chose pour qu'il aille mieux.

Mrs Lancaster allait dire quelque chose, mais son père secoua la tête.

— Geoff, dit-il, très gentiment, ce pauvre petit garçon est très seul, et tu pourrais peut-être faire quelque chose pour le consoler. Mais à toi de trouver quoi, c'est comme un puzzle, tu comprends ?

— C'est parce que je deviens *grand* que je dois trouver tout seul ?

— Oui, c'est parce que tu deviens grand.

Quand l'enfant fut sorti, Mrs Lancaster, agacée, se tourna vers son père.

— C'est absurde, papa, tu l'encourages à croire les histoires à dormir debout des domestiques !

— Les domestiques n'ont rien raconté à ce gamin, répondit son père avec gentillesse. Il a vu... ce que *j'entends*, ce que je verrais peut-être si j'avais son âge.

— Mais, c'est ridicule ! Pourquoi est-ce que je ne le vois pas, que je ne l'entends pas ?

Mr Winburn sourit, d'un sourire curieusement las, mais ne répondit pas.

— Pourquoi ? répéta sa fille. Et pourquoi lui avoir dit qu'il pouvait aider ce... cette chose. C'est... c'est impossible, tout ça !

Son père la regarda, songeur.

— Pourquoi pas ? Tu te rappelles ces mots :

De quel Flambeau se sert le Destin pour guider
Ses petits enfants qui trébuchent dans le noir ?
— D'un entendement aveugle, répondit le Ciel.

» Geoffrey a ça, un entendement aveugle. Tous les enfants le possèdent. C'est en grandissant que nous le perdons, que nous le rejetons. Parfois, lorsqu'on devient très âgé, une faible lueur nous revient, mais c'est au cours de l'enfance que le Flambeau brille de tout son éclat. Voilà pourquoi je pense que Geoffrey peut l'aider.

— Je ne comprends pas, murmura Mrs Lancaster.

— Moi non plus. Ce... cet enfant a des ennuis et voudrait... qu'on le libère. Comment ? Je n'en sais rien, mais c'est affreux quand on y pense... un *enfant*, qui sanglote à fendre l'âme...

Un mois après cette conversation, Geoffrey tomba très malade. Le vent d'est avait soufflé très fort et l'enfant n'était pas très robuste. Le médecin secouait la tête et déclarait que le cas était grave. A Mr Winburn il en dit plus et lui avoua que c'était sans espoir.

— De toute façon, cet enfant n'aurait jamais vécu jusqu'à l'âge adulte, ajouta-t-il. Il souffre depuis longtemps de troubles pulmonaires.

Ce fut en soignant Geoff que Mrs Lancaster prit

conscience de cet... autre enfant. Au début, les sanglots se confondirent avec les gémissements du vent, mais ils devinrent peu à peu plus distincts. On ne pouvait s'y tromper. Finalement, elle les entendit à des instants de calme absolu : des sanglots d'enfant — sourds, désespérés, déchirants.

L'état de Geoff empirait régulièrement et, dans son délire, il parlait sans cesse du petit garçon. « Je veux l'aider à se sauver ! » criait-il.

Après le délire, il sombra dans une espèce de léthargie. Geoffrey restait allongé sans bouger, respirant à peine, inconscient. Le veiller et attendre, il n'y avait rien d'autre à faire. Vint une nuit paisible, calme et claire, sans le moindre souffle de vent.

Soudain, l'enfant s'agita. Il ouvrit les yeux. Il regarda par-delà sa mère vers la porte ouverte. Il s'efforça de parler et Mrs Lancaster se pencha pour tenter de saisir ce qu'il murmurait.

— D'accord, j'arrive, chuchota-t-il, et il retomba en arrière.

Soudain terrifiée, sa mère se précipita vers Mr Winburn, à l'autre bout de la pièce. Quelque part, tout près d'eux, l'autre enfant riait. Son rire argentin, joyeux et triomphant résonna dans la chambre.

— J'ai peur, j'ai très peur ! gémit Mrs Lancaster.

Son père lui passa un bras protecteur autour des épaules. Une soudaine rafale de vent les fit sursauter, mais elle passa bien vite et l'air redevint aussi paisible qu'avant.

Le rire avait cessé et un léger bruit leur parvint, si léger qu'on l'entendait à peine, mais qui s'amplifia jusqu'à ce qu'ils le reconnaissent. Des pas... — des pas légers qui s'éloignaient rapidement.

Flip-flap, flip-flap, faisaient en courant ces petits pieds si familiers. Et puis — mais oui — *d'autres* pas se mêlaient maintenant aux premiers, plus rapides, plus légers.

D'un commun accord, ils se précipitèrent à la porte.

Flip-flap, ils approchaient, passaient devant la

porte, tout près d'eux. Flip-flap, flip-flap faisaient *ensemble* les pieds invisibles des petits enfants.

Mrs Lancaster leva un regard égaré.

— Il y en a *deux... deux !*

Le visage soudain gris de peur, elle se tourna vers le petit lit dans le coin, mais son père la retint doucement et pointa du doigt au loin :

— Là-bas, dit-il simplement.

Flip-flap, flip-flap... de moins en moins perceptible.

Et puis... plus rien.

T.S.F.

(Wireless)

— Avant tout, évitez les soucis et les émotions, déclara le Dr Meynell avec cette aisance qu'affectent souvent les médecins.

Comme la plupart des gens à qui on tient des propos rassurants mais vides de sens, Mrs Harter parut plus sceptique que soulagée.

— Vous avez une légère faiblesse cardiaque, continua le médecin, mais il n'y a pas lieu de s'en inquiéter. Je peux vous le garantir. Tout de même, ajouta-t-il, si vous pouviez faire installer un ascenseur, ce serait aussi bien. Hein ? Qu'en dites-vous ?

Mrs Harter eut l'air inquiet.

Le Dr Meynell, au contraire, paraissait très content de lui. La raison pour laquelle il préférait dispenser ses soins aux riches, c'était qu'il pouvait laisser libre cours à son imagination dans ses prescriptions.

— Oui, un ascenseur, reprit-il, essayant — sans succès — de trouver quelque chose d'encore plus spectaculaire. Nous éviterons ainsi toute fatigue inutile. Par beau temps, vous pouvez prendre de l'exercice, mais ne vous mettez pas à escalader des montagnes. Et surtout, fit-il gaiement, distrayez-vous. Ne ruminez pas votre état de santé.

Avec Charles Ridgeway, le neveu de la vieille dame, le médecin se montra un peu plus explicite.

— Comprenez-moi bien. Votre tante peut, et va sans doute, vivre encore des années. Mais en même temps, un choc ou un excès de fatigue peut l'enlever comme ça ! (Il fit claquer ses doigts.) Elle a besoin de mener une vie tranquille. Pas d'efforts. Pas de fatigue. Mais, bien sûr, elle ne doit pas s'ennuyer. Il lui faut de la gaieté, des distractions.

— Des distractions..., répéta Charles Ridgeway, songeur.

Charles était un jeune homme attentionné. C'était aussi un jeune homme qui n'hésitait pas à favoriser ses propres inclinations quand c'était possible.

Ce soir-là, il suggéra que l'on se procure un poste de T.S.F.

Déjà bouleversée par l'ascenseur, Mrs Harter fut loin d'apprécier l'idée. Charles se montra éloquent et persuasif.

— Je n'ai pas le moindre goût pour ces engins modernes, dit Mrs Harter d'un ton pitoyable. Les ondes, tu comprends, les ondes électriques... Elles pourraient me faire du mal.

D'un ton gentil et supérieur, Charles lui démontra l'inanité de ce point de vue.

Mrs Harter, dont les connaissances en ce domaine étaient des plus vagues mais qui tenait à ses idées, ne fut pas convaincue.

— Toute cette électricité, murmura-t-elle, craintive. Tu peux dire ce que tu veux, Charles, mais il y a des gens qui sont affectés par l'électricité. Ainsi, moi, je souffre toujours de terribles migraines avant l'orage...

Elle hocha triomphalement la tête.

Charles était un jeune homme patient. Il était également obstiné.

— Ma chère tante, dit-il, laissez-moi vous expliquer.

Il faisait autorité en la matière. Il donna à sa tante

une véritable conférence. Emporté par son sujet, il parla de bons et de mauvais conducteurs, de haute et basse fréquence, d'amplificateurs et de condensateurs.

Submergée par cet océan de termes qu'elle ne comprenait pas, Mrs Harter capitula.

— Bien sûr, Charles, murmura-t-elle, si tu crois vraiment...

— Ma chère tante, s'écria Charles avec enthousiasme, c'est exactement ce qu'il vous faut pour vous éviter de broyer du noir !

On ne tarda pas à installer l'ascenseur prescrit par le Dr Meynell, ce qui faillit être fatal à Mrs Harter car, comme beaucoup de vieilles dames, elle était profondément hostile à toute présence étrangère dans la maison. Elle soupçonnait tout le monde d'avoir des vues sur son argenterie.

Après l'ascenseur arriva le poste de T.S.F. Mrs Harter fut obligée de contempler cet objet qui la rebutait, une espèce de grosse boîte sans grâce, hérissée de boutons.

Il fallut tout l'enthousiasme de Charles pour la réconcilier avec cette chose.

Charles était à son affaire, il tournait les boutons tout en discourant avec éloquence.

Installée dans son fauteuil à haut dossier, patiente et polie, Mrs Harter n'en avait pas moins la conviction chevillée au corps que ces inventions à la mode étaient toutes plus ou moins nuisibles.

— Ecoutez, tante Mary, nous avons Berlin, n'est-ce pas merveilleux ? Vous entendez le présentateur ?

— Je n'entends que des ronflements et des craquements, répondit Mrs Harter.

Charles continuait à tourner les boutons.

— Bruxelles ! annonça-t-il avec enthousiasme.

— Vraiment ? fit Mrs Harter avec une très vague trace d'intérêt.

Charles manipula encore les boutons et un hurlement inhumain se répercuta dans la pièce.

— Il semble que nous soyons maintenant dans un

chenil, déclara Mrs Harter, qui ne manquait pas d'humour.

— Ha, ha ! voilà que vous plaisantez, tante Mary ! C'est très bon, ça !

Elle ne put s'empêcher de sourire. Elle aimait beaucoup Charles. Pendant plusieurs années, une de ses nièces, Miriam Harter, avait vécu avec elle. Elle avait l'intention d'en faire son héritière, mais Miriam n'avait pas fait l'affaire. Elle manquait de patience et la compagnie de sa tante l'ennuyait visiblement. Elle était toujours dehors, à vadrouiller, comme disait Mrs Harter. A la fin, elle s'était liée avec un jeune homme qui n'avait pas eu l'approbation de sa tante. Miriam avait donc été renvoyée chez sa mère avec un mot très sec, comme si elle avait été une marchandise à l'essai. Miriam avait épousé le jeune homme en question et Mrs Harter lui envoyait maintenant régulièrement une boîte de mouchoirs ou un jeté de table pour Noël.

Les nièces s'étant révélées décevantes, Mrs Harter s'était rabattue sur les neveux. Dès le début, Charles avait été une extraordinaire réussite. Toujours aimable et plein de déférence pour sa tante, il l'écoutait, avec un immense intérêt, raconter ses souvenirs de jeunesse — tout le contraire de Miriam que cela ennuyait franchement et qui le montrait. Charles ne s'ennuyait jamais, il était toujours gai, toujours de bonne humeur. Plusieurs fois par jour, il répétait à sa tante qu'elle était une vieille dame absolument merveilleuse.

Pleinement satisfaite de sa nouvelle acquisition, Mrs Harter avait écrit à son notaire avec des instructions pour qu'il rédige un nouveau testament. Le notaire le lui avait envoyé, elle l'avait dûment approuvé et signé.

Et maintenant, même dans cette histoire de T.S.F., Charles allait glaner de nouveaux lauriers !

Franchement hostile au début, Mrs Harter se montra bientôt plus tolérante et, enfin, tout à fait fascinée. Elle l'appréciait beaucoup plus en l'absence de Charles. L'ennui, avec Charles, c'est qu'il ne pouvait pas laisser l'appareil tranquille. Heureuse et en paix avec le monde, Mrs Harter s'installait confortablement dans son fauteuil pour écouter un concert symphonique ou une conférence sur Lucrèce Borgia ou la Vie dans les étangs. Avec Charles, c'était impossible. Il rompait l'harmonie par des sons discordants en essayant de capter des postes étrangers. Mais les soirs où Charles dînait dehors avec des amis, Mrs Harter jouissait pleinement de son poste. Elle tournait deux boutons, s'installait dans son fauteuil et goûtait le programme de la soirée.

C'est environ trois mois après l'installation du poste, que le premier événement bizarre se produisit. Charles était allé faire une partie de bridge. Le programme de la soirée était un récital de vieilles ballades. Un soprano célèbre interprétait « Annie Laurie » et en plein milieu d'« Annie Laurie » un incident curieux se produisit : une coupure soudaine. La musique s'arrêta un instant, remplacée par des craquements et des parasites qui cessèrent également. Il y eut un silence de mort, suivi d'un très léger bourdonnement.

Mrs Harter eut le sentiment, tout à fait irraisonné, que le poste se trouvait réglé sur quelque station lointaine. Puis elle entendit, claire et distincte, une voix d'homme qui lui disait, avec un léger accent irlandais :

Mary... tu m'entends, Mary ? C'est Patrick qui te parle... Je vais bientôt venir te chercher. Tu seras prête, n'est-ce pas, Mary ?

Et, presque aussitôt, les accents d'« Annie Laurie » remplirent de nouveau la pièce.

Mrs Harter en demeura clouée dans son fauteuil, les mains crispées sur les accoudoirs. Avait-elle rêvé ? Patrick ! La voix de Patrick ! Dans cette pièce, en train de lui parler. Non, c'était un rêve, une hallucination peut-être. Elle avait dû sommeiller un instant. Curieux, tout de même, de rêver que son mari mort lui parle à travers l'éther. C'était un peu terrifiant. Que lui avait-il dit, déjà ?

Je vais bientôt venir te chercher, Mary. Tu seras prête, n'est-ce pas ?

Etait-ce, se pouvait-il que ce soit une prémonition ? Faiblesse cardiaque. Le cœur. Après tout, elle ne rajeunissait pas.

C'est un avertissement, voilà ce que c'est, se dit Mrs Harter en se tirant lentement et avec peine de son fauteuil. Et elle ajouta ce commentaire caractéristique : tout cet argent gaspillé à faire installer un ascenseur !

Elle ne parla à personne de ce qui s'était passé, mais, les jours suivants, elle fut songeuse et un peu préoccupée.

Et puis se produisit le deuxième incident. Elle se trouvait de nouveau seule dans la pièce. La T.S.F., qui retransmettait un concert, s'arrêta tout aussi brutalement que la première fois. Il y eut encore un silence, cette impression de distance, et enfin la voix de Patrick, qui n'était pas celle qu'il avait eue de son vivant, une voix éthérée, lointaine, étrangement irréelle.

C'est Patrick qui te parle, Mary. Je vais venir te chercher très bientôt maintenant...

Et puis des craquements, des bourdonnements, et de nouveau le concert qui battait son plein.

Mrs Harter regarda la pendule. Non, cette fois, elle n'avait pas dormi. Tout à fait éveillée et en pleine possession de ses facultés, elle avait entendu la voix de Patrick. Il ne s'agissait pas d'une hallucination, elle en était sûre. Elle tenta, confusément, de se souvenir de ce que lui avait dit Charles sur la théorie de la propagation des ondes.

Etait-il possible que Patrick lui eût *réellement* parlé ? Que sa vraie voix ait été véhiculée à travers l'espace ? Il existait des longueurs d'ondes perdues ou quelque chose d'approchant. Elle se souvint que Charles avait parlé de brèches dans la gamme. Les ondes manquantes étaient peut-être l'explication de tous les phénomènes soi-disant psychologiques ? Il n'y avait rien là de fondamentalement impossible. Patrick lui avait parlé. Il avait profité des techniques modernes pour la préparer à ce qui n'allait pas tarder à se produire.

Mrs Harter sonna sa femme de chambre, Elizabeth.

Elizabeth était une grande femme de soixante ans. Sous son air inflexible, elle cachait des trésors d'affection et de tendresse pour sa maîtresse.

— Elizabeth, dit Mrs Harter à sa fidèle servante, vous rappelez-vous ce que je vous ai dit ? Le premier tiroir de mon bureau, en haut et à gauche. Il est fermé à clé, la longue clé avec l'étiquette blanche. Tout est là, tout prêt.

— Tout prêt, madame ?

— Pour mes obsèques, grogna Mrs Harter. Vous savez très bien ce que je veux dire, Elizabeth. Vous m'avez aidée à le ranger.

Elizabeth fit une drôle de tête.

— Oh ! madame, gémit-elle, ne parlez pas de ces choses. Je pensais que vous alliez beaucoup mieux.

— Nous devons tous disparaître un jour ou l'autre, répliqua Mrs Harter, logique. J'ai dépassé les trois fois vingt ans plus dix, Elizabeth. Allons, allons, ne soyez pas ridicule. Si vous devez pleurer, allez faire ça ailleurs.

Elizabeth se retira en reniflant.

Mrs Harter la suivit des yeux avec affection.

C'est une vieille sotte, mais fidèle, se dit-elle. Très fidèle. Voyons, est-ce que je lui ai laissé cent livres ou seulement cinquante ? Cela devrait être cent. Elle est avec moi depuis longtemps.

Préoccupée par ce point, dès le lendemain, elle s'assit à son bureau et écrivit à son notaire, en lui demandant de lui envoyer son testament pour qu'elle l'examine. C'est ce même jour, au cours du déjeuner, que Charles dit quelque chose qui la stupéfia :

— Au fait, tante Mary, qui est ce drôle de type dans la chambre d'amis ? Le portrait sur la cheminée, je veux dire. Le soudard au bonnet de castor et aux favoris ?

Mrs Harter lui jeta un regard sévère.

— C'est ton oncle Patrick quand il était jeune, répondit-elle.

— Oh ! ma tante, je suis vraiment désolé. Je ne voulais pas être grossier.

Mrs Harter accepta ses excuses avec dignité, d'un petit signe de tête très digne.

Charles poursuivit en hésitant.

— Je me demandais, simplement... Voyez-vous...

Il s'arrêta indécis, et Mrs Harter demanda vivement :

— Eh bien ? qu'allais-tu dire ?

— Rien, se hâta de répondre Charles. Rien de sensé, du moins.

Sur l'instant, la vieille dame n'insista pas, mais plus tard ce même jour, alors qu'ils étaient seuls, elle revint sur le sujet.

— J'aimerais que tu me dises, Charles, pourquoi tu m'as posé cette question à propos du portrait de ton oncle ?

Charles parut gêné.

— Je vous l'ai dit, ma tante. Rien qu'une idée stupide de ma part... tout à fait grotesque.

— Charles, déclara Mrs Harter de sa voix la plus autoritaire. J'insiste. Je veux savoir.

— Eh bien, ma tante, si vous tenez à le savoir, j'ai cru le voir — l'homme du portrait, je veux dire — qui regardait par la fenêtre du bout quand je suis rentré hier soir. Une illusion d'optique, je suppose. Je me suis demandé qui diable ça pouvait bien être. Le visage était si... victorien, si vous voyez ce que je veux dire. Et puis Elizabeth m'a dit qu'il n'y avait aucun étranger dans la maison, et plus tard, dans la soirée, je suis entré par hasard dans la chambre d'amis et j'ai vu le portrait sur la cheminée. Exactement l'homme que j'avais aperçu ! En réalité, c'est facile à expliquer, j'imagine. Par le subconscient... et tout ça. J'avais dû remarquer ce portrait sans en prendre conscience, et je me suis imaginé que je voyais ce visage à la fenêtre.

— La fenêtre du bout ?

— Oui, pourquoi ?

— Pour rien.

Mais elle n'en était pas moins stupéfaite. Cette pièce avait été le bureau de son mari.

Ce même soir, Charles étant de nouveau absent, Mrs Harter s'assit pour écouter la T.S.F. avec une impatience fébrile. Si pour la troisième fois elle entendait la mystérieuse voix, cela prouverait sans l'ombre d'un doute qu'elle était vraiment en communication avec un autre monde.

Bien que son cœur battît plus vite, elle ne fut pas surprise quand se produisit la même coupure et, qu'après l'habituel intervalle de silence de mort, arriva, faible et lointaine, la voix à l'accent irlandais.

Mary... Tu dois être prête maintenant ?... Vendredi, je viendrai te chercher... Vendredi à 9 heures et demie... N'aie pas peur — tu ne souffriras pas... Tiens-toi prête...

Et puis, coupant presque le dernier mot, la musique de l'orchestre reprit, à fond et discordante.

Mrs Harter resta un instant figée. Elle était devenue blanche et elle avait les lèvres bleues et pincées.

Elle se leva enfin et alla s'asseoir à son bureau. D'une écriture tremblante, elle écrivit ce qui suit :

Ce soir, à 9 h 15, j'ai distinctement entendu la voix de mon défunt mari. Il m'a dit qu'il viendrait me chercher vendredi soir à 9 heures et demie. Si je devais mourir ce jour-là à cette heure, je demande que ces faits soient divulgués afin de prouver sans contestation possible qu'on peut communiquer avec le monde des esprits.

Mary Harter.

Mrs Harter se relut, glissa la feuille dans une enveloppe et écrivit l'adresse. Après quoi elle sonna Elizabeth qui arriva aussitôt. Mrs Harter se leva et lui remit la lettre.

— Elizabeth, si je devais mourir vendredi soir, j'aimerais que vous donniez ce mot au Dr Meynell... Non, ne discutez pas, ajouta-t-elle alors que la domestique allait protester. Vous m'avez souvent dit que vous croyiez aux prémonitions. J'ai une prémonition maintenant. Encore autre chose. Dans mon testament, je vous laisse cinquante livres. Je voudrais vous en laisser cent. Si je ne peux pas aller à la banque avant ma mort, monsieur Charles y veillera.

Comme la première fois, Mrs Harter coupa court aux larmes et aux protestations d'Elizabeth. Toujours aussi déterminée, la vieille dame aborda le sujet avec son neveu le lendemain matin.

— N'oublie pas, Charles, si quelque chose devait m'arriver, il faudrait donner cinquante livres de plus à Elizabeth.

— Vous êtes bien sombre en ce moment, tante Mary, observa gaiement Charles. Qu'est-ce qui vous arrive ? A en croire le Dr Meynell, nous fêterons votre centième anniversaire dans une vingtaine d'années !

Mrs Harter lui adressa un sourire affectueux mais ne répondit pas. Au bout d'un moment, elle demanda :

— Que fais-tu vendredi soir, Charles ?

Charles eut l'air un peu surpris.

— En fait, les Ewing m'ont demandé de venir faire un bridge, mais si vous préférez que je reste à la maison...

— Non, déclara Mrs Harter avec détermination, certainement pas. C'est sérieux, Charles. Ce soir-là, tout particulièrement, je préférerais rester seule.

Charles la regarda avec curiosité, mais Mrs Harter ne lui concéda aucune autre information. C'était une vieille dame courageuse et résolue. Elle avait le sentiment qu'elle devait aller seule jusqu'au bout de cette étrange aventure.

Le vendredi soir, la maison était plongée dans le silence. Mrs Harter était assise, comme à son habitude, dans son fauteuil à haut dossier, devant la cheminée. Elle avait terminé ses préparatifs. Le matin même, elle avait retiré de la banque cinquante livres en billets qu'elle avait remis à Elizabeth malgré ses larmes et ses protestations. Elle avait mis de l'ordre dans ses affaires personnelles et marqué le nom de quelques parents ou amis sur les bijoux qui devaient leur revenir. Elle avait également rédigé diverses instructions pour Charles. Le service à thé en Worcester devait aller à la cousine Emma, les vases de Sèvres au jeune William, etc.

Elle tira d'une longue enveloppe un document qu'elle tenait dans la main, plié. C'était son testament que Me Hopkinson lui avait fait parvenir, comme elle le lui avait demandé. Elle l'avait déjà lu avec attention mais elle le parcourut à nouveau pour se rafraîchir la mémoire. Il était bref et concis. Il prévoyait un legs de cinquante livres en faveur d'Elizabeth Marshall, en remerciement de ses loyaux services, deux legs de cinq cents livres à une sœur et à une cousine, et le reste allait à son bien-aimé neveu, Charles Ridgeway.

Mrs Harter hocha plusieurs fois la tête. A sa mort, Charles deviendrait très riche. Ma foi, c'était un si bon garçon. Toujours gentil et affectueux avec elle, tenant gaiement des propos qui l'enchantaient.

Elle regarda la pendule. Trois minutes avant la demie. Eh bien, elle était prête. Et calme, tout à fait calme. C'est ce qu'elle se répétait, mais son cœur battait d'une drôle de façon, et à un rythme inégal. Elle ne s'en rendait pas vraiment compte, mais ses nerfs étaient affreusement tendus.

9 heures et demie. La T.S.F. était branchée. Qu'allait-elle entendre ? Une voix annonçant les prévisions météorologiques ou la voix lointaine d'un homme mort depuis vingt-cinq ans ?

Elle n'entendit ni l'une ni l'autre. A la place, lui parvint un bruit familier, un son qu'elle connaissait bien mais qui, ce soir, lui donna l'impression qu'une main glacée se posait sur son cœur. Un bruit à la porte d'entrée...

Le bruit recommença. Et soudain, un courant d'air froid balaya la pièce. Mrs Harter ne douta plus de ce qu'elle ressentait. Elle était effrayée... plus qu'effrayée... terrifiée.

Tout à coup, elle se prit à penser : *C'est bien long, vingt-cinq ans. Patrick est devenu un étranger pour moi.*

La terreur ! C'était la terreur qui l'envahissait.

Un pas léger de l'autre côté de la porte, un pas qui s'arrêta. La porte s'ouvrit sans bruit...

Mrs Harter se leva en chancelant, les yeux fixés sur la porte entrebâillée. Quelque chose glissa de ses doigts et tomba dans le foyer de la cheminée.

Elle poussa un cri étouffé qui mourut dans sa gorge. Sur le seuil de la porte, dans la pénombre, se dressait une silhouette familière, à la barbe fauve, portant favoris et un manteau à la mode victorienne.

Patrick était venu la chercher !

Son cœur eut un battement terrifiant et s'arrêta. Elle glissa à terre, recroquevillée sur elle-même.

Ce fut là qu'Elizabeth la découvrit, une heure plus tard.

On appela immédiatement le Dr Meynell et Charles Ridgeway qui rentra en hâte de sa partie de bridge. Mais il n'y avait plus rien à faire. Mrs Harter était maintenant au-delà de toute intervention humaine.

Elizabeth se souvint seulement deux jours plus tard du mot que lui avait remis sa maîtresse. Le Dr Meynell le lut avec grand intérêt et le passa à Charles Ridgeway.

— Curieuse coïncidence, dit-il. Il semble que votre tante ait eu des hallucinations, qu'elle entendait la voix de son mari. Ses nerfs devaient être tendus à un point tel que l'émotion a dû lui être fatale ; lorsque l'heure est arrivée, le choc l'aura tuée.

— Par autosuggestion ? demanda Charles.

— En quelque sorte. Je vous ferai connaître les résultats de l'autopsie dès que possible, bien que, pour ma part, cela ne fasse aucun doute.

Etant donné les circonstances, l'autopsie était souhaitable, ne serait-ce que pour la forme.

Charles hocha la tête, compréhensif.

La veille au soir, alors que tout le monde était couché, il avait retiré un certain fil qui courait depuis le poste de T.S.F. jusqu'à sa chambre, à l'étage au-dessus. La soirée étant fraîche, il avait également demandé à Elizabeth d'allumer un feu dans sa chambre, et dans ce feu il avait brûlé une barbe fauve et des favoris. Et il avait replacé, dans l'armoire du grenier, qui sentait le camphre, un vêtement victorien ayant appartenu à son défunt oncle.

Pour autant qu'il pût en juger, il n'avait aucune inquiétude à se faire. Son plan, dont il avait conçu les grandes lignes quand le Dr Meynell lui avait dit que sa tante pourrait vivre longtemps encore en surveillant sa santé, avait magnifiquement réussi. Pas de choc brutal, avait recommandé le médecin. Charles, cet affectueux jeune homme tant aimé des vieilles dames, sourit.

Après le départ du médecin, il s'occupa machinalement de ses devoirs. Il fallut prendre des dispositions pour les obsèques, consulter les horaires des trains pour les parents arrivant de province. Certains seraient amenés à rester une nuit ou deux. Charles s'acquitta de tout avec méthode et efficacité, sans cesser d'entretenir parallèlement ses propres pensées.

Un coup bien réussi ! Tel en était le refrain.

Personne, et encore moins sa tante, ne s'était douté de la situation périlleuse dans laquelle il se trouvait. Ses activités, soigneusement cachées, l'avaient amené au point où l'ombre de la prison planait au-dessus de sa tête.

Le scandale et la ruine le guettaient s'il ne parvenait pas à réunir sous quelques mois une somme considérable. Eh bien, tout allait bien, maintenant. Charles sourit encore. Grâce à... oui, ce que l'on pouvait appeler une blague — il n'y avait rien de criminel là-dedans —, il était sauvé. Il était riche, désormais. Aucune inquiétude à avoir, Mrs Harter n'avait jamais fait mystère de ses intentions.

En écho à ces pensées, Elizabeth passa la tête par la porte pour lui annoncer que Mr Hopkinson était là et souhaitait le voir.

« Enfin ! », se dit Charles. Réprimant une envie de siffloter, il se composa un visage de circonstance et se rendit dans la bibliothèque. Il salua le vieux notaire qui depuis plus d'un quart de siècle s'occupait des intérêts de la défunte Mrs Harter.

Sur l'invitation de Charles, le notaire s'assit et, avec un toussotement, entra dans le vif du sujet.

— Je n'ai pas bien compris votre lettre, Mr Ridgeway. Vous avez l'air de penser que le testament de feu Mrs Harter est entre nos mains.

Charles le regarda avec stupeur.

— En effet... c'est ce que disait ma tante.

— Bien sûr, bien sûr. Il *a été* entre nos mains.

— *A été ?*

— C'est bien cela. Mrs Harter nous a écrit, mardi dernier, pour nous demander de le lui retourner.

Charles fut saisi d'une impression de malaise. De loin, il sentait venir les désagréments.

— Il se retrouvera sans doute parmi ses papiers, poursuivit doucement le notaire.

Charles ne répondit pas. Il ne voulait pas se trahir. Il avait déjà fouillé attentivement les papiers de sa tante, assez pour avoir la certitude que le testament ne s'y trouvait pas ; ce qu'il dit au notaire un instant plus tard, après avoir recouvré son calme. Sa voix lui parut irréelle, il avait l'impression qu'un filet d'eau glacée lui courait dans le dos.

— A-t-on déjà examiné ses affaires personnelles ? demanda Me Hopkinson.

Charles lui répondit qu'Elizabeth, la femme de chambre, s'en était chargée. On envoya chercher Elizabeth. Elle arriva, raide et triste, et répondit aux questions qu'on lui posa.

Oui, elle avait examiné les vêtements et affaires personnelles de sa maîtresse. Elle était tout à fait sûre qu'il ne s'y trouvait rien qui ressemblât à un document légal. Elle savait bien comment se présentait le testament : sa maîtresse l'avait dans la main le matin même de sa mort.

— Vous en êtes certaine ? demanda vivement le notaire.

— Oui, monsieur. Elle me l'a dit, et elle m'a remis cinquante livres en billets. Le testament se trouvait dans une longue enveloppe bleue.

— C'est exact, confirma Mr Hopkinson.

— Maintenant que j'y pense, poursuivit Elizabeth, je me rappelle que cette même enveloppe bleue se trouvait sur cette table le lendemain matin, mais vide. Je l'ai posée sur le bureau.

— Je me rappelle l'avoir vue là, dit Charles.

Il se leva, et alla chercher une enveloppe qu'il remit à Mr Hopkinson. Celui-ci l'examina et hocha la tête.

— C'est bien l'enveloppe dans laquelle j'ai expédié le testament mardi dernier.

Les deux hommes regardèrent Elizabeth avec insistance.

— Autre chose, monsieur ? demanda-t-elle, respectueusement.

— Pas pour le moment, merci.

Elizabeth se dirigea vers la porte.

— Un instant, dit le notaire. Le feu était-il allumé dans la cheminée ce soir-là ?

— Oui, monsieur. Il y avait toujours du feu.

— Merci, ce sera tout.

Elizabeth sortit. Charles se pencha et posa sa main tremblante sur la table.

— Qu'en pensez-vous ? Qu'en concluez-vous ?

Mr Hopkinson secoua la tête.

— Il faut espérer que ce testament finira par reparaître. Sinon...

— Sinon, quoi ?

— Je crains qu'il n'y ait qu'une explication possible : votre tante a demandé le testament pour le détruire. Et comme elle ne voulait pas qu'Elizabeth soit lésée, elle lui a remis le montant du legs lui revenant en liquide.

— Mais pourquoi ? s'écria Charles. Pourquoi ?

Mr Hopkinson toussota.

— Vous n'avez pas eu... euh... de désaccords avec votre tante, monsieur Ridgeway ? murmura-t-il.

Charles resta bouche bée.

— Pas du tout ! s'écria-t-il avec chaleur. Nous avons toujours été, jusqu'à la fin, dans les termes les meilleurs, les plus affectueux.

— Ah ! fit Mr Hopkinson sans le regarder.

Charles eut un choc en comprenant tout d'un coup que le notaire ne le croyait pas. Qui sait ce que cette vieille baderne avait bien pu entendre dire ? Des rumeurs sur les agissements de Charles étaient peut-être parvenues jusqu'à lui. Quoi de plus naturel, dans ce cas, de supposer que ces mêmes rumeurs étaient arrivées aux oreilles de Mrs Harter et que la tante et le neveu avaient eu une altercation à ce propos ?

Mais ce n'était pas le cas ! Charles connut un des instants les plus pénibles de sa vie. On avait cru ses mensonges. Et maintenant qu'il disait la vérité, on ne le croyait plus. Quelle ironie !

Bien sûr que sa tante n'avait jamais brûlé le testament ! Bien sûr...

Le cours de ses pensées s'arrêta soudain. Que voyait-il là devant lui ? Une vieille dame qui portait une main à son cœur... quelque chose qui glissait... un papier... tombant dans les braises rougeoyantes...

Charles devint livide. Il entendit une voix rauque — la sienne — qui demandait :

— Et si on ne retrouve pas le testament ?

— Il existe un testament antérieur. Daté de septembre 1920. Par lequel Mrs Harter lègue tous ses biens à sa nièce, Miriam Harter, devenue Miriam Robinson.

Que disait ce vieux fou ? Miriam ? Miriam avec son crétin de mari et ses quatre braillards de gosses ! Toute cette ingéniosité déployée... pour Miriam !

La sonnerie du téléphone retentit, stridente. Il décrocha. C'était la voix du médecin, aimable, chaleureuse.

— C'est vous, Ridgeway ? J'ai pensé que vous aimeriez savoir. Nous venons d'avoir les conclusions de l'autopsie. Les causes de la mort sont bien celles que je pensais. Mais, en fait, l'affection cardiaque dont elle souffrait était bien plus sérieuse que je ne l'imaginais. Quelles que soient les précautions prises, elle n'aurait pas vécu plus de deux mois encore. Je pensais que vous aimeriez le savoir. Dans une certaine mesure, cela peut être une consolation...

— Excusez-moi, dit Charles, pouvez-vous répéter, s'il vous plaît ?

— Elle n'en avait guère pour plus de deux mois, dit le médecin un peu plus fort. Tout se présente donc pour le mieux, mon cher ami.

Mais Charles venait de raccrocher brutalement. Il entendait vaguement la voix lointaine du notaire.

— Mon Dieu, Mr Ridgeway, vous ne vous sentez pas bien ?

Qu'ils aillent tous au diable ! Cette face de rat de notaire ! Cet âne bâté de Meynell ! Devant lui, plus le moindre espoir... seulement l'ombre d'un mur de prison...

Il eut le sentiment que Quelqu'un s'était joué de lui, avait joué avec lui comme le chat avec la souris. Quelqu'un devait être en train de rire...

TÉMOIN À CHARGE

(The Witness for the Prosecution)

Mr Mayherne ajusta son pince-nez et s'éclaircit la gorge avec cette petite toux sèche qui le caractérisait. Puis il regarda de nouveau l'homme assis en face de lui, un homme accusé d'homicide avec préméditation.

Petit, méticuleux, impeccablement habillé — pour ne pas dire vêtu comme un dandy — Mr Mayherne avait un regard gris et perçant. Intelligent, cela ne faisait pas de doute. C'était d'ailleurs un avocat des plus réputés. Il s'adressa à son client d'une voix sèche mais non dépourvue de compassion.

— Je dois de nouveau insister sur le fait que vous courez un grave danger et que vous devez faire montre de la plus grande franchise.

Leonard Vole, qui fixait le mur blanc en face de lui d'un regard hébété, se tourna vers l'avocat.

— Je sais, dit-il, désespéré. Vous ne cessez pas de me le répéter. Mais je n'arrive toujours pas à comprendre que je suis accusé de meurtre. De *meurtre* ! Et d'un crime aussi ignoble, en plus.

Mr Mayherne était un homme pragmatique, peu émotif. Il toussota de nouveau, ôta son pince-nez, l'essuya soigneusement, le rechaussa et répondit enfin :

— Oui, oui, oui... Eh bien, mon cher Mr Vole, nous allons faire tout ce qui est en notre pouvoir pour tenter de vous tirer de là, et nous y arriverons... nous y arriverons. Mais je dois être en possession de tous les faits. Je dois savoir exactement en quoi cette accusation peut vous être préjudiciable. Après quoi nous établirons la meilleure ligne de défense.

Le jeune homme continua de fixer l'avocat de ce même regard hébété, désespéré. Mr Mayherne considérait l'affaire comme très mauvaise et la culpabilité de l'accusé comme assurée. Mais maintenant, pour la première fois, il se prenait à douter.

— Vous me croyez coupable, dit Leonard Vole d'une voix sourde. Mais, bon Dieu ! je vous jure que je ne le suis pas. Mon affaire se présente très mal, je le sais. Je me sens pris dans un filet dont les mailles se resserrent, quel que soit le mouvement que je fais. Mais ce n'est pas moi, Mr Mayherne, ce n'est pas moi !

Dans cette situation, les accusés protestent tous de leur innocence. L'avocat le savait bien. Mais, malgré lui, il se sentit troublé. Après tout, Leonard Vole était peut-être innocent ?

— Vous avez raison, dit-il gravement. Vous êtes en très mauvaise posture. J'accepte néanmoins de vous défendre. Maintenant, examinons les faits. Je voudrais que vous me racontiez, avec vos propres mots, comment vous avez fait la connaissance de miss Emily French.

— C'était dans Oxford Street. Un jour, j'ai vu une vieille dame qui traversait la rue. Elle portait tout un tas de paquets. Au milieu de la rue, elle les a laissés tomber, elle a essayé de les ramasser, s'est aperçue qu'un autobus était pratiquement sur elle et a réussi à atteindre le trottoir saine et sauve, ahurie, hébétée par les cris que les gens poussaient. J'ai ramassé ses paquets, je les ai essuyés comme j'ai pu, j'ai renoué la ficelle de l'un d'eux et je les lui ai rendus.

— On ne peut pas dire que vous lui avez sauvé la vie ?

— Mon Dieu, non ! Je n'ai fait qu'accomplir un acte de courtoisie. Elle m'en a été extrêmement reconnaissante, m'a remercié avec chaleur et a dit quelque chose à propos de mes manières, bien différentes de celles de la plupart des gens de ma génération — je ne me souviens pas des mots exacts. Après quoi j'ai soulevé mon chapeau et j'ai poursuivi mon chemin. Je ne m'attendais pas du tout à la revoir. Mais la vie est pleine de hasards. Le soir même, je la retrouvais chez des amis. Elle m'a reconnu et a demandé que je lui sois présenté. C'est ainsi que j'ai appris qu'elle s'appelait Emily French et qu'elle demeurait à Cricklewood. Nous avons bavardé. Elle était, j'imagine, de ces vieilles dames qui s'entichent soudain violemment de quelqu'un. Ce fut le cas avec moi, pour avoir fait une chose que n'importe qui aurait faite à ma place. En partant, elle m'a chaleureusement serré la main et m'a demandé de passer la voir. Je lui ai, bien sûr, répondu que j'en serais ravi et elle m'a pressé de lui fixer un jour. Je ne tenais pas spécialement à lui rendre visite, mais il m'aurait paru grossier de refuser et je lui ai proposé le samedi suivant. Après son départ, mes amis m'ont donné des renseignements sur elle : elle était riche, excentrique, vivait seule avec une femme de chambre et pas moins de huit chats.

— Je vois, dit Mr Mayherne. Vous avez été mis au courant si tôt que ça de son état de fortune ?

— Si vous entendez par là que j'ai cherché à le savoir... commença Leonard Vole, furieux, mais l'avocat le calma d'un geste.

— Je suis obligé de considérer l'affaire du point de vue de l'adversaire. Quelqu'un de non prévenu ne pouvait pas deviner que miss French était riche. Elle vivait simplement, presque pauvrement. A moins d'avoir été informé du contraire, selon toutes probabilités vous auriez dû penser qu'elle avait à peine de quoi vivre, du moins au début. Qui, précisément, vous a appris qu'elle avait de la fortune ?

— Mon ami, George Harvey, chez qui nous passions la soirée.

— Pensez-vous qu'il s'en souviendra ?

— Je ne sais pas. Cela remonte à un certain temps déjà.

— C'est ça, Mr Vole. Voyez-vous, le premier soin de l'accusation va être d'établir que vous vous trouviez dans une situation financière difficile — ce qui est exact, n'est-ce pas ?

Leonard Vole rougit.

— Oui, confirma-t-il d'une voix sourde. Je venais d'avoir une suite de déveines.

— C'est ça, répéta Mr Mayherne. Etant, comme je le disais, dans une situation financière difficile, vous avez rencontré une vieille dame riche et vous avez assidûment cultivé cette relation. Maintenant, si nous pouvions affirmer que vous ignoriez tout de sa fortune et que vous alliez lui rendre visite par pure bonté d'âme...

— Ce qui est le cas.

— Parfait. Je n'en discuterai pas. Je cherche à voir les choses du point de vue de l'adversaire. Tout dépendra de la mémoire de Mr Harvey. Va-t-il ou non se souvenir de cette conversation ? Parviendra-t-on à le troubler au point de le persuader qu'elle a eu lieu plus tard ?

Leonard Vole demeura un instant songeur, puis répondit d'une voix assez ferme mais en pâlissant un peu :

— Je ne pense pas que ce soit une bonne ligne de défense, Mr Mayherne. Plusieurs personnes ont entendu ce que me disait Harvey et certains ont fait des plaisanteries à propos de la vieille dame riche dont j'avais fait la conquête.

L'avocat tenta de cacher sa déception d'un geste.

— Dommage, dit-il. Mais je vous félicite de votre

franchise, Mr Vole. Je compte sur vous pour me guider. Vous avez raison. Il serait catastrophique de persister dans la ligne de conduite que je proposais. Laissons donc cela. Vous avez fait la connaissance de miss French, vous êtes allé la voir, vous êtes devenus plus intimes. Il faut expliquer cela clairement. Pourquoi un homme de trente-trois ans comme vous, beau garçon, sportif, ne manquant pas d'amis, a-t-il consacré tant de temps à une vieille dame avec laquelle il n'avait rien de commun ?

Leonard Vole écarta nerveusement les mains.

— Je n'en sais rien... Je n'en sais vraiment rien. Après ma première visite, elle a insisté pour que je revienne, elle m'a dit qu'elle se sentait seule et malheureuse. Il m'était difficile de refuser. Elle m'a témoigné tellement de sympathie et d'affection qu'elle m'a mis dans une situation embarrassante. Je suis d'une nature plutôt faible vous savez, Mr Mayherne. Je suis de ces gens qui ne savent pas dire non. Et, croyez-moi ou pas, après trois ou quatre visites, j'ai fini par m'attacher sincèrement à cette vieille dame. J'étais tout jeune quand ma mère est morte. J'ai été élevé par une tante et je n'avais pas encore quinze ans quand elle est morte également. Si je vous disais que je me sentais heureux d'être materné et choyé, cela vous ferait sans doute rire...

Mr Mayherne ne rit pas. Il ôta de nouveau son pince-nez et se mit à l'essuyer, signe chez lui de profonde réflexion.

— J'accepte votre explication, dit-il enfin. Elle est psychologiquement vraisemblable. Un jury verra-t-il les choses de la même façon ? C'est une autre question. Poursuivez, je vous prie. Quand miss French vous a-t-elle demandé pour la première fois de vous occuper de ses affaires ?

— Après ma troisième ou quatrième visite. Elle ne comprenait pas grand-chose aux questions d'argent et certains placements lui donnaient des inquiétudes.

Mr Mayherne lui jeta un coup d'œil acéré.

— Attention, Mr Vole. Janet Mackenzie, la femme

de chambre, déclare que sa maîtresse était très avisée en affaires et qu'elle s'occupait elle-même de ses transactions, ce que confirme le témoignage de ses banquiers.

— Je n'y peux rien, répondit sérieusement Mr Vole. C'est ce qu'elle m'a dit.

Mr Mayherne le regarda un instant en silence. Il n'avait pas l'intention de le lui dire, mais la confiance qu'il avait en Leonard Vole se trouva momentanément renforcée. Il connaissait la mentalité des vieilles dames. Il imaginait très bien miss French, infatuée de ce séduisant jeune homme, cherchant tous les prétextes pour l'attirer chez elle. Et quelle meilleure raison trouver que son ignorance des affaires pour le prier de l'aider à débrouiller ses problèmes d'argent ? Elle était suffisamment femme pour savoir que tout homme est plus ou moins flatté de voir ainsi reconnaître sa supériorité. Et Leonard Vole avait été flatté. Peut-être, aussi, ne répugnait-elle pas à lui faire savoir qu'elle était riche. Emily French était une vieille femme volontaire, prête à payer le prix pour obtenir ce qu'elle voulait. Tout cela défila rapidement dans l'esprit de Mr Mayherne, mais il n'en laissa rien paraître et se contenta de poser une autre question.

— Et, à sa demande, vous vous êtes effectivement occupé de ses affaires ?

— En effet.

— Mr Vole, je vais vous poser une question très sérieuse, à laquelle il est essentiel que vous me répondiez la vérité. Vous étiez dans une situation financière difficile. Vous aviez la haute main sur les affaires d'une dame — d'une vieille dame qui, de son propre aveu, ne connaissait rien ou pas grand-chose à ces histoires. Avez-vous, à un instant quelconque, d'une manière quelconque, détourné à votre profit les valeurs dont vous disposiez ? Vous êtes-vous livré à quelque opération pour votre bénéfice qui ne supporterait pas d'être mise en lumière ? Ne répondez pas tout de suite. Deux voies s'ouvrent à nous : nous pouvons insister sur votre probité et votre honnêteté dans la conduite des affaires de miss French, et faire ressortir le peu d'intérêt que vous aviez à commettre un meurtre pour vous procurer un argent que vous pouviez obtenir de façon beaucoup plus simple. Si, en revanche, l'accusation peut faire état de... si, pour dire les choses crûment, on peut prouver que vous avez escroqué la vieille dame d'une façon ou d'une autre, nous devrons soutenir que vous n'aviez aucune raison de commettre un meurtre puisqu'elle constituait déjà pour vous une appréciable source de revenus. Vous saisissez la menace. Maintenant, s'il vous plaît, prenez votre temps avant de répondre.

Mais Leonard Vole répondit aussitôt :

— Ma gestion des affaires de miss French a été parfaitement honnête et régulière. J'ai veillé sur ses intérêts au mieux de mes capacités, comme n'importe qui pourra le constater s'il veut le vérifier.

— Merci, dit Mr Mayherne. Cela me soulage beaucoup. Je vous fais la grâce de vous croire trop intelligent pour me mentir sur un point aussi capital.

— Je pense, déclara vivement Vole, que ce qui plaide le plus certainement en ma faveur, c'est l'absence de motif. Si l'on admet que j'ai cultivé l'amitié d'une vieille femme riche dans l'espoir d'en obtenir de l'argent — ce qui résume vos propos — sa mort ne pouvait qu'anéantir tous mes espoirs ?

L'avocat le regarda longuement. Puis, délibérément cette fois, il recommença à astiquer son pince-nez.

— Ignorez-vous, Mr Vole, que miss French a laissé un testament vous instituant son principal légataire ?

— Quoi ? s'écria le prisonnier en sautant en l'air, visiblement et sincèrement ahuri. Mon dieu ! que dites-vous là ? Elle m'a laissé sa fortune ?

Mr Mayherne hocha lentement la tête. Vole retomba en arrière, la tête dans les mains.

— Il semblerait que vous n'ayez pas eu connaissance de ce testament ?

— Il semblerait ? Il ne semble rien du tout. Je n'en savais rien.

— Que répondriez-vous si je vous disais que Janet Mackenzie, la femme de chambre, jure que vous le saviez bel et bien ? Que sa maîtresse lui avait clairement dit qu'elle vous avait consulté à ce sujet et vous avait fait part de ses intentions ?

— Ce que je répondrais ? Mais qu'elle ment. Non, je vais trop loin. Janet est une vieille femme. C'était un chien de garde pour sa maîtresse, et elle ne m'aimait pas. Elle se montrait jalouse et soupçonneuse. Je dirais que miss French a fait part de ses intentions à Janet et que celle-ci aura mal compris quelque chose, ou encore qu'elle était convaincue pour sa part que c'était moi qui avais poussé la vieille dame à faire ce testament. Et maintenant, elle croit vraiment que miss French le lui a dit.

— Vous ne pensez pas qu'elle vous déteste assez pour mentir sciemment sur ce point ?

Leonard Vole parut choqué et surpris.

— Bien sûr que non ! Pourquoi le ferait-elle ?

— Je ne sais pas, dit Mr Mayherne, songeur. Mais elle vous en veut terriblement.

Le malheureux jeune homme poussa un gémissement.

— Je commence à comprendre, murmura-t-il. C'est terrible. On va dire que je l'y ai poussée, que je l'ai persuadée de me léguer sa fortune, que je suis allé chez elle ce soir-là, qu'il n'y avait personne dans la maison — et on l'a retrouvée le lendemain. Oh ! mon Dieu, c'est épouvantable !

— Vous vous trompez si vous pensez que miss French était seule. Janet, vous vous en souvenez, devait passer la soirée dehors. Elle est sortie, mais elle est revenue vers 9 heures et demie pour prendre un patron de chemisier qu'elle avait promis à une amie. Elle est entrée par la porte de service, est montée le chercher, puis est ressortie. Elle a entendu des voix dans le salon, sans pouvoir distinguer ce qui se disait, mais elle est prête à jurer que l'une d'elles était celle de miss French et l'autre celle d'un homme.

— A 9 heures et demie, dit Leonard Vole. A

9 heures et demie... Mais alors je suis sauvé, sauvé ! cria-t-il en se levant d'un bond.

— Que voulez-vous dire ? demanda Mr Mayherne, surpris.

— *A 9 heures et demie, j'étais chez moi !* Ma femme peut en témoigner. J'ai quitté miss French vers 9 heures moins 5. Et je suis arrivé à la maison vers 9 h 20. Ma femme m'attendait. Oh ! merci mon Dieu — merci mon Dieu ! Et béni soit le patron de chemisier de Janet Mackenzie.

Dans son exaltation, Vole ne remarqua pas que l'avocat avait toujours l'air aussi grave. Mais sa réplique le fit brutalement redescendre sur terre.

— Dans ce cas, qui, selon vous, a assassiné miss French ?

— Mais, un cambrioleur, bien sûr, comme on l'avait pensé au début. Vous vous souvenez qu'on a forcé la fenêtre. Miss French a été tuée d'un coup violent porté avec une pince-monseigneur et la pince-monseigneur, trouvée par terre à côté du corps. Et plusieurs choses avaient disparu. N'étaient les absurdes soupçons de Janet et son antipathie pour moi, la police n'aurait jamais abandonné la bonne piste.

— Cela ne suffira pas, Mr Vole. Il ne manquait que des bibelots sans valeur, destinés à nous aveugler. Et les traces relevées sur la fenêtre ne sont pas concluantes. D'ailleurs, réfléchissez vous-même. Vous prétendez que vous n'étiez plus là à 9 heures et demie. Dans ce cas qui était l'homme que Janet a entendu parler dans le salon avec miss French ? Elle ne tenait quand même pas une aimable conversation avec un cambrioleur ?

— Non... non, dit Vole, de nouveau perplexe et découragé. Néanmoins, ajouta-t-il en reprenant espoir, cela m'innocente. J'ai un alibi. Il faut que vous alliez voir Romaine — c'est ma femme — au plus tôt.

— Certainement. Ce serait déjà fait si Mrs Vole n'avait été absente de chez vous quand on vous a arrêté. J'ai aussitôt télégraphié en Ecosse et j'ai cru comprendre qu'elle rentrait ce soir. Je passerai la voir en partant d'ici.

Vole hocha la tête, soulagé.

— Oui, Romaine vous le confirmera. Mon Dieu, c'est une sacrée chance, ça.

— Excusez-moi, Mr Vole, vous aimez beaucoup votre femme ?

— Bien sûr.

— Et la réciproque est vraie ?

— Romaine m'est très dévouée. Elle ferait n'importe quoi pour moi.

Il avait répondu avec chaleur, mais l'avocat eut un pincement au cœur. Quel crédit accorder au témoignage d'une épouse dévouée ?

— Quelqu'un vous a-t-il vu rentrer à 9 h 20 ? Une femme de chambre, par exemple ?

— Nous n'avons pas de femme de chambre.

— Avez-vous croisé quelqu'un dans la rue, en rentrant ?

— Personne de connaissance. J'ai fait une partie du trajet en autobus. Le chauffeur s'en souviendra peut-être.

Mr Mayherne eut un hochement de tête sceptique.

— Personne alors ne peut confirmer le témoignage de votre femme ?

— Non. Mais ce ne sera pas nécessaire, si ?

— J'espère que non. J'espère que non, répondit précipitamment Mr Mayherne. Encore une chose : miss French savait-elle que vous étiez marié ?

— Oh oui.

— Cependant vous ne lui avez jamais amené votre femme. Pourquoi ça ?

Pour la première fois, Vole parut hésiter.

— Ma foi..., je ne sais pas...

— Janet Mackenzie prétend pourtant que sa maîtresse vous croyait célibataire et envisageait de vous épouser un jour.

Vole se mit à rire.

— C'est absurde ! Il y avait quarante ans de différence entre nous !

— Ça s'est déjà vu, remarqua l'avocat avec ironie.

Reste les faits. Votre femme n'a jamais rencontré miss French ?

— Non..., répondit--il, de nouveau gêné.

— Vous me permettrez de dire que je comprends mal cette attitude.

Vole rougit, hésita, puis se décida :

— Je vais être franc. J'avais des ennuis d'argent, comme vous savez. J'espérais que miss French pourrait m'en prêter. Elle m'aimait bien, mais les difficultés d'un jeune couple ne l'intéressaient pas du tout. J'ai vite compris qu'elle tenait pour acquis que je ne m'entendais pas avec ma femme, que nous vivions séparés. Je voulais cet argent, Mr Mayherne, pour Romaine. Je n'ai pas détrompé la vieille dame, je l'ai laissée penser ce qu'elle voulait. Elle me considérait comme un fils adoptif. Il n'a jamais été question de mariage — cette idée a dû naître dans l'imagination de Janet.

— Et c'est tout ?

— Oui... c'est tout.

N'y avait-il pas là comme une vague hésitation ? L'avocat en eut l'impression. Il se leva et tendit la main à son client.

— Au revoir, Mr Vole. (Voyant son air hagard, sur une impulsion bien rare chez lui, il ajouta :) Je crois en votre innocence, malgré la multitude de faits qui vous accablent. J'espère en apporter la preuve et vous disculper entièrement.

Vole lui sourit.

— Vous verrez que mon alibi est solide, dit-il gaiement.

Là encore, il ne remarqua pas que l'autre ne lui répondait pas.

— L'affaire repose en grande partie sur le témoignage de Janet Mackenzie, dit Mr Mayherne. Elle vous déteste. C'est clair.

— Je ne vois pas pourquoi elle me détesterait, protesta le jeune homme.

L'avocat quitta les lieux en secouant la tête. « Et maintenant, Mrs Vole », se dit-il.

L'affaire, pour lui, se présentait de façon inquiétante.

Les Vole habitaient une petite maison d'aspect misérable, près de Paddington Green. C'est là que se rendit Mr Mayherne.

Une grande femme plutôt souillon, visiblement la femme de ménage, vint lui ouvrir.

— Mrs Vole est rentrée ?

— L'est rentrée y a une heure. Mais je sais pas si vous pouvez la voir.

— Si vous voulez bien lui remettre ma carte, répondit tranquillement Mr Mayherne, je suis convaincu qu'elle me recevra.

La femme lui jeta un regard sceptique, s'essuya les mains sur son tablier et prit la carte. Après quoi elle lui ferma la porte au nez.

Cependant, elle reparut quelques instants plus tard, les manières sensiblement changées.

— Entrez, je vous prie.

Elle l'introduisit dans un tout petit salon. Mr Mayherne regardait un dessin accroché au mur quand, se retournant, il se trouva tout à coup face à face avec une grande femme au teint pâle, entrée si doucement qu'il ne l'avait pas entendue.

— Mr Mayherne ? Vous êtes l'avocat de mon mari, n'est-ce pas ? C'est lui qui vous envoie ? Asseyez-vous, je vous prie.

En l'entendant parler, il comprit qu'elle n'était pas anglaise. En la regardant plus attentivement, il remarqua qu'elle avait les pommettes hautes, des cheveux d'un noir profond et, de temps à autre, un petit mouvement des mains qui trahissaient également l'étrangère. Une femme étrange, très calme. Si calme qu'elle vous mettait mal à l'aise. Mr Mayherne eut aussitôt le sentiment qu'il allait se heurter à quelque chose qu'il ne comprenait pas.

— Chère Mrs Vole, commença-t-il, vous ne devez pas vous laisser aller à...

Il s'arrêta. Il était visible que Mrs Vole n'avait pas la moindre intention de se laisser aller. Elle était tout à fait calme et maîtresse d'elle-même.

— Voulez-vous, s'il vous plaît, me raconter toute l'affaire ? Je dois tout savoir. N'essayez pas de me ménager. Je veux connaître le pire. (Elle hésita, puis répéta plus bas, avec une curieuse insistance que l'avocat ne comprit pas :) Je veux connaître le pire.

Mr Mayherne lui rapporta sa conversation avec Leonard Vole. Elle l'écoutait avec attention, hochant la tête de temps à autre.

— Je vois, dit-elle quand il eut fini. Il veut que je dise qu'il est rentré à 9 h 20, ce soir-là ?

— Il est bien rentré à cette heure-là ? demanda vivement Mr Mayherne.

— Ce n'est pas la question, répondit-elle froidement. Mon témoignage suffira-t-il à le faire acquitter ? Me croira-t-on ?

Mr Mayherne fut stupéfait. Elle était allée si vite au cœur du problème...

— C'est ce que je voudrais savoir, dit-elle. Est-ce que cela sera suffisant ? Existe-t-il quelqu'un d'autre qui pourrait confirmer mon témoignage ?

On sentait chez elle une effervescence réprimée qui le mit vaguement mal à l'aise.

— Jusqu'ici, il n'y a personne, dit-il à regret.

— Je vois, répondit Romaine Vole.

Elle resta un moment silencieuse. Un petit sourire jouait sur ses lèvres.

Le sentiment de danger qu'éprouvait l'avocat devenait de plus en plus fort.

— Mrs Vole... je sais ce que vous devez ressentir...

— Vraiment ? Je me le demande.

— Dans ces circonstances...

— Dans ces circonstances, j'ai l'intention de jouer mon propre jeu.

Il la regarda, consterné.

— Chère Mrs Vole, vous êtes à bout de nerfs. Etant si attachée à votre mari...

— Pardon ?

La brusquerie du ton le fit sursauter. Il répéta en hésitant.

— Etant si dévouée à votre mari...

Romaine Vole hocha lentement la tête, sans quitter son étrange petit sourire.

— Il vous a dit que je lui étais toute dévouée ? demanda-t-elle doucement. Ah ! oui, je vois bien qu'il l'a dit. Ce que les hommes peuvent être bêtes ! Bêtes, bêtes, bêtes...

Elle se leva soudain. Et toute la tension qu'il avait senti planer dans l'atmosphère était maintenant concentrée dans sa voix.

— Je le déteste, voyez-vous ! Je le déteste, je le déteste, je le déteste ! Je voudrais le voir suspendu par le cou jusqu'à ce que mort s'ensuive.

Ses paroles, la fureur qui brillait dans ses yeux, le firent reculer.

Elle avança d'un pas et poursuivit avec véhémence :

— Je le verrai peut-être... Si je vous disais que ce soir-là il n'est pas rentré à 9 h 20 mais à *10* h 20 ? Il vous a raconté qu'il ne savait rien de l'argent qui devait lui revenir ? Et si je vous disais qu'il le savait parfaitement, qu'il y comptait et qu'il a commis ce meurtre pour l'obtenir ? Et si je vous disais aussi qu'il l'a reconnu devant moi quand il est rentré ? Qu'il y avait du sang sur sa veste ? Hein ? Et si j'allais faire une déposition en ce sens au tribunal ?

Elle le défiait du regard. Il fit un effort pour lui cacher sa stupéfaction croissante et pour parler sur un ton raisonnable.

— On ne peut pas vous demander de témoigner contre votre mari...

— Ce n'est pas mon mari !

La riposte était arrivée si vite qu'il crut avoir mal entendu.

— Pardon ? Je...

— Ce n'est pas mon mari.

Le silence était si profond qu'on aurait entendu tomber une épingle.

— J'étais actrice, à Vienne. J'ai un mari encore vivant, il est dans un hôpital psychiatrique. Je n'ai donc pas pu l'épouser. J'en suis heureuse maintenant.

Elle hocha la tête d'un air de défi.

— J'aimerais que vous répondiez à une question, dit Mr Mayherne, qui se contraignait à paraître aussi froid et impassible que d'habitude. Pourquoi êtes-vous si dure envers Leonard Vole ?

Elle secoua la tête, souriant toujours.

— Oui, vous voudriez bien le savoir. Mais je ne vous le dirai pas. Je garderai mon secret...

Mr Mayherne fit entendre sa petite toux sèche et se leva.

— Il me semble inutile de prolonger cet entretien. Je reprendrai contact avec vous après avoir revu mon client.

Elle s'approcha de lui et planta ses magnifiques yeux noirs dans les siens.

— Croyiez-vous sincèrement qu'il était innocent quand vous êtes venu ici, aujourd'hui ?

— Oui, répondit Mr Mayherne.

— Pauvre petit bonhomme ! s'exclama-t-elle en riant.

— Et je le crois encore, ajouta l'avocat. Bonsoir, madame.

Il s'en alla, la laissant à sa stupéfaction. « Cette fichue affaire se complique », se dit-il en marchant à grands pas dans la rue.

Extraordinaire, tout ça. Une femme extraordinaire. Une femme très dangereuse. Les femmes, ce sont des démons, quand elles portent le fer dans la plaie.

Que faire ? Ce malheureux n'avait rien à quoi se raccrocher. Certes, il était possible qu'il ait commis ce meurtre...

« Non, se dit Mr Mayherne. Non... Il y a presque trop de preuves contre lui. Je ne fais pas confiance à cette femme. Elle a forgé cette histoire de toutes pièces. Elle ne la répétera pas à la barre. »

Il aurait aimé en être plus convaincu.

Les auditions furent brèves et dramatiques. On cita comme principaux témoins Janet Mackenzie, femme de chambre de la victime, et Romaine

Heilger, ressortissante autrichienne, maîtresse de l'accusé.

De son banc, Mr Mayherne écouta l'accablante déposition de cette dernière. Elle était tout à fait dans l'esprit de leur conversation.

Le prisonnier réserva sa défense et fut mis en accusation.

Mr Mayherne ne savait plus à quel saint se vouer. L'affaire de Leonard Vole se présentait plus mal qu'on n'aurait su le dire. Même sir Charles, le célèbre avocat qui avait été chargé de sa défense, ne gardait que peu d'espoir.

— Si nous parvenons à démolir le témoignage de cette Autrichienne, dit-il, sceptique, nous pourrons peut-être faire quelque chose. Mais l'affaire se présente mal.

Mr Mayherne avait concentré ses efforts sur un point. En admettant que Leonard Vole ait dit la vérité, qu'il ait bien quitté la maison de la victime à 9 heures, qui était l'homme que Janet avait entendu parler avec miss French à 9 heures et demie ?

Un neveu, un vaurien, qui à force de cajoleries et de menaces avait extorqué de l'argent à sa tante à plusieurs reprises, était son seul rayon de lumière. L'avocat avait appris que Janet Mackenzie avait toujours été très attachée à ce jeune homme et n'avait jamais cessé d'appuyer ses demandes auprès de sa maîtresse. Il n'était pas exclu que ce neveu soit venu chez miss French après le départ de Leonard Vole, d'autant plus qu'on ne l'avait trouvé dans aucun de ses repaires habituels.

Quant aux autres recherches de Mr Mayherne, elles s'étaient toutes soldées par un résultat négatif. Personne n'avait vu Leonard Vole entrer chez lui ou quitter le domicile de miss French. Personne n'avait vu quelqu'un d'autre entrer dans la maison de Cricklewood ou en sortir. Les enquêtes ne donnèrent rien.

Mais la veille du procès, Mr Mayherne reçut une lettre qui devait infléchir le cours de ses réflexions.

Elle arriva par le courrier de 6 heures. Un griffonnage d'illettré sur papier ordinaire, dans une enveloppe sale au timbre collé de travers.

L'avocat dut la lire plusieurs fois pour en saisir le sens.

Mon cher monsieur,

C'est vous le type qui défend le jeune gars. Si vous voulez savoir ce que vau cette traîné de métèque peinturluré et son tas de bobards, vené 16 Shaws Rents Stepney cè soir. Ça vous coutera 200 sacs. Demandé madame Mogson.

L'avocat lut et relut cette étrange épître. Evidemment, c'était peut-être un canular, mais, en y réfléchissant, il fut de plus en plus convaincu que c'était vrai et qu'il tenait peut-être là l'unique espoir de l'accusé. Le témoignage de Romaine Heilger l'enfonçait complètement, et l'argument sur lequel comptait s'appuyer la défense — à savoir qu'on ne pouvait accorder crédit à une femme qui, de son propre aveu, avait eu une conduite immorale, était pour le moins faiblard.

L'avocat se décida. Il était de son devoir de sauver son client à tout prix. Il devait se rendre à l'adresse indiquée.

Il eut du mal à trouver l'endroit, un immeuble en ruine dans un quartier puant, mais il finit par y arriver. Il demanda Mrs Mogson et on l'envoya dans une chambre du troisième étage. Il frappa à la porte et, n'obtenant pas de réponse, frappa de nouveau.

Cette fois, il entendit un pas traînant, on entrebâilla prudemment la porte d'un centimètre et on jeta un œil dans le couloir.

Soudain, la femme — car c'était une femme — gloussa et ouvrit la porte plus grand.

— Comme ça c'est vous, mon chou, dit-elle d'une voix d'asthmatique. Y a personne avec vous, hein ? Pas d'entourloupe ? Parfait. Pouvez entrer.

L'avocat pénétra sans enthousiasme dans une petite pièce crasseuse. La lumière tremblotante du gaz éclairait un lit défait dans un coin, une simple planche servant de table et deux chaises bancales. Pour la première fois, Mr Mayherne eut une vision complète de la locataire de ce logement peu ragoûtant. C'était une femme entre deux âges, voûtée, avec une opulente chevelure grise en désordre et un fichu rouge serré sur la tête. Le regard de l'avocat s'était fixé sur ce fichu. Elle se remit à rire, de ce même curieux gloussement sans timbre.

— Vous vous demandez pourquoi je cache ma beauté, mon chou ? Ha, ha, ha ! Z'avez peur d'être séduit, hein ? Mais vous allez voir, vous allez voir.

Elle écarta le fichu. L'avocat eut un geste de recul involontaire devant la cicatrice violette et informe qu'elle dévoila. Elle remit le fichu en place.

— Alors, vous voulez pas m'embrasser, mon chou ? Ha, ha ! ça ne m'étonne pas. Et pourtant j'ai été jolie fille, il y a moins longtemps que vous pensez. Le vitriol, mon chou, le vitriol... voilà ce qui m'a fait ça. Ah ! mais je leur revaudrai ça à ces...

Elle éclata en un torrent d'abominables jurons que Mr Mayherne essaya en vain d'interrompre. Elle finit par se taire, mais serrait et desserrait nerveusement les mains.

— Cela suffit, dit sévèrement l'avocat. Je suis venu parce que j'ai des raisons de croire que vous pouvez me fournir des renseignements susceptibles d'innocenter mon client, Leonard Vole. C'est exact ?

Elle lui jeta un regard rusé.

— Et le fric, mon chou ? Deux cents sacs, vous vous souvenez ?

— C'est votre devoir de témoigner, et vous pouvez être mise en demeure de le faire.

— Ça marche pas, mon chou. Je suis une vieille femme, et je sais rien. Mais donnez-moi deux cents livres et peut-être que je pourrai vous refiler un tuyau ou deux. Vu ?

— Quel genre de tuyau ?

— Qu'est-ce que vous diriez d'une lettre ? Une lettre *d'elle*. Vous occupez pas de savoir d'où je la tiens. C'est mes oignons. Ça fera l'affaire. Mais je veux mes deux cents sacs.

Mr Mayherne la regarda froidement et se décida :

— Je vous donnerai dix livres, pas un sou de plus. Et seulement si la lettre est ce que vous dites.

— Dix livres ? cria-t-elle, furieuse.

— Vingt. Et c'est mon dernier mot.

Il se leva, comme pour partir. Et puis, sans la quitter des yeux, il sortit de son portefeuille vingt et une livres.

— Vous voyez, dit-il, c'est tout ce que j'ai sur moi. C'est à prendre ou à laisser.

Mais il avait déjà compris qu'elle ne résisterait pas à la vue de l'argent. Elle jura, tempêta, mais finit par céder. Elle alla jusqu'au lit et sortit quelque chose de sous le matelas informe.

— Voilà, et allez au diable ! C'est la première qui vous intéresse.

Elle lui jeta un paquet de lettres que Mr Mayherne défit et examina, selon son habitude, avec calme et méthode. La femme l'observait avec impatience, sans parvenir à déchiffrer quoi que ce fût sur son visage.

Il lut entièrement chacune des lettres puis revint à la première qu'il relut. Puis il renoua soigneusement tout le paquet.

Il s'agissait de lettres d'amour, écrites par Romaine Heilger à un homme qui n'était pas Leonard Vole. La première était datée du jour de l'arrestation de celuici.

— Je vous mentais pas, hein, mon chou ? dit-elle d'une voix geignarde. Avec ça, elle est cuite, non ?

Mr Mayherne glissa les lettres dans sa poche et demanda :

— Comment êtes-vous entrée en possession de cette correspondance ?

— Ça vous regarde pas. Mais je sais encore autre chose. J'ai entendu ce que cette traînée a dit au tribunal. Tâchez donc de savoir où *elle* se trouvait à 10 h 20, quand elle a dit qu'elle était chez elle. Demandez au cinéma de Lion Road. M'étonnerait qu'ils s'en souviennent pas, une belle garce comme ça ! Que le diable l'emporte !

— Qui est l'homme ? demanda Mr Mayherne. Je n'ai qu'un prénom ici.

La voix soudain épaisse et rauque, les doigts crispés, elle porta la main à son fichu.

— C'est le mec qui m'a fait ça, dit-elle. Il y a des années. Elle me l'a pris. Une gamine elle était dans ce temps-là. Et quand je l'ai suivi — je voulais aussi le ramener — il m'a balancé ce maudit truc à la figure. Elle a ri, cette salope ! Ça fait des années que je veux lui présenter l'addition. Je l'ai suivie, je l'ai épiée. Et maintenant, je la tiens. Elle va en baver, avec ça, monsieur l'avocat. Elle va en baver, pas vrai ?

— Elle sera probablement condamnée à un temps de prison pour faux témoignage, répondit calmement Mr Mayherne.

— On va la boucler, c'est ça que je veux. Vous partez ? Et mon fric ? Où est mon joli petit paquet de fric ?

Sans un mot, Mr Mayherne posa les billets sur la table. Puis, avec une profonde inspiration, il quitta cette chambre sordide. En se retournant, il eut une vision de la vieille femme, chantonnant devant ses billets.

Il ne perdit pas un instant. Il trouva sans grand mal le cinéma de Lion Road et montra au contrôleur une photo de Romaine Heilger qu'il reconnut aussitôt. Elle était arrivée au cinéma peu après 10 heures, ce soir-là. Il n'avait pas particulièrement remarqué l'homme qui l'accompagnait, mais il se souvenait parfaitement de la femme qui lui avait posé des questions sur le film. Ils étaient restés jusqu'à la fin, environ une heure plus tard.

Mr Mayherne était satisfait. Le témoignage de Romaine Heilger était un tissu de mensonges, du début à la fin. Il lui avait été inspiré par une haine farouche. L'avocat se demanda s'il en connaîtrait jamais la raison. Que lui avait fait Leonard Vole ? Il avait paru sidéré quand l'avocat lui avait rapporté son attitude. Il avait déclaré avec conviction que c'était incroyable, mais Mr Mayherne avait eu le sentiment que la première surprise passée, ses protestations manquaient de sincérité.

Il *savait*. Mr Mayherne en était convaincu. Il savait pourquoi mais ne dirait rien. Le secret qui existait entre eux resterait un secret.

Il consulta sa montre. Il était tard, mais chaque instant comptait. Il héla un taxi.

« Sir Charles doit être mis au courant tout de suite », se dit-il en montant en voiture.

Le procès de Leonard Vole, accusé d'assassinat sur la personne d'Emily French, passionna l'opinion. D'abord parce que l'accusé était beau et jeune, ensuite parce que le crime était particulièrement ignoble, et enfin parce qu'on portait aussi un vif intérêt à Romaine Heilger, le principal témoin de l'accusation. Sa photo avait paru dans divers journaux, ainsi que de nombreuses histoires plus ou moins fantaisistes sur ses origines et sur son passé.

Le procès débuta dans un calme relatif. Il fut d'abord question d'indices matériels. Après quoi on appela Janet Mackenzie. En gros, celle-ci confirma ses premières déclarations. Le contre-interrogatoire de la défense l'amena à se contredire une ou deux fois dans son exposé des rapports de Vole avec miss French, et souligna le fait que, si elle avait bien entendu une voix d'homme ce soir-là, rien ne prouvait qu'il s'agissait de Vole. Elle parvint également à donner l'impression que son témoignage était en grande partie inspiré par la jalousie et par son antipathie pour l'accusé.

On appela le témoin suivant.

— Vous vous appelez Romaine Heilger ?

— Oui.

— Vous êtes ressortissante autrichienne ?

— Oui.

— Vous vivez bien depuis trois ans avec l'accusé et vous vous faites passer pour son épouse ?

Un instant, le regard de Romaine Heilger croisa

celui de l'homme qui se trouvait dans le box, un regard étrange, indéchiffrable.

— Oui.

L'interrogatoire se poursuivit. Petit à petit, les faits s'accumulaient, accablants. Ce soir-là l'accusé avait emporté une pince-monseigneur. En rentrant à 10 heures et demie, il avait avoué avoir tué la vieille dame. Il avait brûlé ses manchettes tachées de sang dans la cuisinière. Il l'avait terrorisée et menacée pour l'empêcher de parler.

Plus on avançait, plus la Cour, d'abord favorable à l'accusé, se retournait contre lui. Vole, la tête basse, l'air sombre, paraissait savoir qu'il était perdu.

Cependant, on pouvait remarquer que l'avocat de la Couronne cherchait à refréner l'animosité de Romaine. Il aurait préféré un témoin moins partial.

Pesant, redoutable, l'avocat de la défense se leva enfin.

Il lui représenta que son histoire était une invention malveillante du début jusqu'à la fin, qu'elle n'était même pas chez elle à l'heure indiquée, qu'elle aimait un autre homme et cherchait tout simplement à envoyer Vole à la mort pour un crime qu'il n'avait pas commis.

Romaine nia tout avec une superbe insolence.

Vint alors le dénouement surprise, la production de la lettre. Elle fut lue à haute voix à la Cour, dans un silence de mort.

Max, mon amour, le Destin vient de nous le livrer ! On l'a arrêté pour meurtre... mais, oui, pour le meurtre d'une vieille dame ! Leonard, qui ne ferait pas de mal à une mouche ! Enfin, je tiens ma vengeance. Pauvre poule mouillée ! Je dirai qu'il est rentré ce soir-là avec du sang sur ses vêtements, qu'il m'a tout avoué. Je le ferai pendre, Max. Et, quand on le pendra, *il saura, il comprendra que c'est* Romaine *qui l'envoie à la mort. Et alors, mon bien-aimé...* ce sera *le bonheur ! Le bonheur,* enfin !

Les experts cités par la défense étaient là, prêts à confirmer sous la foi du serment que l'écriture était bien celle de Romaine Heilger, mais on n'eut pas besoin d'eux. Face à cette lettre, Romaine s'effondra et avoua tout. Leonard Vole était bien rentré à l'heure indiquée, à 9 h 20. Elle avait inventé toute l'histoire pour le perdre.

L'accusation s'effondra en même temps que Romaine Heilger. Sir Charles appela ses quelques témoins, l'accusé entra dans le box pour raconter les événements, et même le contre-interrogatoire ne parvint pas à altérer son attitude directe et virile.

Le ministère public tenta de redresser la situation, mais sans grand succès. La récapitulation du juge ne fut pas entièrement favorable à l'accusé, mais une réaction s'était amorcée et il ne fallut pas longtemps au jury pour rendre son verdict :

« Nous déclarons l'accusé non coupable. »

Leonard Vole était libre !

Mr Mayherne se précipita. Il devait aller féliciter son client.

Il se surprit à essuyer vigoureusement son pince-nez et se reprit. La veille au soir, sa femme lui avait fait remarquer que cela devenait une manie. Curieuse chose que les manies. Ceux qui en ont ne s'en rendent jamais compte.

Une affaire intéressante. Une affaire très intéressante. Quelle femme que cette Romaine Heilger...

Pour lui, l'affaire restait dominée par son exotique personnalité. Dans sa maison de Paddington, elle lui était apparue comme une créature pâle et tranquille, mais au tribunal, dans ces lieux empreints de gravité, elle flamboyait. Elle faisait figure de fleur tropicale.

En fermant les yeux, il la revoyait maintenant, grande, véhémente, légèrement penchée en avant, ouvrant et fermant sans cesse sa main droite, sans s'en apercevoir. Curieuse chose que les manies. Ce geste de la main, c'était sans doute sa manie à elle. Et pourtant, tout récemment, il avait vu quelqu'un d'autre faire la même chose. Qui donc ? Oui, tout récemment...

Ça lui revint, et il en eut le souffle coupé. *La femme des Schaw's Rents...*

Il resta immobile, pris de vertige. Impossible...

C'était impossible... Cependant, Romaine Heilger était actrice...

L'avocat de la Couronne le rattrapa et lui donna une tape sur l'épaule.

— Vous avez déjà félicité notre homme ? Il l'a échappé belle, vous savez ! allons lui parler.

Mais l'autre s'y refusa.

Il ne désirait qu'une chose : se trouver face à face avec Romaine.

Il lui fallut attendre un certain temps et peu importe où se fit cette rencontre.

— Ainsi, vous avez deviné, dit-elle quand il lui eut communiqué ce qu'il avait en tête. Le visage ? Oh ! cela a été assez facile, et la lumière du gaz était trop mauvaise pour que vous remarquiez le maquillage.

— Mais pourquoi ?... pourquoi ?

— Pourquoi j'ai joué mon jeu ? Elle sourit. Elle se rappelait avoir déjà prononcé ces mots, il y a peu...

— Quelle comédie compliquée !

— Mon ami, je devais le sauver. Le témoignage d'une épouse dévouée n'aurait pas suffi, vous me l'aviez d'ailleurs laissé entendre. Mais je connais assez bien la psychologie des foules. Il fallait qu'on m'arrache des aveux accablants aux yeux de la loi, et aussitôt on verrait se produire une réaction favorable à l'accusé.

— Et le paquet de lettres ?

— S'il n'y en avait eu qu'une, la lettre capitale, cela aurait pu avoir l'air... comment dites-vous ça ?... d'un coup monté.

— Alors le dénommé Max ?

— N'a jamais existé, mon ami.

— Je persiste à croire, dit Mr Mayherne, blessé, que nous aurions pu le tirer de là... euh... par une procédure classique.

— Je n'ai pas voulu courir ce risque. Voyez-vous, vous *pensiez* qu'il était innocent...

— Et vous, vous le *saviez ?* Je comprends...

— Cher Mr Mayherne, dit Romaine, vous ne comprenez rien du tout. Moi, je savais... qu'il était coupable !

Le mystère du vase bleu

(The Mystery of the Blue Jar)

Jack Hartington suivit son drive lifté d'un air piteux, puis regarda en arrière et évalua la distance de la balle au tee. Son expression ne laissait aucun doute sur le mépris et le dégoût qu'il éprouvait. Avec un soupir, il tira son fer du sac, le fit tournoyer deux fois avec force, anéantissant tour à tour un pissenlit et une touffe d'herbe, puis s'attaqua fermement à la balle.

Il est bien dur, quand on a vingt-quatre ans et pour seule ambition de réduire son handicap au golf, d'être obligé de passer tout son temps à gagner sa vie. Cinq jours et demi sur sept, Jack se retrouvait emprisonné dans la City, dans une espèce de tombeau en acajou. Le samedi après-midi et le dimanche étaient religieusement consacrés à la vraie vie. Il avait poussé le zèle jusqu'à s'installer dans un petit hôtel proche du terrain de golf de Stourton Heath et il se levait chaque jour à 6 heures du matin pour pouvoir s'entraîner une heure avant d'attraper le train de 8 h 46 qui l'amenait en ville.

L'ennui, dans cette organisation, c'était que Jack paraissait constitutionnellement incapable de toucher quoi que ce soit à cette heure de la matinée. Un fer mal frappé se traduisait par un drive loupé. Ses mashies couraient joyeusement et il semblait que quatre coups fussent un minimum pour chaque green.

Jack soupira, saisit fermement son fer et se répéta les mots magiques, « Le bras gauche droit devant et ne lève pas les yeux. »

Il frappa — et s'arrêta, pétrifié : un cri perçant déchirait le silence de ce matin d'été.

— A l'assassin ! Au secours ! A l'assassin !

La voix, celle d'une femme, mourut dans une espèce de gargouillis étouffé.

Jack jeta son club et se précipita dans la direction du bruit. Il ne venait pas de loin. Cet endroit du parcours était tout à fait sauvage et les habitations alentour très peu nombreuses. En fait, il n'y en avait qu'une dans les environs immédiats, un pittoresque petit cottage que Jack avait souvent remarqué à cause de son caractère désuet. Il courut dans cette direction. Une butte couverte de bruyère l'en séparait, mais il la contourna et, une minute après, posait la main sur le portillon.

Jack aperçut une jeune fille dans le jardin et en conclut, naturellement, que c'était elle qui avait crié. Mais il changea vite d'avis.

Elle tenait un petit panier plein de mauvaises herbes à la main et, de toute évidence, venait de désherber une large bordure de pensées. Ses yeux de velours, doux et sombres, plus violets que bleus ressemblaient d'ailleurs à des pensées. Dans sa robe de toile violette, elle avait l'air tout entière d'une pensée.

Elle regardait Jack, mi-ennuyée, mi-surprise.

— Je vous demande pardon, c'est vous qui avez poussé un cri, juste à l'instant ?

— Moi ? Mais non...

Elle paraissait si étonnée que Jack en fut gêné. Elle avait une voix jolie et douce, au léger accent étranger.

— Mais vous avez dû l'entendre ! s'exclama-t-il. Il venait de quelque part par ici.

Elle le dévisagea.

— Je n'ai rien entendu du tout.

Jack la dévisagea à son tour. Il était parfaitement invraisemblable qu'elle n'ait pas entendu ce déchirant appel au secours. Et pourtant, elle avait l'air si paisible qu'il avait du mal à imaginer qu'elle mentait...

— Cela venait de ce côté-ci, insista-t-il.

Cette fois, elle le regarda d'un air soupçonneux.

— Et que criait-on ? demanda-t-elle.

— A l'assassin... au secours ! A l'assassin !

— A l'assassin... au secours, à l'assassin, répéta-t-elle. Quelqu'un vous a fait une farce, monsieur. Qui pourrait-on assassiner ici ?

Jack regarda autour de lui, s'attendant confusément à apercevoir un cadavre dans une allée du jardin. Il était certain que le cri qu'il avait entendu n'était pas le fruit de son imagination. Il examina les fenêtres. Tout semblait calme et paisible.

— Vous voulez fouiller la maison ? demanda la jeune fille d'un ton ironique.

Elle paraissait si sceptique que Jack se sentit de plus en plus gêné.

— Désolé, dit-il. Cela devait venir d'un peu plus haut dans les bois.

Il souleva sa casquette et s'en alla. En jetant un coup d'œil en arrière, il constata que la jeune fille s'était remise à son désherbage.

Il arpenta les bois un moment sans rien découvrir d'insolite. Et pourtant il était toujours aussi sûr d'avoir entendu un cri. Il finit par renoncer et se hâta de rentrer pour avaler son petit déjeuner et pour attraper le 8 h 46 à une ou deux secondes près, comme d'habitude. Quand il fut dans le train, sa conscience le titilla un peu. N'aurait-il pas dû signaler immédiatement à la police ce qu'il avait entendu ? S'il ne l'avait pas fait, c'était uniquement à cause de l'incrédulité de la jeune fille aux herbes. De toute évidence, elle le soupçonnait de fabuler, et la police aurait sans doute fait de même. Etait-il absolument certain d'avoir entendu ce cri ?

Il n'en était plus aussi sûr maintenant, ce qui est normal quand on essaye de se remémorer une sensation. Aurait-il pu prendre un cri d'oiseau, au loin, pour une voix de femme ?

Non, songea Jack, irrité. C'était une voix de femme, il avait bien entendu. Il se souvint d'avoir regardé sa montre juste avant. Il devait donc être très précisément 7 h 25 quand le cri lui était parvenu. Cela pouvait être utile à la police de le savoir si... si on découvrait quelque chose.

Le soir, de retour chez lui, il parcourut les journaux, pressé de voir si l'on y parlait d'un crime. Il ne sut pas très bien s'il était soulagé ou déçu de ne rien trouver.

La matinée du lendemain matin fut pluvieuse — pluvieuse au point de doucher l'enthousiasme du golfeur le plus enragé. Jack se leva au dernier moment, avala son petit déjeuner, courut prendre le train et, de nouveau, parcourut les journaux. Toujours aucune mention d'une découverte macabre. Dans les journaux du soir, non plus.

« Curieux, se dit-il. Sans doute de satanés gamins qui jouaient à dieu sait quoi dans les bois. »

Le lendemain matin, il était dehors aux aurores. En passant devant le cottage, il remarqua du coin de l'œil que la jeune fille était de nouveau dans le jardin en train d'arracher les mauvaises herbes. C'était sans doute une manie. Il eut un coup d'approche particulièrement heureux et espéra qu'elle l'avait remarqué. En plaçant sa balle sur le tee suivant, il consulta sa montre.

— Exactement 7 h 25, murmura-t-il. Je me demande...

Les mots ne passèrent pas ses lèvres. Il venait d'entendre, derrière lui, un cri pareil à celui qui l'avait effrayé l'autre fois. Un cri de femme en détresse.

— *A l'assassin... au secours ! A l'assassin !*

Jack fit demi-tour en courant. La jeune fille aux herbes était près du portillon. Jack se précipita vers elle, et s'exclama, triomphant :

— Cette fois vous l'avez entendu !

Elle avait les yeux agrandis sous le coup d'une émotion qu'il ne put expliquer, mais il remarqua le mouvement de recul qu'elle eut en le voyant approcher. Elle jeta même un regard vers la maison, comme si elle songeait à courir s'y réfugier.

Elle secoua la tête et le dévisagea.

— Je n'ai rien entendu du tout, répondit-elle avec étonnement.

Il eut l'impression de recevoir un grand coup sur la tête. Sa sincérité était si éclatante qu'il n'était pas permis d'en douter. Et pourtant, il ne s'agissait pas d'un effet de son imagination, non... c'était impossible.

Il entendit la jeune fille lui demander gentiment, presque avec compassion :

— Vous avez été commotionné, c'est ça ?

En un éclair, il comprit son regard effrayé, son coup d'œil vers la maison. Elle pensait qu'il souffrait d'hallucinations...

Et puis, comme une douche glacée, lui vint l'idée affreuse qu'elle avait peut-être raison... Souffrait-il vraiment d'hallucinations ?

Frappé par cette horrible éventualité, il lui tourna le dos et partit en trébuchant, sans un mot. La jeune fille le suivit des yeux en soupirant, secoua la tête et se remit à son désherbage.

Jack essaya de raisonner sainement. « Si j'entends encore ce satané cri à 7 h 25, se dit-il, cela signifiera que je suis victime d'une hallucination quelconque. Mais je ne l'entendrai plus. »

Il fut nerveux toute la journée et alla se coucher de bonne heure, décidé à se mettre à l'épreuve le lendemain matin.

Comme il est sans doute naturel en pareil cas, il resta éveillé la moitié de la nuit et, finalement, se réveilla après l'heure. Il était 7 h 20 quand il sortit de l'hôtel et courut vers le golf. Il ne pouvait pas arriver à l'endroit fatidique à 7 h 25, mais si la voix était une pure et simple hallucination, il l'entendrait n'importe où. Il continua à courir, le regard fixé sur sa montre.

7 h 25. De très loin, lui parvint l'écho d'une voix de femme qui appelait. Il ne pouvait pas distinguer les paroles, mais il était convaincu qu'il s'agissait bien du même cri, venant du même endroit, quelque part dans les environs du cottage.

Curieusement, cela le rassura. Après tout, il s'agissait peut-être d'une farce. Aussi invraisemblable que cela puisse paraître, cette jeune fille lui faisait peut-être une blague ? Il carra résolument les épaules et tira un club de son sac. Il allait jouer les quelques trous qui le séparaient du cottage.

La jeune fille était dans le jardin, comme d'habitude. Elle leva les yeux cette fois et, quand il souleva sa casquette, lui dit bonjour presque timidement, elle lui parut plus ravissante que jamais.

— Belle journée, n'est-ce pas ? lui lança-t-il joyeusement, maudissant la banalité de sa réflexion.

— Oui, très belle, en effet.

— C'est bon pour le jardin, j'imagine ?

Elle sourit et dévoila une fascinante fossette.

— Hélas, non ! Mes fleurs ont besoin de pluie. Regardez, elles sont toutes desséchées.

Obéissant, Jack alla se pencher par-dessus la petite haie qui séparait le jardin du golf.

— Elles ont l'air très belles, observa-t-il gauchement, sentant qu'elle le regardait avec une vague pitié.

— Cela fait du bien, le soleil, n'est-ce pas ? Les fleurs, on peut toujours les arroser. Mais le soleil donne des forces et il est bon pour la santé. Vous êtes beaucoup mieux aujourd'hui, monsieur, cela se voit.

Ce ton encourageant l'exaspéra.

« Bon Dieu ! se dit-il. Elle essaie de me guérir par la méthode Coué. »

— Je me sens très bien, répondit-il.

— Alors c'est parfait, se hâta-t-elle de dire d'une voix apaisante.

Jack avait l'impression agaçante qu'elle ne le croyait pas.

Il joua encore quelques trous et se dépêcha d'aller prendre son petit déjeuner. Tout en l'avalant, il remarqua, et ce n'était pas la première fois, que l'homme assis à la table voisine l'observait avec attention. La quarantaine environ, les traits énergiques, il avait une courte barbe noire, des yeux gris perçants et l'attitude pleine d'assurance de ceux qui occupent un rang élevé dans la hiérarchie professionnelle. Jack savait qu'il se nommait Lavington, et il avait vaguement entendu dire que c'était un médecin spécialiste très connu. Mais, comme Jack ne fréquentait guère Harley Street, son nom n'évoquait rien pour lui.

Mais ce matin-là, le tranquille examen dont il était l'objet l'effrayait un peu. Son secret était-il inscrit sur sa figure de façon que tout le monde puisse le lire ? Etant donné sa profession, cet homme savait-il que quelque chose clochait dans les profondeurs de sa matière grise ?

Jack frissonna à cette idée. Etait-ce la vérité ? Etait-il réellement en train de devenir fou ? Tout cela n'était-il qu'une hallucination, ou s'agissait-il d'une énorme farce ?

Tout à coup, un moyen très simple de s'en assurer lui vint à l'esprit. Jusque-là, il s'était toujours trouvé seul. Et s'il se faisait accompagner par quelqu'un ? Dans ce cas, on pouvait envisager trois hypothèses. La voix resterait silencieuse. Ils l'entendraient tous les deux. Ou bien... il serait seul à l'entendre.

Ce soir-là, il entreprit de mettre son plan à exécution. Il voulait que ce soit Lavington qui l'accompagne. Ils entrèrent facilement en conversation ; le médecin n'attendait peut-être que cela. Il était clair que, pour une raison ou une autre, Jack l'intéressait. Celui-ci en arriva tout naturellement à proposer à Lavington de faire quelques trous avec lui avant le petit déjeuner. Ils se mirent d'accord pour le lendemain matin.

Ils partirent un peu avant 7 heures. Le temps était parfait, calme, sans nuage, et pas trop chaud. Le médecin joua bien, Jack très mal. Tout son esprit était absorbé par l'événement à venir. Il jetait sans arrêt des coups d'œil furtifs sur sa montre. Ils arrivèrent au septième tee à peu près à 7 h 20. Le cottage était situé entre ce tee et le trou.

La jeune fille se trouvait, comme d'habitude, dans le jardin. Elle ne leva pas les yeux quand ils passèrent.

Deux balles étaient sur le green, celle de Jack proche du trou, celle du médecin un peu plus loin.

— Il faut que je le tente. Je crois que je le tiens, dit Lavington.

Il se pencha pour apprécier la trajectoire. Jack était tendu, les yeux rivés sur sa montre. Il était exactement 7 h 25.

La balle courut vivement sur le gazon, s'arrêta au bord du trou, hésita puis tomba dedans.

— Joli putt, dit Jack d'une voix rauque qu'il ne reconnut pas.

Il remonta un peu le bracelet de sa montre sur son bras avec un immense soupir de soulagement. Il ne s'était rien passé. Le charme était rompu.

— Si cela ne vous ennuie pas de vous interrompre un instant, dit-il, je crois que je vais fumer une pipe.

Ils s'arrêtèrent un moment au huit. Jack bourra sa pipe et l'alluma d'une main malgré tout un peu tremblante. Il avait l'impression qu'on venait de lui ôter un énorme poids de l'esprit.

— Bon Dieu, quelle belle journée ! remarqua-t-il en regardant le paysage avec satisfaction. Allez-y, Lavington. C'est à vous.

C'est alors qu'elle arriva. Juste au moment où le médecin frappait sa balle. Une voix de femme, aiguë, angoissée.

— *A l'assassin... Au secours ! A l'assassin !*

Jack laissa tomber sa pipe. Il se tourna en direction du son, puis, s'en souvenant soudain, il regarda son compagnon, le souffle coupé.

Lavington, la main en visière, suivait la trajectoire de sa balle.

— Un peu court... mais j'ai quand même évité le bunker, je crois.

Il n'avait rien entendu.

La terre se mit à tourner autour de Jack. Il fit quelques pas en vacillant. Quand il reprit ses sens, il était allongé sur l'herbe et Lavington était penché sur lui.

— Allons, restez tranquille maintenant, ne vous agitez pas.

— Qu'est-ce qui m'est arrivé ?

— Vous vous êtes évanoui, mon ami, en tout cas vous avez essayé.

— Mon Dieu ! gémit Jack.

— Qu'est-ce qu'il y a ? Quelque chose vous tracasse ?

— Je vais vous le dire, mais avant ça je voudrais vous demander quelque chose.

Le médecin alluma sa pipe et s'assit sur le talus.

— Tout ce que vous voudrez, répondit-il d'un ton réconfortant.

— Vous m'observez, depuis quelques jours. Pourquoi ?

Le regard de Lavington se mit à briller.

— Embarrassante question. Mais un chat peut regarder un roi, vous savez.

— Ne vous dérobez pas. Je suis sérieux. Pourquoi ? J'ai une raison capitale de vous le demander.

Lavington devint grave.

— Je vais vous répondre très franchement. J'ai reconnu en vous tous les symptômes d'un état de tension aiguë, et je me suis demandé de quoi il s'agissait.

— Je peux vous renseigner sans difficulté, dit Jack avec amertume. Je suis en train de devenir fou.

Il s'interrompit de façon assez théâtrale, mais sa déclaration n'ayant provoqué ni l'intérêt ni la consternation qu'il attendait, il répéta :

— Je suis en train de devenir fou.

— Très curieux, murmura Lavington. Vraiment très curieux !

Jack fut indigné.

— C'est tout l'effet que ça vous fait ! Les médecins, décidément, n'ont pas de cœur !

— Allons, allons, mon jeune ami, vous dites n'importe quoi. D'abord, et bien que j'aie obtenu tous mes diplômes, je n'exerce pas la médecine. Au sens strict du mot, je ne suis pas médecin, pas un médecin du corps, du moins.

Jack le regarda intensément.

— De l'esprit, alors ?

— Oui, dans un sens, mais, plus exactement, je me considère comme un médecin de l'âme.

— Ah !

— Quel dédain dans votre ton ! Et pourtant, il faut bien un mot pour désigner le principe actif qui peut être dissocié et qui existe indépendamment de son enveloppe charnelle, le corps. Il faut en venir à accepter l'âme, mon ami. Ce n'est pas simplement un terme religieux inventé par des ecclésiastiques. Mais nous pouvons l'appeler « esprit », ou « moi subconscient », si vous préférez. Vous avez pris ombrage de mon ton tout à l'heure, mais je vous assure que j'ai trouvé très curieux qu'un jeune homme aussi normal et équilibré que vous puisse avoir l'impression de devenir fou.

— En effet, je suis fou. Complètement maboul.

— Pardonnez-moi, je n'en crois rien.

— Je souffre d'hallucinations.

— Après le dîner ?

— Non, le matin.

— Impossible, affirma le médecin, en rallumant sa pipe.

— Je vous dis que j'entends des choses que je suis seul à entendre.

— Un homme sur mille peut apercevoir les lunes de Jupiter. Ce n'est pas parce que les neuf cent quatre-vingt-dix-neuf autres ne peuvent pas les voir qu'il faut douter de leur existence ou qu'il faut prendre le millième pour un fou.

— Les lunes de Jupiter sont une réalité scientifiquement prouvée.

— Il est tout à fait possible que ce qu'on appelle une hallucination aujourd'hui devienne demain une réalité scientifiquement prouvée.

En dépit de tout, le paisible bon sens de Lavington produisit son effet sur Jack. Il se sentit extraordinairement réconforté et rasséréné. Le médecin le dévisagea un instant avec attention puis hocha la tête.

— Voilà qui est mieux. L'ennui avec vous, jeunes gens, c'est que vous êtes si sûrs que rien ne peut exister qui soit en désaccord avec votre philosophie, que vous êtes tout retournés quand il se produit quelque chose qui vous oblige à changer d'opinion. Expliquez-moi sur quoi vous vous fondez pour prétendre que vous devenez fou et nous verrons ensuite s'il convient ou non de vous enfermer.

Aussi fidèlement que possible, Jack lui raconta la suite des événements.

— Ce que je ne parviens pas à comprendre, ajouta-t-il, c'est pourquoi ce matin c'est arrivé à 7 heures et demie, cinq minutes plus tard.

Lavington réfléchit un instant.

— Quelle heure est-il à votre montre ? demanda-t-il.

— 8 heures moins le quart, répondit Jack.

— Dans ce cas c'est tout simple. La mienne marque 7 h 40. Votre montre avance de cinq minutes. Voilà qui, à mon sens, est un point très intéressant et très important. En fait, inestimable.

— En quoi ?

La curiosité de Jack commençait à s'éveiller.

— Eh bien, l'explication la plus simple c'est que, le premier jour, vous avez *effectivement* entendu un cri — qu'il ait été ou non une farce. Les jours suivants, vous vous êtes suggestionné au point de l'entendre exactement à la même heure.

— Je suis sûr que non.

— Pas consciemment, c'est certain, mais le subconscient nous joue parfois de ces tours ! Quoi qu'il en soit, cette explication ne tient pas. S'il s'agissait d'un cas de suggestion, vous auriez entendu le cri à 7 h 25 à votre montre, vous n'auriez jamais pu l'entendre, comme vous l'avez cru, une fois l'heure passée.

— Bon, et alors ?

— Eh bien, c'est clair, non ? Cet appel au secours se situe en un lieu parfaitement défini, dans le temps et dans l'espace. L'espace, ce sont les environs de ce cottage, et le temps c'est 7 h 25.

— Oui, mais pourquoi faut-il que je l'entende *moi ?* Je ne crois pas aux fantômes et à toutes ces histoires de revenants, esprits frappeurs et compagnie. Pourquoi faut-il que j'entende ce sacré truc ?

— Ah ! Nous ne sommes pas en mesure de le dire pour l'instant. C'est drôle, les sceptiques endurcis font les meilleurs médiums. Ce ne sont pas ceux qui s'intéressent aux phénomènes occultes qui en observent les manifestations. Sans qu'on sache pourquoi, certaines personnes voient et entendent ce que d'autres ne perçoivent pas, et, neuf fois sur dix, il s'agit de gens qui ne désirent ni voir ni entendre ces choses et qui sont convaincus, tout comme vous, qu'ils sont victimes d'hallucinations. C'est comme l'électricité. Certains corps sont bons conducteurs, d'autres sont non conducteurs, et nous sommes restés longtemps sans comprendre pourquoi, obligés de nous contenter d'accepter le fait. Aujourd'hui, nous savons pourquoi. Sans aucun doute, nous saurons un jour pourquoi vous entendez cette chose que la jeune fille et moi n'entendons pas. Tout obéit à des lois naturelles, vous savez, le surnaturel n'existe pas vraiment. Il ne sera pas facile de découvrir les lois qui régissent ce qu'il est convenu d'appeler les phénomènes psychiques, mais chaque petit pas compte.

— Qu'est-ce que je dois *faire ?* demanda Jack.

Lavington rit.

— Esprit pratique, je vois. Eh bien, mon jeune ami, vous allez prendre un bon petit déjeuner et vous rendre à Londres sans vous soucier davantage de ce que vous ne comprenez pas. Moi, de mon côté, je vais fouiner dans les environs et voir ce que je peux découvrir sur ce cottage. C'est là que se trouve la clé du mystère, je suis prêt à le jurer.

Jack se leva.

— Très bien, monsieur, j'y vais, mais...

— Oui ?

Jack rougit, gêné.

— Je suis sûr que la jeune fille n'y est pour rien.

Lavington eut l'air amusé.

— Vous ne m'aviez pas dit qu'elle était jolie ! Eh bien, courage, je pense que le mystère est né avant elle.

Ce soir-là, Jack rentra chez lui, dévoré de curiosité. Désormais, il se fiait aveuglément à Lavington. Le médecin avait accepté les faits avec tant de naturel, il s'était montré si prosaïque et si peu troublé par tout ça que Jack en avait été impressionné.

Lorsqu'il descendit dîner, il trouva son nouvel ami

qui l'attendait dans le hall. Le médecin proposa qu'ils s'installent à la même table.

— Du nouveau, docteur ? demanda anxieusement Jack.

— J'ai toute l'histoire de Heather Cottage. La maison a d'abord été occupée par un vieux jardinier et sa femme. Quand le vieux est mort, sa femme est allée vivre chez leur fille. Un entrepreneur a mis la main dessus, l'a modernisée avec bonheur et l'a vendue à un citadin qui venait y passer les week-ends. Il y a un an environ, celui-ci l'a revendue à des dénommés Turner — Mr et Mrs Turner, un couple plutôt bizarre d'après ce que j'ai cru comprendre. Lui était anglais tandis qu'on attribuait à sa femme, une beauté plutôt exotique, des origines russes. Ils vivaient tranquilles, ne voyaient personne et sortaient rarement. D'après la rumeur locale, ils auraient eu peur de quelque chose, mais je ne pense pas qu'on puisse s'y fier.

» Et puis, un beau jour, ils sont partis. De bonne heure le matin, pour ne plus jamais revenir. Les agents immobiliers ont reçu une lettre de Mr Turner, postée à Londres, leur demandant de vendre la maison le plus vite possible. On vendit les meubles, et la maison elle-même fut achetée par un certain Mr Mauleverer. Il ne l'habita qu'une quinzaine de jours, puis il passa une annonce de location meublée. Elle est occupée actuellement par un professeur phtisique et sa fille. Ils sont là depuis dix jours.

Jack rumina tout en silence.

— Je ne vois pas très bien où cela nous mène, dit-il enfin.

— J'aimerais en savoir davantage sur les Turner, dit Lavington tranquillement. Ils sont partis un matin très tôt si vous vous en souvenez. Autant que j'aie pu le savoir, personne ne les a vus partir. On a revu Mr Turner depuis, mais je n'ai trouvé personne ayant revu sa femme.

Jack pâlit.

— Ça ne peut pas être... vous ne voulez pas dire...

— Du calme, jeune homme. Une personne sur le point de mourir, surtout de mort violente, exerce une très forte influence sur ce qui l'entoure. On peut supposer que cette influence est absorbée par l'entourage puis retransmise à un individu susceptible de la capter. Vous-même, en l'occurrence.

— Mais pourquoi moi ? murmura Jack, révolté. Pourquoi pas quelqu'un qui pourrait lui rendre service ?

— Vous imaginez une force intelligente, ayant un but, et non pas une force aveugle et mécanique. Je ne crois pas aux esprits rattachés à la terre et hantant un lieu particulier avec une intention précise. Mais ce que j'ai souvent vu, si souvent qu'il ne peut s'agir d'une pure coïncidence, c'est une espèce de tâtonnement aveugle vers la justice — un mouvement souterrain de forces aveugles travaillant obscurément à cette fin...

Il se secoua, comme s'il voulait chasser quelque obsession, et se tourna vers Jack avec un sourire de commande.

— Changeons de sujet, proposa-t-il, en tout cas pour ce soir.

Jack y consentit assez volontiers mais ne parvint pas aussi facilement à le chasser de son esprit.

Pendant le week-end, il se livra lui aussi à une sérieuse enquête, mais ne découvrit pas grand-chose de plus. Il avait définitivement renoncé à jouer au golf avant le petit déjeuner.

Le maillon suivant de la chaîne lui fut livré de façon inattendue. En rentrant, un soir, Jack apprit qu'une jeune dame l'attendait. A sa grande surprise, il reconnut la jeune fille du jardin, la jeune fille aux herbes, comme il avait pris l'habitude de l'appeler. Elle paraissait nerveuse et troublée.

— Vous m'excuserez, monsieur, de venir vous déranger comme ça ? mais je voudrais vous dire quelque chose. Je...

Elle jeta un regard hésitant autour d'elle.

— Venez par ici, dit Jack en s'empressant de la conduire dans le salon réservé aux dames, maintenant désert, une pièce assez triste, toute couverte de peluche rouge. Asseyez-vous, mademoiselle... mademoiselle... ?

— Marchand, monsieur. Elise Marchand.

— Asseyez-vous, mademoiselle Marchand, et racontez-moi tout.

Elise obéit. La robe vert foncé qu'elle portait ce jour-là soulignait davantage encore la beauté et le charme de son petit visage fier. En prenant place à côté d'elle, Jack sentit son cœur battre plus vite.

— Voici, commença Elise. Nous sommes ici depuis peu et dès le début nous avons entendu dire que notre maison, notre si jolie petite maison, était hantée. Aucun domestique ne veut y mettre les pieds. Cela ne me gêne pas d'ailleurs, je sais assez bien faire le ménage et la cuisine.

« Un ange, se dit Jack, sous le charme. Elle est merveilleuse. »

Mais extérieurement, il garda l'air sérieux et attentif.

— Ces histoires de fantômes, je n'y voyais que pure sottise... jusqu'à ces derniers jours. Quatre nuits de suite, monsieur, j'ai fait le même rêve. Je vois une femme, très belle, très grande et très blonde. Elle tient dans ses mains un vase de porcelaine bleu. Elle est affligée, profondément affligée, et me tend sans cesse son vase, comme pour m'implorer d'en faire quelque chose ; mais, hélas ! elle ne peut pas parler, et je... je ne comprends pas ce qu'elle me demande. C'est ce que j'ai rêvé les deux premières nuits. Mais avant-hier, il y a eu autre chose. Son image s'est estompée, elle a disparu avec son vase bleu, et soudain je l'ai entendue crier — je savais que c'était sa voix, vous comprenez — et... oh ! monsieur, les mots qu'elle a prononcés sont ceux que vous me disiez l'autre matin. A l'assassin... Au secours ! A l'assassin ! Je me suis réveillée, terrorisée. Je me suis dit : « C'est un cauchemar, c'est par hasard que tu as entendu ces mots. » Mais la nuit dernière le rêve est revenu. Qu'est-ce que c'est, monsieur ? Vous aussi vous l'avez entendu cet appel. Que devons-nous faire ?

Elle paraissait terrifiée. Elle serrait convulsivement ses petites mains et levait sur Jack un regard suppliant.

— Ne vous inquiétez pas, mademoiselle. Je vais vous dire ce que j'aimerais que vous fassiez. Si cela ne vous ennuie pas, je voudrais que vous répétiez tout ça à un ami, au Dr Lavington.

La jeune fille y consentit et Jack partit à la recherche de Lavington. Il revint avec lui quelques minutes plus tard.

Le médecin étudia la jeune fille avec attention pendant que Jack faisait les présentations. Il la mit à l'aise grâce à quelques mots rassurants puis il écouta son histoire avec beaucoup d'intérêt.

— C'est très curieux, dit-il quand elle eut terminé. En avez-vous parlé à votre père ?

Elise secoua la tête.

— Je n'ai pas voulu l'inquiéter. Comme il est très malade (ses yeux s'emplirent de larmes), j'essaye de lui éviter tout sujet d'énervement.

— Je comprends, dit Lavington gentiment. Et je suis heureux que vous soyez venue nous trouver, mademoiselle Marchand. Mon ami Hartington, comme vous le savez, a eu une expérience assez semblable. A mon avis, nous sommes sur la bonne voie. Vous ne voyez rien d'autre à nous signaler ?

Elise répliqua vivement :

— Mais si ! Comme je suis sotte ! C'est le plus important. Regardez, monsieur, ce que j'ai trouvé au fond d'un placard. Elle avait glissé derrière l'étagère.

Elle leur tendit une feuille de papier à dessin toute sale où l'on voyait, grossièrement esquissé à l'aquarelle, le portrait d'une femme. Ce n'était pas de l'art, mais la ressemblance était sans doute suffisante. La femme était grande et blonde, elle avait quelque chose de vaguement étranger dans les traits, et elle était debout à côté d'une table sur laquelle se trouvait un vase de porcelaine bleu.

— Je l'ai trouvé ce matin, expliqua Elise. Docteur, c'est le visage de la femme que j'ai vue dans mon rêve, et c'est exactement le même vase bleu.

— Extraordinaire, dit le médecin. Bien évidemment, c'est le vase bleu, la clé du mystère. Pour moi, il s'agit d'un vase chinois, probablement ancien. Vous voyez, il y a une espèce de curieux dessin en relief, on dirait.

— C'est un vase chinois, déclara Jack. J'en ai vu un rigoureusement identique chez mon oncle. C'est un grand collectionneur de porcelaines chinoises.

— Le vase chinois..., murmura Lavington, qui resta quelques instants perdu dans ses pensées.

Puis soudain il leva la tête, une curieuse lueur dans le regard et demanda :

— Hartington, votre oncle possède ce vase depuis combien de temps ?

— Depuis combien de temps ? Je n'en sais rien du tout.

— Réfléchissez. L'a-t-il acheté récemment ?

— Je ne sais pas... oui, je crois que oui, maintenant que j'y songe. Personnellement, je ne m'intéresse pas aux porcelaines, mais je me souviens qu'il m'a montré ses acquisitions récentes et que le vase en faisait partie.

— Il y a moins de deux mois ? Les Turner ont quitté Heather Cottage il y a exactement deux mois.

— Oui, je crois que oui.

— Votre oncle fréquente les salles de vente de province, parfois ?

— Il est sans cesse en train d'en faire le tour.

— Dans ce cas, rien n'interdit de supposer qu'il a acheté cette pièce à la vente du mobilier des Turner. C'est une curieuse coïncidence — ou c'est peut-être ce que j'appelle le tâtonnement aveugle vers la justice. Hartington, il faut que vous demandiez tout de suite à votre oncle où il a acheté ce vase.

Jack fit une drôle de tête.

— J'ai bien peur que ce soit impossible. Oncle George est en voyage sur le continent. Je ne sais même pas où le joindre.

— Pour combien de temps ?

— Trois semaines à un mois, au moins.

Un silence suivit. Anxieuse, Elise les regardait tour à tour.

— Nous ne pouvons rien faire ? demanda-t-elle timidement.

— Si, il y a une chose que nous pouvons faire, répondit Lavington en essayant de cacher son excitation. C'est assez insolite, mais je crois que cela marchera. Hartington, il faut que vous alliez chercher ce vase. Rapportez-le ici et, si Mademoiselle le permet, nous passerons une nuit dans le cottage avec le vase.

A cette idée, Jack sentit venir la chair de poule.

— Que pensez-vous qu'il va se passer ? demanda-t-il, mal à l'aise.

— Je n'en ai pas la moindre idée, mais je crois sincèrement que le mystère sera résolu et le fantôme exorcisé. Il est fort possible que ce vase ait un double fond et que quelque chose y soit dissimulé. Et si rien ne se passe, nous devrons faire appel à notre propre ingéniosité.

Elise battit des mains.

— C'est une excellente idée ! s'exclama-t-elle.

Elle avait les yeux brillants d'enthousiasme. Jack était beaucoup moins enthousiaste, et de loin. En fait il était pris de panique, mais pour rien au monde il ne l'aurait reconnu devant Elise. Quant au médecin, il se comportait comme si rien n'était plus naturel que la suggestion qu'il avait faite.

— Quand pourrez-vous apporter le vase ? demanda Elise à Jack.

— Demain, répondit celui-ci à contrecœur.

Il ne lui restait plus qu'à s'exécuter, mais il fallait absolument qu'il chasse le souvenir de l'appel au secours frénétique qui le hantait chaque matin.

Il se rendit chez son oncle le lendemain soir et emporta le vase en question. En le revoyant, il fut plus convaincu que jamais qu'il était identique à celui du dessin, mais il eut beau l'examiner avec attention, il n'y trouva rien qui puisse contenir un secret d'aucune sorte.

Il était 23 heures quand il arriva avec Lavington à Heather Cottage. Elise, qui les attendait, leur ouvrit la porte sans bruit avant qu'ils n'aient eu le temps de frapper.

— Entrez, chuchota-t-elle. Mon père dort en haut et il ne faut pas le réveiller. Je vous ai préparé du café.

Elle les conduisit dans un agréable petit salon. Dans la cheminée, sur une lampe à alcool, elle leur prépara deux cafés.

Jack sortit le vase chinois de ses nombreux emballages. En le voyant, Elise poussa une exclamation.

— Mais oui ! Mais oui ! s'écria-t-elle, tout excitée. C'est bien lui ! Je le reconnaîtrais entre mille !

Pendant ce temps, Lavington faisait ses propres préparatifs. Il débarrassa une petite table qu'il plaça au milieu de la pièce. Autour d'elle, il disposa trois chaises. Puis, prenant le vase des mains de Jack, il le posa au centre.

— Nous voici prêts, dit-il. Eteignez et asseyons-nous autour de la table, dans l'obscurité.

Les deux autres obéirent. Lavington reprit la parole dans le noir.

— Ne pensez à rien, ou pensez à ce que vous voudrez. Ne contraignez pas votre esprit. Il se peut que l'un de nous soit un médium. Dans ce cas, il va entrer en transe. Dites-vous bien qu'il n'y a rien à craindre. Chassez la crainte de vos cœurs et laissez-vous aller... laissez-vous aller...

Sa voix s'éteignit et ce fut le silence. Un silence qui, au fil des minutes, semblait de plus en plus gros d'événements à venir. Lavington avait beau jeu de dire « chassez la crainte ». Ce n'était pas de la crainte que Jack ressentait, c'était de la panique. Et il était presque certain qu'Elise ressentait la même chose. Soudain il entendit la voix de la jeune fille, sourde, terrifiée.

— Il va se produire quelque chose de terrible. Je le sens.

— Chassez la peur, dit Lavington. Ne luttez pas contre cette influence.

L'obscurité parut se faire plus noire, le silence plus pesant, et le sentiment indéfinissable d'une menace de plus en plus proche.

Jack étouffait, suffoquait... l'horrible chose était tout près...

Et puis la lutte cessa. Jack se laissait aller avec le courant, paupières closes... dans la paix... dans la nuit.

Jack s'agita légèrement. Il avait la tête lourde comme du plomb. Où était-il ?

Le soleil... les oiseaux... Il était étendu et regardait le ciel.

Soudain, tout lui revint. La séance. Le petit salon. Elise et le médecin. Que s'était-il passé ?

Il se redressa avec des élancements désagréables dans la tête, et regarda autour de lui. Il se trouvait au cœur d'un taillis, non loin de la maison. Personne à côté de lui. Il tira sa montre. A sa grande stupeur, il constata qu'il était midi et demie.

Il se leva avec peine et courut aussi vite que possible vers la maison. Ils avaient dû s'inquiéter de ne pas le voir sortir de sa transe et l'avaient transporté au grand air.

Il cogna à la porte à coups redoublés. Pas de réponse, aucun signe de vie aux alentours. Ils avaient dû aller chercher du secours. Ou alors... une peur indéfinissable l'envahit. Que s'était-il passé la nuit précédente ?

Il rentra aussi vite que possible à l'hôtel. Il allait se renseigner à la réception quand il reçut dans les côtes une formidable bourrade qui faillit le renverser. Il se retourna, furieux, et se trouva face à face avec un vieux monsieur aux cheveux blancs qui étouffait de rire.

— Tu ne t'attendais pas à me voir, mon garçon ? Tu ne m'attendais pas, hein ?

— Bon sang ! oncle George, je vous croyais bien loin — quelque part en Italie.

— Ah, mais non ! Je suis arrivé à Douvres hier soir. Je me suis dit que j'allais rentrer en voiture et m'arrêter au passage pour te voir. Et qu'est-ce que je découvre ? Que tu as découché, hein ? On ne s'ennuie pas...

— Oncle George, déclara fermement Jack, j'ai une

histoire extraordinaire à vous raconter. Vous n'allez sans doute pas me croire.

— Sans doute pas, dit le vieux monsieur en riant. Mais essaye quand même.

— Il faut d'abord que je mange quelque chose. Je meurs de faim.

Il l'entraîna dans la salle à manger et, au cours d'un repas substantiel, lui raconta toute l'histoire.

— Et Dieu sait ce qu'ils sont devenus, dit-il pour conclure.

Son oncle semblait au bord de l'apoplexie.

— Le vase ! parvint-il enfin à articuler. LE VASE BLEU ! Où est-il ?

Jack le regarda avec étonnement, mais sous le flot de paroles qui suivirent, il commença à comprendre. Les mots se bousculaient :

— Ming... unique... le joyau de ma collection... vaut au moins dix mille livres... une offre de Hoggenheimer, le milliardaire américain... il n'y en a qu'un de ce genre... Bon sang ! qu'est-ce que tu as fait de mon VASE BLEU ?

Jack sortit en trombe de la salle à manger. Il fallait qu'il trouve Lavington. La jeune femme de la réception le regarda froidement.

— Le Dr Lavington a quitté l'hôtel tard dans la nuit, en voiture. Il a laissé un mot pour vous.

Jack déchira l'enveloppe. Le mot était bref et allait droit au fait :

Mon cher jeune ami,

L'ère du surnaturel est-elle révolue ? Pas tout à fait, surtout quand on l'affuble d'un nouveau langage scientifique. Meilleur souvenir d'Elise, de son père invalide et de moi-même. Nous avons douze heures d'avance, ce qui devrait amplement nous suffire.

Votre dévoué,
Ambrose Lavington.

Médecin de l'âme.

Le cas étrange de sir Arthur Carmichael

(The Strange Case of Sir Arthur Carmichael)

(Extrait des notes de feu l'éminent psychologue Edward Carstairs, docteur en médecine.)

Je sais très bien qu'il existe deux façons diamétralement opposées d'envisager les événements tragiques autant qu'étranges que je vais rapporter ici. Ma propre opinion n'a jamais varié. Je me suis laissé convaincre d'écrire toute l'histoire, mais de toute façon je crois qu'on doit à la science de ne pas laisser sombrer dans l'oubli des faits aussi mystérieux et aussi inexplicables.

C'est par un câble de mon ami le Dr Settle que j'ai eu connaissance de l'affaire. Mis à part le fait que le nom Carmichael était mentionné, ce câble n'était guère explicite, mais, pour lui obéir, j'allai prendre à Paddington le train de 12 h 20 pour Wolden, dans le Hertfordshire.

Ce nom de Carmichael ne m'était pas inconnu. J'avais un peu fréquenté le défunt sir William Carmichael de Wolden, encore que je ne l'aie pas revu depuis onze ans. Je savais qu'il avait un fils, l'actuel baronnet, qui devait être maintenant un jeune homme d'environ vingt-trois ans. Je me rappelais vaguement avoir entendu dire que sir William s'était remarié, mais je n'avais le souvenir de rien de précis, sinon d'une impression défavorable à la seconde lady Carmichael.

Settle vint m'accueillir à la gare.

— C'est très gentil à vous d'être venu, dit-il en me broyant la main.

— Mais pas du tout ! J'ai cru comprendre que c'était quelque chose dans mes cordes ?

— Tout à fait.

— Un cas psychique ? hasardai-je. Avec quelques traits insolites ?

Nous avions entre-temps récupéré mes bagages et pris place dans une charrette anglaise qui, de la gare, nous emmenait à Wolden, à quelque cinq kilomètres de là. Settle ne me répondit pas tout de suite. Puis il explosa soudain :

— Toute cette histoire est incompréhensible ! Voilà un jeune homme de vingt-trois ans, parfaitement normal à tous égards. Un garçon agréable, charmant, pas plus prétentieux qu'un autre, peut-être pas très brillant intellectuellement mais un parfait représentant des jeunes Anglais de l'aristocratie. Il va se coucher un beau soir en pleine santé et on le retrouve le lendemain matin errant dans le village, à demi hébété, incapable de reconnaître ses proches.

— Ah ! dis-je vivement intéressé, car le cas s'annonçait intéressant. Amnésie totale ? Et c'est arrivé... ?

— Hier matin. Le 9 août.

— Et il ne s'est rien passé, pas de choc, à votre connaissance, qui pourrait justifier cet état ?

— Rien.

Je fus saisi d'un soupçon soudain :

— Vous me cachez quelque chose ?

— N... non.

Son hésitation confirma mes soupçons :

— Je dois tout savoir.

— Cela n'a rien à voir avec Arthur. Cela concerne... la maison.

— La maison ? répétai-je, surpris.

— Vous vous êtes beaucoup occupé de ce genre de choses, n'est-ce pas, Carstairs ? Vous avez fait des études sur ce que l'on appelle les maisons hantées. Que pensez-vous de tout ça ?

— Neuf fois sur dix, il s'agit d'une imposture, répliqua-t-il. Mais la dixième... je me suis trouvé devant des phénomènes inexplicables d'un point de vue matérialiste normal. Je crois au surnaturel.

Settle hocha la tête. Nous franchissions la grille du parc. Du bout de son fouet il me montra un manoir blanc, tout en longueur, à flanc de coteau.

— C'est là, dit-il. Et... il y a *quelque chose* dans

cette maison, quelque chose d'inquiétant... d'horrible. Tout le monde le ressent... Et je ne suis pas superstitieux.

— Quelle forme cela prend-il ? demandai-je.

— Je préférerais que vous n'en sachiez rien, répondit-il en regardant droit devant lui. Si vous... arrivant ici non prévenu... ignorant tout... le voyez aussi... alors...

— Oui, dis-je, cela vaut mieux. Mais j'aimerais que vous me parliez un peu plus de la famille.

— Sir William s'est marié deux fois, répondit Settle. Arthur est le fils de sa première femme. Il y a neuf ans, il s'est remarié et l'actuelle lady Carmichael a quelque chose de mystérieux. Elle n'est qu'à demi anglaise, et je la soupçonne d'avoir du sang asiatique dans les veines.

Il s'arrêta.

— Settle, dis-je, vous n'aimez pas lady Carmichael.

— Non, reconnut-il franchement. J'ai toujours eu le sentiment qu'il y avait en elle quelque chose d'inquiétant. Bon, je continue. Sir William a eu un autre enfant avec sa seconde femme, un garçon également, qui a maintenant huit ans. Sir William est mort il y a trois ans et Arthur a hérité le titre et la propriété. Sa belle-mère et son demi-frère ont continué à vivre avec lui à Wolden. Je dois vous dire que la propriété s'est très appauvrie. La quasi-totalité des revenus de sir Arthur passe à l'entretenir. Sir William n'a laissé à sa femme que quelques centaines de livres par an mais, heureusement, Arthur s'est toujours très bien entendu avec sa belle-mère et il a été enchanté qu'elle continue de vivre ici, avec lui. Maintenant...

— Oui ?

— Il y a deux mois, Arthur s'est fiancé à une jeune fille charmante, miss Phyllis Patterson, dit-il en baissant la voix avec émotion. Ils devaient se marier le mois prochain. Elle est ici en ce moment. Vous imaginez sa détresse...

J'inclinai la tête en silence.

Nous étions tout près de la maison, maintenant. Sur notre droite, la pelouse dévalait en pente douce. Et soudain j'entrevis un charmant tableau. Une jeune fille traversait lentement la pelouse en direction de la maison. Elle était nu-tête et le soleil rehaussait l'éclat de sa magnifique chevelure dorée. Elle portait un grand panier de roses et un superbe chat persan gris se frottait amoureusement à ses jambes.

Je jetai à Settle un regard interrogateur.

— C'est miss Patterson, dit-il.

— Pauvre, pauvre petite. Quel tableau elle fait avec ses roses et son chat gris.

Ayant entendu un léger bruit, je me tournai vivement vers mon ami. Les rênes lui étaient tombées des mains ; il était blême.

— Que se passe-t-il ? m'exclamai-je.

Il se remit avec un gros effort.

Un instant plus tard nous arrivions et je le suivis dans le salon vert où le thé était servi.

Une femme d'une quarantaine d'années, encore très belle, se leva et vint vers nous, la main tendue.

— Je vous présente mon ami, le Dr Carstairs, lady Carmichael.

Je ne saurais expliquer la répulsion instinctive que je ressentis en prenant la main de cette femme charmante. La grâce sombre et langoureuse avec laquelle elle se mouvait me rappela les suppositions de Settle à propos de son sang oriental.

— C'est très aimable à vous d'être venu, docteur Carstairs, dit-elle d'une voix grave et musicale, et de bien vouloir prendre votre part de nos ennuis.

Je répondis par une banalité quelconque et elle me tendit une tasse de thé.

Un instant plus tard la jeune fille que j'avais aperçue sur la pelouse entra dans le salon. Le chat avait disparu, mais elle tenait toujours sa corbeille de roses. Settle me présenta et elle s'avança vers moi d'un mouvement impulsif.

— Oh ! docteur Carstairs, le Dr Settle nous a tant

parlé de vous ! Je suis sûre que vous pourrez faire quelque chose pour ce pauvre Arthur.

Miss Patterson était incontestablement très jolie, malgré sa pâleur et les cernes qui soulignaient ses yeux au regard franc.

— Chère mademoiselle, dis-je d'un ton rassurant, vous ne devez pas désespérer. Les cas d'amnésie ou de dédoublement de la personnalité sont le plus souvent transitoires. A tout instant, le malade peut recouvrer ses facultés.

Elle secoua la tête.

— Je n'arrive pas à croire qu'il s'agit d'un dédoublement de la personnalité. Il n'y a plus rien d'Arthur, ici. Cela ne fait *pas* partie de sa personnalité. Ce n'est pas *lui*. Je...

— Phyllis, ma chérie, dit lady Carmichael de sa voix douce, voici votre thé.

Dans le regard qu'elle posa sur la jeune fille, quelque chose me donna à penser que lady Carmichael ne débordait pas d'affection pour sa future belle-fille.

Miss Patterson refusa le thé et, pour alléger la conversation, je demandai :

— Le petit chat n'a pas droit à une soucoupe de lait ?

Elle me lança un regard étrange :

— Le... petit chat ?

— Oui, le compagnon que vous aviez, il y a un instant, dans le jardin...

Je fus interrompu par un grand bruit. Lady Carmichael venait de renverser la théière et le sol était inondé d'eau chaude. Je remédiai aux dégâts. Phyllis Patterson questionna Settle du regard. Il se leva :

— Voulez-vous que nous allions voir votre malade, Carstairs ?

Je le suivis aussitôt. Miss Patterson se joignit à nous. Nous montâmes et Settle tira une clé de sa poche.

— Il a parfois des accès de vagabondage, expliqua-t-il. C'est pourquoi je ferme la porte quand je m'absente.

Il ouvrit et nous entrâmes.

Le jeune homme était assis près de la fenêtre, où frappaient les derniers rayons du couchant. Il était bizarrement immobile, enroulé sur lui-même, tous les muscles relâchés. Je crus d'abord qu'il n'était pas conscient de notre présence, jusqu'à ce que je remarque tout à coup que, sous ses paupières fixes, il nous observait attentivement. Quand son regard croisa le mien, il baissa les yeux mais ne bougea pas.

— Alors, Arthur ! dit Settle avec entrain. Miss Patterson est venue vous voir avec un de mes amis.

Mais le jeune homme se borna à cligner les yeux. Un instant plus tard, je le surpris cependant à nous observer de nouveau, furtivement.

— Vous voulez votre thé ? demanda Settle avec force et gaieté, comme s'il parlait à un enfant.

Il posa sur la table une tasse de lait. Comme je le regardais, surpris, il sourit.

— C'est drôle, dit-il, mais il n'accepte de boire que du lait.

Après quelques instants, sans se presser, sir Arthur se déroula, membre après membre, et marcha lentement vers la table. Je me rendis compte soudain que ses mouvements étaient absolument silencieux, que ses pieds ne faisaient aucun bruit. Quand il atteignit la table, il s'étira de façon incroyable, une jambe en avant et l'autre tendue derrière lui. Il prolongea cet exercice à l'extrême puis se mit à bâiller. Je n'avais jamais vu pareil bâillement. Il lui mangeait tout le visage.

Toute son attention maintenant tournée vers son lait, il se pencha sur la table jusqu'à ce que ses lèvres touchent le liquide.

Settle répondit à mon interrogation muette.

— Il ne se sert plus du tout de ses mains. Il semble avoir régressé à un stade primitif. Curieux, non ?

Je sentis que Phyllis Patterson se contractait et je lui posai sur le bras une main apaisante.

Arthur Carmichael, son lait enfin terminé, s'étira de nouveau et, de la même démarche silencieuse, regagna son siège près de la fenêtre et s'enroula, comme précédemment en clignant les yeux.

Miss Patterson nous entraîna dans le couloir. Elle tremblait de tous ses membres.

— Oh, docteur Carstairs ! s'écria-t-elle. Ce *n'est pas* lui... cette chose-là... ce n'est pas Arthur ! Sinon je le sentirais... je le saurais...

Je secouai tristement la tête.

— Le cerveau peut nous jouer des tours étranges, miss Patterson.

J'avoue que le cas me laissait perplexe. Il présentait des aspects insolites. Bien que je n'aie encore jamais vu le jeune Carmichael, la façon particulière qu'il avait de marcher, de cligner les yeux, me rappelait quelque chose ou quelqu'un que je ne parvenais pas à situer.

Le dîner, ce soir-là, fut plutôt silencieux ; lady Carmichael et moi étions les seuls à soutenir la conversation. Quand les dames se furent retirées, Settle me demanda ce que je pensais de notre hôtesse.

— Je dois avouer que, sans aucune raison, elle m'est infiniment antipathique. Vous aviez vu juste, elle a du sang asiatique et elle doit posséder des pouvoirs occultes. C'est une femme douée d'un extraordinaire magnétisme.

Sur le point de dire quelque chose, Settle se ravisa. Il se borna à observer, après un instant :

— Elle adore son plus jeune fils.

Après le dîner, nous nous installâmes de nouveau dans le salon vert. Nous venions de prendre le café et bavardions, de façon plutôt guindée, à propos des événements du jour quand le chat se mit à miauler d'un ton pitoyable pour qu'on lui ouvre la porte. Comme personne ne paraissait y faire attention et que j'aime beaucoup les animaux, au bout d'un moment je me levai.

— Puis-je faire entrer ce pauvre chat ? demandai-je à lady Carmichael.

Je la trouvai soudain très pâle, mais elle fit un mouvement de la tête que j'interprétai comme un acquiescement et j'allai ouvrir la porte. Le corridor était désert.

— Curieux, dis-je, j'aurais juré avoir entendu un chat.

En regagnant mon siège, je remarquai qu'ils m'observaient tous avec attention. Je me sentis un peu gêné.

Nous nous retirâmes de bonne heure dans nos chambres. Settle m'accompagna jusqu'à la mienne.

— Vous avez tout ce qu'il vous faut ? me demanda-t-il avec un coup d'œil circulaire.

— Oui, merci.

Il s'attarda encore, mal à l'aise, comme s'il voulait me dire quelque chose et n'arrivait pas à s'y décider.

— Au fait, observai-je, vous m'avez dit que cette maison avait un côté inquiétant. Jusqu'à présent elle me paraît tout à fait normale.

— Vous la trouvez gaie ?

— Non, bien entendu, étant donné les circonstances. De toute évidence, un grand chagrin plane sur elle. Mais pour ce qui est des influences anormales, je lui délivrerais un certificat de bonne santé.

— Bonne nuit, dit brusquement Settle. Et faites de beaux rêves.

Je rêvais, en effet. Le chat gris de miss Patterson semblait m'avoir beaucoup marqué. Toute la nuit j'eus l'impression de rêver de ce fichu animal.

Me réveillant en sursaut, je compris soudain pourquoi ce chat s'insinuait avec autant de force dans mes pensées. La créature miaulait avec insistance devant ma porte. Impossible de dormir avec ce raffut. J'allumai ma chandelle et allai ouvrir. Mais le corridor était désert, bien que les miaulements n'aient pas cessé. Une nouvelle idée me vint. La pauvre bête devait être enfermée quelque part. A ma gauche, le corridor se terminait avec la chambre de lady Carmichael. Je pris donc à droite et fis quelques pas quand, de nouveau, j'entendis miauler derrière moi. Je me retournai brusquement et je l'entendis encore, cette fois nettement à ma *droite*.

Je frissonnai, sans doute sous l'effet d'un courant

d'air, et je regagnai vivement ma chambre. Tout était calme, maintenant, et je ne tardai pas à me rendormir, pour ne me réveiller que par une nouvelle et magnifique journée d'été.

Je m'habillais, quand j'aperçus par la fenêtre celui qui avait troublé mon repos. Le chat gris traversait la pelouse d'un pas lent et furtif. Sans doute pour aller s'attaquer au petit groupe d'oiseaux qui gazouillaient et se lissaient les plumes non loin de là.

Il se produisit alors un phénomène très curieux : le chat arriva tout droit sur les oiseaux et passa au milieu d'eux, les frôlant presque, et les oiseaux ne s'envolèrent pas. C'était incompréhensible, je ne voyais pas comment c'était possible.

J'en fus si vivement impressionné que je ne pus m'empêcher d'en parler au petit déjeuner.

— Savez-vous, dis-je à lady Carmichael, que vous avez un chat peu ordinaire ?

J'entendis une tasse heurter une soucoupe et je vis Phyllis Patterson, lèvres entrouvertes, respiration altérée, qui me fixait avec un grand sérieux.

Il y eut un instant de silence puis lady Carmichael déclara, d'un ton franchement désagréable :

— Vous devez faire erreur. Il n'y a pas de chat ici. Je n'ai jamais eu de chat.

De toute évidence, je venais de mettre les pieds où il ne faut pas et je me hâtai de changer de sujet.

Mais cette histoire me tarabustait. Pourquoi lady Carmichael prétendait-elle qu'il n'y avait pas de chat dans la maison ? Appartenait-il à miss Patterson, qui lui aurait caché sa présence ? Lady Carmichael avait peut-être une de ces curieuses aversions pour les chats, comme on en rencontre si souvent aujourd'hui ? L'explication n'était guère plausible, mais je devais m'en contenter pour l'instant.

Notre patient se trouvait toujours dans le même état. Cette fois je me livrai sur lui à un examen complet et je pus l'étudier de plus près que la veille. Sur ma proposition, on décida qu'il devrait passer un maximum de temps avec la famille. J'espérais ainsi, non seulement avoir l'occasion de l'observer sans qu'il soit sur ses gardes, mais également que la routine de la vie quotidienne éveillerait en lui une lueur d'intelligence. Cependant, il ne changea pas d'attitude. Calme et docile, il paraissait absent, mais, en réalité, il surveillait tout avec attention, et plutôt sournoisement. Ce qui me surprit le plus, c'était la profonde affection qu'il témoignait à sa belle-mère. Il n'accordait aucune attention à miss Patterson, mais s'arrangeait toujours pour s'asseoir aussi près que possible de lady Carmichael et je l'avais vu, une fois, se frotter la tête contre son épaule. Avec une expression d'amour muet.

J'étais inquiet. Je ne pouvais m'empêcher de penser que la clé de toute l'affaire m'avait échappé jusque-là.

— C'est un cas très étrange, dis-je à Settle.

— Oui. Très... significatif, répondit-il.

Il me regarda, me sembla-t-il, à la dérobée.

— Dites-moi, cela ne vous rappelle pas quelque chose ?

Ses paroles, qui rejoignaient mon impression de la veille, me frappèrent désagréablement.

— Me rappelle quoi ? demandai-je.

Il secoua la tête.

— C'est sans doute un effet de mon imagination, murmura-t-il. Juste mon imagination...

Et il n'en dit pas plus.

Somme toute, cette affaire était entourée d'un voile de mystère. J'étais toujours obsédé par le sentiment déroutant d'avoir laissé échapper la clé qui m'aurait permis de l'élucider. Et il y avait encore un autre mystère concernant une question moins importante. Je veux parler de cette insignifiante histoire de chat gris. Dieu sait pourquoi, elle commençait à me détraquer les nerfs. Je rêvais de ce chat, j'avais sans cesse l'impression de l'entendre. De temps à autre, j'apercevais de loin ce bel animal. Et le fait qu'il était relié à quelque mystère me tracassait de façon insupportable. Sur une impulsion, j'allai un jour questionner le valet de pied :

— Pourriez-vous me dire quelque chose à propos du chat qui est ici ?

— Du chat, monsieur ? répéta-t-il sur un ton de surprise polie.

— Il n'y avait pas... Il n'y pas un chat dans cette maison ?

— Madame a eu un chat, monsieur. Un très beau chat. Malheureusement, il a fallu le supprimer. Dommage : c'était un très bel animal.

— Un chat gris ? demandai-je doucement.

— Oui, monsieur. Un persan.

— Et vous dites qu'on l'a supprimé ?

— Oui, monsieur.

— Vous en êtes sûr ?

— Oh ! tout à fait sûr, monsieur. Madame s'est refusée à l'envoyer chez le vétérinaire... elle s'en est chargée elle-même. Cela fait presque une semaine maintenant. Il est enterré là-bas, sous le hêtre pourpre, monsieur.

Et il sortit de la pièce, m'abandonnant à mes réflexions.

Pourquoi lady Carmichael avait-elle si catégoriquement affirmé qu'elle n'avait jamais eu de chat ?

J'avais l'intuition que cette insignifiante histoire de chat était, en un certain sens, très significative. J'allai trouver Settle et le pris à part.

— Settle, je voudrais vous demander quelque chose. Avez-vous, oui ou non, vu et entendu un chat dans cette maison ?

Il ne parut pas surpris par ma question. Il avait plutôt l'air de s'y attendre.

— Je l'ai entendu, mais je ne l'ai pas vu.

— Mais le jour de notre arrivée ! Sur la pelouse, avec miss Patterson !

Il me regarda dans les yeux :

— J'ai vu miss Patterson qui marchait sur la pelouse. Rien d'autre.

Je commençais à comprendre.

— Alors, dis-je, ce chat...

Il hocha la tête :

— Je voulais savoir si, non prévenu, vous entendriez ce que nous entendons tous...

— Alors, vous l'entendez tous ?

Il hocha de nouveau la tête.

— C'est étrange, murmurai-je, songeur. C'est la première fois que j'entends parler d'une maison hantée par un chat.

Quand je lui rapportai ce que m'avait appris le domestique, il ne cacha pas son étonnement :

— Ça, c'est du nouveau. Je l'ignorais.

— Mais qu'est-ce que cela signifie ? demandai-je, désemparé.

Il secoua la tête.

— Dieu seul le sait ! Mais je vais vous dire, Carstairs... j'ai peur. Les bruits de voix de... cette chose, me semblent menaçants.

— Menaçants ? dis-je vivement. Pour qui ?

— Je n'en sais rien, fit-il en écartant les mains.

C'est ce soir-là, après le dîner, que je saisis le sens profond de ses paroles. Nous étions réunis dans le salon vert, comme le soir de mon arrivée, quand on l'entendit : c'était le miaulement sourd et insistant d'un chat derrière la porte. Mais un miaulement qui cette fois exprimait la fureur, un miaulement féroce, prolongé et menaçant. Et quand il cessa, la poignée de cuivre de la porte fut violemment agitée comme par une patte de chat.

Settle bondit.

— Cette fois, on en jurerait ! cria-t-il en se précipitant vers la porte qu'il ouvrit toute grande.

Il n'y avait rien.

Il revint en s'épongeant le front. Phyllis était pâle et tremblante. Lady Carmichael, blanche comme une morte. Seul Arthur, accroupi comme un enfant, la tête sur les genoux de sa belle-mère, était calme et serein.

Miss Patterson prit mon bras et nous montâmes l'escalier.

— Oh ! docteur Carstairs, que se passe-t-il ? Qu'est-ce que tout cela signifie ?

— Nous l'ignorons encore, ma chère petite. Mais

j'ai bien l'intention de le découvrir. Il ne faut pas avoir peur. Je suis convaincu que vous n'êtes pas personnellement en danger.

— Vous croyez ? demanda-t-elle, sceptique.

— J'en suis sûr, répondis-je fermement.

Je me souvenais de la façon affectueuse avec laquelle le chat s'était frotté à ses jambes et je n'avais pas de doute. La menace n'était pas pour elle.

Je mis un certain temps à m'endormir, mais finis par sombrer dans un sommeil agité d'où je fus tiré soudainement. J'entendais des grattements comme si on essayait de déchirer violemment quelque chose. Je bondis du lit et me précipitai dans le couloir. Au même instant, Settle sortit en trombe de sa chambre, face à la mienne. Le bruit venait de la gauche.

— Vous entendez ça, Carstairs ? cria-t-il. Vous l'entendez ?

Nous allâmes rapidement jusqu'à la porte de lady Carmichael. Nous n'avions rien vu passer, mais le bruit avait cessé. La lueur blafarde de nos chandelles se reflétait sur les panneaux de la porte. Nous nous regardâmes.

— Savez-vous ce que c'était ? me demanda-t-il presque en chuchotant.

— Oui, fis-je. Un chat qui déchirait quelque chose à coups de griffes.

Je frissonnais un peu. Soudain, je poussai une exclamation et baissai ma chandelle.

— Regardez là, Settle !

« Là », appuyée contre le mur, il y avait une chaise dont le siège lacéré pendait par bandes.

Nous l'examinâmes attentivement. Settle me regarda et je hochai la tête.

— Des griffes de chat, dit-il, le souffle court. Sans aucun doute. (Son regard passa de la chaise à la porte.) Voici la personne qui est menacée. Lady Carmichael !

Je ne dormis plus de la nuit. Les choses en étaient arrivées à un stade où agir devenait indispensable. Pour autant que je pouvais le savoir, une seule personne possédait la clé de la situation. Je soupçonnais

Lady Carmichael d'en savoir plus qu'elle ne voulait bien le dire.

Elle était d'une pâleur de mort quand elle descendit le lendemain matin, et elle se borna à chipoter dans son assiette. J'étais convaincu que seule une volonté de fer l'empêchait de s'effondrer. Après le petit déjeuner, je demandai à lui parler. J'allai droit au but :

— Lady Carmichael, j'ai des raisons de penser que vous courez un grave danger.

— Vraiment ? dit-elle bravement, avec une remarquable insouciance.

— Il y a dans cette maison une Chose — une Présence — qui vous est manifestement hostile.

— C'est absurde, murmura-t-elle avec dédain. Comme si je pouvais croire à de telles sornettes !

— La chaise qui se trouve devant votre porte a été lacérée pendant la nuit, fis-je observer d'un ton sec.

— Vraiment ?

Feignant la surprise, elle avait haussé les sourcils, mais il était visible que je ne lui avais rien appris qu'elle ne sût déjà.

— Une plaisanterie stupide, je suppose.

— Pas le moins du monde, dis-je avec humeur. Et, dans votre propre intérêt, je voudrais que vous me disiez...

— Que je vous dise quoi ?

— Tout ce qui est susceptible d'éclairer cette affaire, répondis-je gravement.

Elle rit.

— Je ne sais rien, dit-elle. Rigoureusement rien.

Aucune mise en garde ne put lui faire changer d'avis. Et pourtant, j'étais convaincu qu'elle en savait bien plus qu'aucun d'entre nous, qu'elle détenait une clé dont nous ignorions tout. Mais je voyais bien aussi qu'il était impossible de la faire parler.

Cependant, j'étais décidé à prendre toutes les précautions qui s'imposaient car il ne faisait aucun doute pour moi qu'elle était menacée d'un danger réel et immédiat. Le soir, Settle et moi nous livrâmes à un minutieux examen de sa chambre avant qu'elle ne monte. Nous avions décidé par ailleurs de surveiller le couloir à tour de rôle.

Je pris la première garde, qui se passa sans incident et, à 3 heures, Settle vint me relever. Fatigué de ma nuit sans sommeil de la veille, je sombrai aussitôt. Et je fis un rêve très curieux.

Je rêvai que le chat gris était assis au pied de mon lit et me regardait avec des yeux bizarrement suppliants. Puis, comme il est aisé en rêve, je comprenais que l'animal souhaitait que je le suive. J'obéissais et il me faisait descendre le grand escalier puis bifurquer à droite jusqu'à l'autre aile de la maison et entrer dans une pièce qui était manifestement la bibliothèque. Il s'arrêtait à un bout de la pièce, levait ses pattes de devant et les posait sur un rayonnage du bas, tout en me regardant de nouveau avec les mêmes yeux suppliants.

Puis... chat et bibliothèque disparurent, et je me réveillai pour constater que le soleil était levé.

La garde de Settle s'était passée sans incident, mais il fut vivement intéressé par mon rêve. Sur ma demande, il me conduisit à la bibliothèque qui coïncidait point par point avec ce que j'avais vu. Je reconnus même l'endroit précis d'où l'animal m'avait lancé son dernier et émouvant regard.

Nous étions là tous les deux, silencieux et perplexes, quand une idée me vint. Je me baissai pour lire le titre du livre qui se trouvait juste à cet endroit. Je constatai qu'il en manquait un.

— Un livre a disparu d'ici, dis-je à Settle.

Il se baissa lui aussi.

— Eh là ! s'exclama-t-il. Il y a un clou, au fond, qui a arraché un fragment du volume manquant.

Il détacha avec d'infinies précautions le petit morceau de papier. Il ne mesurait guère plus de deux centimètres carrés, mais on y lisait deux mots significatifs : « Le chat... »

— Ces choses-là me donnent la chair de poule, dit Settle. C'est épouvantablement étrange.

— Je payerais cher pour savoir de quel livre il

s'agit. Pensez-vous qu'il existe un moyen de le découvrir ?

— Il y a peut-être un catalogue quelque part. Lady Carmichael sans doute...

Je secouai la tête :

— Lady Carmichael ne vous dira rien.

— Vous croyez ?

— J'en suis certain. Alors que nous sommes là à essayer de deviner, à tâtonner dans le noir, lady Carmichael *sait*, elle. Et pour des raisons qui lui appartiennent, elle ne dira rien. Elle préfère courir le plus effroyable des dangers plutôt que de rompre le silence.

La journée se déroula sans le moindre incident et me fit penser au calme qui précède la tempête. Je ne pouvais me défaire de la bizarre impression que le dénouement était proche. Je marchais encore dans les ténèbres, mais je n'allais pas tarder à y voir clair. Tous les faits étaient là et n'attendaient que l'illumination qui les rassemblerait et leur donnerait un sens.

Et elle vint ! De la plus étrange manière...

Nous étions tous réunis comme d'habitude après le dîner, dans le salon vert. Nous ne disions rien. Nous étions même si silencieux qu'une petite souris s'aventura sur le plancher... et, à cet instant précis, la chose se produisit.

D'une détente foudroyante, Arthur Carmichael bondit de son siège. Tout frémissant, il partit comme une flèche sur les traces de la souris. Comme elle disparaissait derrière les lambris, il s'accroupit, l'œil en éveil, frémissant d'impatience.

C'était horrible. Je n'avais jamais vécu des instants aussi angoissants. Je savais maintenant ce que me rappelait la démarche furtive d'Arthur Carmichael et son regard. En un éclair, une explication me vint à l'esprit, fantastique, incroyable. Je la repoussai comme étant impossible, inimaginable ! Mais je n'arrivais pas à me la retirer de la tête.

Je me souviens à peine de ce qui se passa ensuite. Tout me paraissait flou, irréel. Je sais que nous montâmes nous coucher et que nous nous souhaitâmes rapidement le bonsoir, tremblant presque de croiser le regard des autres de peur d'y lire la confirmation de nos propres frayeurs.

Settle s'installa devant la porte de lady Carmichael pour assurer le premier tour de garde et convint de m'appeler à 3 heures. Je ne craignais rien de spécial pour lady Carmichael, j'étais trop absorbé par ma fantastique, mon impossible hypothèse.

Je me répétais qu'elle était impossible, mais j'y revenais sans cesse, fasciné.

Soudain, le silence de la nuit fut rompu. Settle criait, m'appelait. Je me précipitai dans le couloir.

Il tambourinait et frappait de toutes ses forces sur la porte de lady Carmichael.

— Que le diable l'emporte ! criait-il. Elle s'est enfermée !

— Mais...

— Il est là, mon vieux ! Dedans, avec elle ! Vous ne l'entendez pas ?

De l'autre côté de la porte un long miaulement retentit, farouche. Un cri horrible suivit... un autre... Je reconnus la voix de lady Carmichael.

— La porte ! hurlai-je. Il faut l'enfoncer ! Dans une minute, il sera trop tard.

De l'épaule, nous poussâmes ensemble de toutes nos forces. La porte céda avec un craquement, et nous tombâmes presque dans la pièce.

Lady Carmichael était sur son lit, baignant dans le sang. J'ai rarement vu spectacle plus épouvantable. Son cœur battait encore, mais ses blessures étaient terribles. Elle avait la peau du cou lacérée, déchirée... En tremblant, je murmurai :

— Les griffes...

Je fus parcouru d'un frisson d'horreur.

Je nettoyai et pansai les blessures et suggérai à Settle qu'il valait mieux ne pas dévoiler leur nature exacte, en particulier à miss Patterson. Je demandai une infirmière par télégramme qui devait être expédié dès l'ouverture du bureau de poste.

L'aube commençait à poindre. Je regardais par la fenêtre, la pelouse.

— Habillez-vous et venez, dis-je soudain à Settle. Lady Carmichael n'a plus besoin de nous.

Il fut bientôt prêt et nous sortîmes ensemble dans le jardin.

— Qu'allez-vous faire ? me demanda-t-il.

— Déterrer le cadavre du chat, dis-je brièvement. Je dois être sûr...

Je trouvai une bêche dans une cabane à outils et nous nous mîmes à l'œuvre au pied du grand hêtre pourpre. Nos efforts furent enfin récompensés. Le travail n'avait rien d'agréable. L'animal était mort depuis une semaine. Mais j'avais vu ce que je voulais voir.

— C'est le chat, dis-je. Un chat identique à celui que j'ai aperçu le jour de mon arrivée.

Settle renifla. Une odeur d'amandes amères était encore perceptible.

— Acide prussique, dit-il.

Je hochai la tête.

— Qu'en pensez-vous ? demanda-t-il, avec curiosité.

— La même chose que vous !

Mon hypothèse n'était pas neuve pour lui. Je vis qu'elle lui avait aussi traversé l'esprit.

— C'est impossible, murmura-t-il cependant. Impossible ! Ce serait contraire à la science... à la nature... (Sa voix s'éteignit dans un murmure.) Cette souris, hier soir, reprit-il. Mais... Oh ! c'est impossible !

— Lady Carmichael est une femme très étrange. Elle a des pouvoirs occultes, pouvoirs hypnotiques. Ses ancêtres venaient d'Orient. Comment savoir l'usage qu'elle a pu faire de ces pouvoirs sur une nature faible et aimante comme celle d'Arthur Carmichael ? Et n'oubliez pas, Settle : si Arthur Carmichael demeure à l'état d'imbécile tout dévoué à sa belle-mère, celle-ci héritera pratiquement la totalité de ses biens — avec son fils que, d'après vous, elle adore. Et Arthur allait se marier !

— Mais qu'allons-nous faire, Carstairs ?

— Il n'y a rien à faire, dis-je. Nous ferons de notre mieux pour nous interposer entre lady Carmichael et la vengeance.

Lady Carmichael se rétablissait lentement. Ses blessures cicatrisaient aussi bien qu'on pouvait l'espérer, mais elle garderait probablement toute sa vie les traces de cette terrible agression.

Je ne m'étais jamais senti aussi impuissant. Nous étions mis en déroute par un pouvoir encore en liberté, intact, et bien qu'en sommeil pour l'instant, comment douter qu'il attendait son heure ? J'avais néanmoins pris une résolution. Dès que l'état de lady Carmichael le permettrait, il faudrait l'éloigner de Wolden. La terrible manifestation de ses pouvoirs ne serait peut-être pas capable de la suivre. C'était une chance à courir.

Les jours passèrent. J'avais fixé au 18 septembre le départ de lady Carmichael. Et ce fut le 14 au matin qu'éclata une crise inattendue.

J'étais dans la bibliothèque en train de discuter du cas de lady Carmichael avec Settle quand une femme de chambre fit irruption, très agitée.

— Oh ! monsieur, venez vite ! M. Arthur est tombé dans l'étang ! Il a posé le pied sur la barque, elle s'est dérobée, il a perdu l'équilibre et il est tombé ! Je l'ai vu de la fenêtre.

Je n'en attendis pas plus et sortis en courant, suivi de Settle. Phyllis, qui était à la porte et avait entendu le récit de la femme de chambre, nous suivit aussi.

— Ne vous inquiétez pas, cria-t-elle, Arthur est un excellent nageur.

En proie à un sombre pressentiment, je n'en forçai pas moins l'allure. Aucune ridule ne venait troubler la surface de l'étang. La barque, vide, dérivait doucement... mais d'Arthur, il n'y avait pas trace.

Settle ôta sa veste et ses chaussures.

— J'y vais, dit-il. Prenez l'autre barque avec la gaffe et sondez l'eau. Ce n'est pas très profond.

Pendant un temps qui me parut interminable, nous cherchâmes en vain. Les minutes se succédaient. Et puis, au moment où nous désespérions, nous le trouvâmes et nous tirâmes sur la berge le corps apparemment sans vie d'Arthur Carmichael.

Aussi longtemps que je vivrai, je ne pourrai pas oublier la douleur atroce qui se peignit sur le visage de Phyllis.

— Il n'est pas... Il n'est pas...

Ses lèvres se refusaient à articuler ce mot terrifiant.

— Non, non, mon petit, criai-je. Nous allons le ranimer, n'ayez crainte.

Mais, en mon for intérieur, je ne conservais que peu d'espoir. Il était resté une demi-heure sous l'eau. J'envoyai Settle chercher des couvertures chaudes et d'autres choses essentielles et, de mon côté, je me mis à pratiquer la respiration artificielle.

Nous poursuivîmes nos efforts pendant plus d'une heure, sans obtenir le moindre signe de vie. Je demandai une fois de plus à Settle de me relayer et m'approchai de Phyllis.

— J'ai bien peur que ce soit inutile, dis-je doucement. Nous ne pouvons plus rien pour lui.

Elle resta pétrifiée un instant, puis tout à coup, se précipita sur ce corps sans vie.

— Arthur ! s'écria-t-elle avec désespoir. Arthur ! Reviens-moi ! Arthur... reviens... reviens !

Sa voix résonna et mourut dans le silence. Soudain, je touchai le bras de Settle.

— Regardez ! dis-je.

Le visage du noyé se colorait légèrement. J'auscultai son cœur.

— Continuez la respiration ! m'écriai-je. Il revient à lui !

Les minutes volaient maintenant. Très vite, il ouvrit les yeux.

Et, brusquement, je remarquai une différence. *Ces yeux-là étaient intelligents, c'était des yeux humains...*

— Hello, Phyllis, dit-il d'une voix faible. C'est vous ? Je ne vous attendais que demain...

Craignant que sa voix ne la trahisse, elle n'osa lui

répondre, mais elle lui sourit. Il regardait autour de lui, avec une stupéfaction croissante.

— Mais, dites-moi, où suis-je ? Et... Oh ! ce que je me sens mal ! Qu'est-ce qui m'est arrivé ? Hello, Dr Settle !

— Vous avez bien failli vous noyer, voilà ce qui vous est arrivé, répondit gravement Settle.

Sir Arthur grimaça :

— J'ai toujours entendu dire que l'on avait un mal fou à récupérer après cela ! Qu'est-ce qui s'est passé ? J'ai marché en dormant ?

Settle secoua la tête.

— Il faut le ramener à la maison, dis-je en m'approchant.

Il me regarda avec étonnement et Phyllis me présenta :

— Dr Carstairs. Il séjourne ici.

En le soutenant de chaque côté, nous nous acheminâmes vers la maison. Arthur nous regarda soudain, comme frappé par une idée :

— Dites-moi, docteur, cela ne va pas me mettre hors jeu pour le 12, non ?

— Le 12 ? répétai-je doucement. Vous voulez dire le 12 août ?

— Oui... vendredi prochain.

— Nous sommes le 14 septembre, annonça brusquement Settle.

La stupeur se lut sur le visage d'Arthur.

— Mais... je croyais que nous étions le 8 août. J'ai été malade ?

Phyllis intervint aussitôt d'une voix douce :

— Oui, dit-elle, vous avez été très malade.

Il fronça les sourcils.

— Je ne comprends pas... Je me sentais très bien quand je suis allé me coucher hier soir... à moins, bien sûr, que cela ne se soit pas passé vraiment hier soir... J'ai fait des rêves, cependant. Des rêves, je me souviens...

Ses sourcils se rapprochèrent encore, comme il s'efforçait de faire revenir à lui ses souvenirs :

— Quelqu'un m'avait fait quelque chose... mais

quoi ? Quelque chose d'horrible... et j'étais furieux... désespéré... Et puis j'ai rêvé que j'étais un chat, oui, un chat ! C'est drôle, non ? Mais mon rêve n'était pas drôle. Il était encore plus horrible ! Je n'arrive pas à m'en souvenir. Quand j'y pense, tout m'échappe.

Je lui posai la main sur l'épaule.

— N'y pensez pas, sir Arthur, dis-je gravement. Contentez-vous... d'oublier.

Il me regarda, avec étonnement, et hocha la tête. J'entendis le soupir de soulagement de Phyllis. Nous avions atteint la maison.

— Au fait, où est mère ? demanda soudain sir Arthur.

— Elle a été... malade, répondit Phyllis après un silence.

— Oh ! la pauvre ! s'exclama-t-il, sincèrement touché. Où est-elle ? Dans sa chambre ?

— Oui, dis-je. Mais mieux vaut ne pas la déran...

Les mots se figèrent sur mes lèvres. La porte du salon venait de s'ouvrir, livrant passage à lady Carmichael, enveloppée d'un long peignoir.

Elle avait les yeux fixés sur Arthur, et si j'ai jamais vu un regard exprimer une terreur coupable aussi absolue, c'est bien à ce moment-là. Son visage, déformé par l'épouvante, n'avait presque plus rien d'humain. Elle porta la main à sa gorge.

Arthur alla vers elle comme un enfant affectueux.

— Hello, mère ! Alors, vous avez été malade, vous aussi ? J'en suis vraiment désolé.

Elle recula, les yeux exorbités. Et puis soudain, avec un hurlement de condamnée, elle s'écroula à la renverse.

Je me précipitai, me penchai sur elle et fis signe à Settle :

— Silence. Amenez Arthur dans sa chambre et venez me rejoindre. Lady Carmichael est morte.

Il revint quelques instants plus tard.

— Que s'est-il passé ? demanda-t-il. Qu'est-ce qui a causé la mort ?

— Le choc, répondis-je. Le choc d'avoir vu Arthur Carmichael, revenu à la vie. Ou, si vous préférez, vous pouvez l'appeler comme moi : le jugement de Dieu !

— Vous voulez dire que... fit-il en hésitant.

Je le regardai dans les yeux et il comprit.

— Une vie pour une vie, dis-je, d'un ton lourd de sens.

— Mais...

— Oh ! je sais bien qu'un accident curieux et imprévisible a permis à l'esprit d'Arthur Carmichael de regagner son corps. Mais il n'en reste pas moins qu'Arthur Carmichael a été assassiné.

Settle me regarda.

— Avec de l'acide prussique ? demanda-t-il à voix basse.

— Oui, répondis-je. Avec de l'acide prussique.

Nous ne parlâmes jamais, Settle et moi, de notre conviction. Elle était difficilement crédible. Selon une version plus orthodoxe, Arthur Carmichael avait simplement souffert d'amnésie, lady Carmichael s'était elle-même blessée à la gorge dans un soudain accès de démence, et l'apparition du chat gris avait été purement imaginaire.

Mais, de mon point de vue, deux faits ne peuvent laisser aucun doute. Tout d'abord, la chaise que nous avons trouvée lacérée dans le couloir. Mais le second est encore plus significatif. On mit la main sur le catalogue de la bibliothèque. Après de sérieuses recherches, il fut prouvé que le volume manquant était un ouvrage ancien très curieux sur les possibilités de métamorphoser les êtres humains en animaux !

Un dernier mot. Je suis heureux de dire qu'Arthur n'a jamais rien su. Phyllis a enfermé au fond de son cœur le secret de ces tristes semaines et jamais, j'en suis convaincu, elle ne le révélera à ce mari qu'elle chérit si tendrement et qui est revenu d'outre-tombe à l'appel de sa voix.

DANS UN BATTEMENT D'AILES

(The Call of Wings)

C'est par une nuit venteuse de février que Silas Hamer l'avait entendu dire pour la première fois. Il rentrait à pied avec Dick Borrow, d'un dîner chez Bernard Seldon, le neurologue. Borrow avait été inhabituellement silencieux et Hamer lui avait demandé avec curiosité à quoi il pensait. La réponse de Borrow l'avait surpris.

— J'étais en train de me dire que, parmi tous les gens que nous avons vus ce soir, deux seulement peuvent se prétendre heureux. Et que ces deux-là, aussi bizarre que cela puisse paraître, ce sont vous, et moi !

Le mot bizarre était particulièrement indiqué car on ne pouvait pas trouver deux hommes plus dissemblables que Richard Borrow, pasteur travaillant dur dans l'East End, et Silas Hamer, personnage soigné et content de soi dont tout le monde savait qu'il possédait des millions.

— C'est drôle, vous savez, poursuivit Borrow. Je crois que vous êtes le seul millionnaire satisfait que j'aie jamais rencontré.

Hamer demeura silencieux un instant. Puis il répondit d'une voix changée :

— J'ai été un petit vendeur de journaux, tremblant et déguenillé. Ce que je désirais alors, et que j'ai maintenant, c'était le bien-être et le luxe que procure l'argent. Mais pas le pouvoir qu'il donne. Si je voulais de l'argent, ce n'était pas pour exercer ma puissance, mais pour le dépenser sans compter... pour moi-même ! Comme vous voyez, je suis franc. On dit que l'argent ne peut pas tout acheter. C'est très vrai. Mais il peut acheter tout ce que je veux, alors je suis satisfait. Je suis un matérialiste, Borrow, un matérialiste à tous crins !

L'éblouissant éclairage de la rue semblait confirmer cette profession de foi. Son lourd manteau de fourrure accentuait encore son air soigné, et la lumière blanche soulignait les épais rouleaux de chair qu'il avait sous le menton. Bien différent apparaissait Dick Borrow, avec son visage d'ascète et son regard fanatiquement fixé sur les étoiles.

— C'est *vous* que je n'arrive pas à comprendre, dit Hamer.

Borrow sourit.

— Je vis au cœur de la misère, de la pauvreté, de la faim — de tous les maux de la chair ! Mais je suis soutenu par une vision. Ce n'est pas facile à comprendre pour qui ne croit pas aux visions... ce qui est votre cas, j'imagine.

— Je ne crois en rien, répliqua impassible Silas Hamer, que je ne puisse voir, entendre et toucher.

— C'est ça. C'est ce qui fait la différence entre nous. Eh bien, bonsoir, la terre, maintenant, va m'engloutir !

Ils avaient atteint une bouche de métro éclairée, sur la ligne qui devait ramener Borrow chez lui.

Hamer continua seul. Il était heureux d'avoir renvoyé sa voiture et de rentrer à pied. L'air était vif, et il savourait la chaleur enveloppante de son manteau de fourrure.

Il s'arrêta un instant au bord du trottoir avant de traverser. Un autobus arrivait en cahotant lourdement. Hamer attendit paresseusement qu'il passe. Pour traverser avant, il aurait fallu qu'il se dépêche et Hamer avait horreur de se dépêcher.

A côté de lui, une triste épave humaine roula, ivre, sur la chaussée. Hamer eut conscience d'un cri, d'une embardée inutile du bus... et se retrouva en train de regarder d'un œil stupide et avec une horreur croissante, un tas de guenilles au milieu de la rue.

Une foule se rassembla comme par magie autour de deux agents de police et du conducteur d'autobus. Mais le regard d'Hamer demeurait fixé, fasciné, sur ce paquet inerte qui un instant plus tôt avait été un homme, un homme comme lui ! Il frissonna, comme s'il se sentait menacé.

— C'est pas ta faute, chef, lui fit remarquer un homme à l'air fruste. T'aurais rien pu faire. C'gars, il était cuit, de toute façon.

Hamer écarquilla les yeux. En toute honnêteté, l'idée qu'il aurait été possible de le sauver ne l'avait pas effleuré. L'idée était absurde. D'ailleurs, s'il avait été assez fou pour s'y risquer, en ce moment il serait peut-être... Ses pensées s'interrompirent brusquement et il s'écarta de la foule. Il tremblait, pris d'une terreur sans nom, irrépressible. Il fut forcé de s'avouer qu'il avait *peur*, horriblement peur, de la Mort... De la Mort qui s'abat avec une rapidité terrifiante et une certitude inéluctable, sur le pauvre comme sur le riche.

Il hâta le pas, mais cette peur nouvelle ne le quittait pas, le tenait dans son étreinte glacée. Il s'en étonna car il n'était pas naturellement lâche. Il y a seulement cinq ans, pensa-t-il, cette peur ne l'aurait pas effleuré. Parce qu'alors la vie lui était moins douce. Oui, c'était ça ; c'était l'amour de la vie la clé du mystère. Pour lui, la saveur de la vie avait atteint son comble. Il ne connaissait qu'une menace : la Mort, l'exterminatrice.

Il quitta la rue bien éclairée et prit un raccourci, un étroit passage bordé de hauts murs qui débouchait sur la place où se trouvait sa maison, célèbre pour les trésors artistiques qu'elle recelait.

Derrière lui, le bruit de la rue faiblit, s'éteignit. Il n'entendait plus que le martèlement sourd de ses pas.

Et tout à coup, devant lui, un autre bruit sortit de l'obscurité. Assis contre un mur, un homme jouait de la flûte. Encore un de ces nombreux musiciens des rues, bien sûr, mais pourquoi avoir justement choisi cet endroit ? A une heure pareille, la police... Hamer eut un choc et interrompit soudain ses réflexions en s'apercevant que l'homme était cul-de-jatte. Une paire de béquilles étaient appuyées contre le mur, à côté de lui. Hamer voyait maintenant que l'homme ne jouait pas de la flûte mais d'un étrange instrument, aux notes beaucoup plus hautes et plus claires que celles de la flûte.

L'homme continua de jouer. Il n'avait pas l'air d'avoir remarqué Hamer. La tête rejetée en arrière, il était comme transporté de joie par sa propre musique, et les notes s'élevaient, claires et joyeuses, de plus en plus haut.

C'était une étrange mélodie, pas une mélodie à proprement parler mais une simple phrase musicale, assez voisine du mouvement lent des violons de *Rienzi*, qui se répète et se répète en passant d'un ton à l'autre, d'un accord à l'autre, mais toujours en montant et atteignant chaque fois à une liberté plus grande, plus étendue.

Hamer n'avait jamais rien entendu de semblable. Il y avait là quelque chose d'étrange, d'inspiré, quelque chose qui vous soulevait... qui... Hamer s'accrocha frénétiquement des deux mains à une saillie du mur. Il n'avait plus qu'une idée en tête : *rester par terre*. A tout prix, *rester par terre*...

Il constata soudain que la musique s'était tue. Le cul-de-jatte attrapait ses béquilles. Et lui, Silas Hamer, se cramponnait comme un dément à un éperon de pierre pour l'unique raison qu'il avait le sentiment tout à fait absurde de décoller du sol... que la musique le soulevait...

Il se mit à rire. Quelle idée folle ! Ses pieds n'avaient pas quitté le sol une seconde, bien sûr, mais quelle étrange hallucination ! Le rapide tip-tap des béquilles de bois sur le pavé lui confirma que l'infirme s'éloignait. Il le suivit des yeux jusqu'à ce qu'il disparaisse dans l'obscurité. Drôle de type !

Il se remit en route plus lentement ; il n'arrivait pas à chasser de son esprit cette sensation inimaginable d'un sol qui se dérobait sous ses pieds...

Sur une impulsion, il fit demi-tour et partit rapidement dans la direction qu'avait prise l'autre. Il ne pouvait être bien loin, il n'aurait pas grand mal à le rattraper.

Dès qu'il aperçut la forme estropiée qui se balançait au loin, il cria :

— Hep ! Une minute !

L'homme s'arrêta et resta immobile jusqu'à ce que Hamer l'ait rejoint. Il était juste sous un réverbère. La surprise coupa le souffle à Silas Hamer. Ce visage avait la plus singulière beauté qu'il ait jamais vue. L'homme pouvait avoir n'importe quel âge. Bien sûr, ce n'était plus un gamin, et pourtant la jeunesse était sa caractéristique principale... jeunesse et vitalité intenses.

Hamer éprouva une étrange difficulté à entamer la conversation.

— Dites-moi, commença-t-il gauchement, j'aimerais savoir ce que vous avez joué, tout à l'heure.

L'homme sourit... et le monde parut aussitôt bondir de joie.

— Une vieille mélodie... une très vieille mélodie... vieille de centaines d'années.

Il s'exprimait avec une étrange pureté et sa prononciation qui donnait la même valeur à toutes les syllabes, était particulièrement distincte. De toute évidence, il ne s'agissait pas d'un Anglais, mais Hamer ne voyait pas quelle pouvait être sa nationalité.

— Vous n'êtes pas anglais ? D'où venez-vous ?

Il eut de nouveau son grand et joyeux sourire.

— D'au-delà des mers, monsieur. Je suis arrivé... il y a longtemps... il y a très, très longtemps.

— Vous devez avoir été victime d'un grave accident. C'est récent ?

— Cela fait un moment, monsieur.

— Perdre les deux jambes, c'est dur.

— C'est aussi bien, répondit-il tranquillement. Elles étaient le mal, ajouta-t-il en fixant Hamer avec une étrange solennité.

Hamer laissa tomber un shilling dans sa main et s'en alla. Il était intrigué et vaguement troublé. « Elles étaient le mal... En voilà une chose à dire ! » Une maladie, sans doute, avait rendu nécessaire l'amputation... mais quelle façon bizarre de s'exprimer !

Hamer rentra chez lui tout songeur. Il chercha en vain à chasser l'incident de son esprit. Couché et déjà somnolent, il entendit une cloche des environs sonner 1 heure. Un coup bien clair, puis le silence, un silence qui fut rompu par un son vaguement familier... Il le reconnut brusquement et son cœur fit un bond dans sa poitrine. C'était l'homme de tout à l'heure qui jouait quelque part, non loin de là...

Les notes s'élevaient gaiement... C'était le même appel joyeux, la même petite phrase entêtante...

— C'est étrange, murmura Hamer, étrange. Cette musique a des ailes.

De plus en plus clair, de plus en plus haut, chaque vague s'élevait au-dessus de la précédente et l'entraînait, lui, avec elle. Cette fois il ne lutta pas, il se laissa aller... là-haut... là-haut... Les vagues de sons l'emportaient de plus en plus haut... Elles se succédaient, libres et triomphantes.

De plus en plus haut... Elles avaient dépassé la barrière humaine du son, maintenant, mais elles n'en continuaient pas moins de monter, de monter toujours... Atteindraient-elles le but final, la hauteur parfaite ?

Elles montaient...

Quelque chose le tirait, le tirait vers le bas. Quelque chose de gros, de lourd, d'insistant. Quelque chose qui le tirait impitoyablement en arrière et en bas, vers le bas...

Allongé dans son lit, il regardait la fenêtre de la maison d'en face. Respirant avec peine, il sortit un bras et l'étendit. Il lui parut curieusement pesant. La douceur du lit l'oppressait, l'oppressaient aussi les lourds rideaux qui empêchaient l'air et la lumière d'entrer. Le plafond semblait peser également sur lui. Il se sentait étouffer, suffoquer. Il remua un peu sous les couvertures, et le poids de son corps lui parut ce qu'il y avait encore de plus oppressant...

— J'ai besoin de votre avis, Seldon.

Seldon recula sa chaise de la table. Il se demandait quel pouvait bien être l'objet de ce dîner en tête à tête. Il avait peu vu Hamer depuis l'hiver et, ce soir, il lui trouvait quelque chose de changé.

— C'est juste que je suis inquiet pour moi, dit le millionnaire.

Seldon le regarda et sourit.

— Vous m'avez l'air en pleine forme.

— Ce n'est pas ça, dit Hamer qui ajouta posément, après un silence : Je crois que je deviens fou.

Le neurologue le regarda avec un soudain intérêt. Il se versa avec lenteur un verre de porto et répondit tranquillement, mais en lui lançant un regard acéré :

— Qu'est-ce qui vous fait penser ça ?

— Quelque chose qui m'est arrivé. Quelque chose d'inexplicable, d'incroyable. Comme ce n'est pas possible, c'est que je deviens fou.

— Prenez votre temps et racontez-moi tout, dit Seldon.

— Je ne crois pas au surnaturel, déclara Hamer. Je n'y ai jamais cru. Mais là... Bon, je crois qu'il vaut mieux que je commence par le commencement. Ça m'est arrivé l'hiver dernier, après avoir dîné avec vous.

De façon brève et concise, il lui raconta ce qui s'était passé en chemin et ce qui avait suivi.

— C'est là que tout a commencé. Je ne sais comment vous l'expliquer exactement — cette sensation, je veux dire — mais c'était merveilleux ! Complètement différent de tout ce que j'avais pu ressentir ou rêver jusque-là. Eh bien, cela a continué depuis. Pas chaque nuit mais de temps à autre. La musique, le sentiment d'être soulevé, la montée en flèche... et puis la terrible traction, le retour sur terre, et après la douleur, la véritable douleur physique du réveil. Comme lorsqu'on redescend d'une haute montagne — vous savez, cette douleur dans les oreilles ? Eh bien, c'est la même chose, mais amplifiée, accompagnée d'une horrible impression de pesanteur, l'impression d'être écrasé, oppressé...

Il s'arrêta et demeura un instant silencieux.

— Les domestiques sont déjà persuadés que je suis fou. Comme je ne pouvais plus supporter le toit et les murs, je me suis fait aménager un coin tout en haut de la maison, ouvert sur le ciel, sans meubles, ni tapis, sans rien qui vous étouffe... Mais les maisons environnantes ne valent pas mieux. J'ai besoin de grands espaces, d'un endroit où l'on peut respirer... Eh bien, qu'en dites-vous ? Vous avez une explication pour ça ?

— Hum... dit Seldon. Des tas d'explications. Vous avez été hypnotisé, ou vous vous êtes hypnotisé vous-même. Vos nerfs vous jouent des tours. Ou encore, c'est un simple rêve.

Hamer secoua la tête :

— Aucune de ces explications ne fait l'affaire.

— Il y en a d'autres, dit lentement Seldon, mais qu'on n'admet généralement pas.

— Mais *vous*, vous êtes prêt à les admettre ?

— Dans l'ensemble, oui ! Il y a beaucoup de choses que nous ne comprenons pas, qui ne peuvent pas s'expliquer normalement. Il nous reste encore beaucoup à découvrir, et je crois qu'il faut garder l'esprit ouvert.

— Que me conseillez-vous de faire ? demanda Hamer après un silence.

— Une chose entre autres. Quittez Londres, trouvez-vous un « grand espace ». Vos rêves cesseront peut-être.

— Je ne peux pas faire ça, répliqua aussitôt Hamer. J'en suis au point où je ne peux plus m'en passer. Où je ne *veux* plus m'en passer.

— Je m'en doutais. Autre solution : trouvez ce type, cet infirme. Vous le revêtez maintenant de toutes sortes d'attributs surnaturels. Parlez-lui. Rompez le charme.

Hamer secoua de nouveau la tête.

— Pourquoi pas ? insista Seldon.

— Parce que j'ai peur, répondit Hamer simplement.

Seldon fit un geste d'impatience.

— Ne soyez pas si aveuglément crédule ! Cette

mélodie, celle qui a tout déclenché, à quoi ressemble-t-elle ?

Hamer la fredonna. Seldon écoutait l'air très intrigué.

— On dirait que c'est tiré de l'ouverture de *Rienzi*. Il y a là en effet quelque chose qui vous soulève... des ailes... Mais je reste quand même sur terre ! Dites-moi, vos envolées, est-ce qu'elles se ressemblent toutes ?

— Non, non, répondit Hamer. Elles progressent. J'en vois chaque fois un peu plus. C'est difficile à expliquer. Vous comprenez, je suis toujours conscient d'avoir été porté par la musique jusqu'à un certain point, mais pas directement, par une succession de *vagues*, chacune plus élevée que la précédente, jusqu'à ce qu'il ne soit plus possible d'aller plus haut. Et je reste là jusqu'à ce que je me sente tiré en arrière. Ce n'est pas un lieu, c'est plutôt un *état*. Pas tout de suite mais au bout d'un certain temps, j'ai commencé à comprendre qu'il y avait d'autres choses autour de moi qui attendaient que je les perçoive. Pensez au chaton. Il a des yeux mais, au début, ils ne lui permettent pas de voir. Il est aveugle et doit apprendre à voir. Eh bien, c'était la même chose pour moi. Mes yeux et mes oreilles de mortel ne me servaient à rien, mais ils étaient en liaison avec quelque chose qui n'avait pas encore été développé, quelque chose qui n'avait rien de *physique*. Et petit à petit cela a poussé... j'ai eu des sensations de lumière... puis de son... puis de couleur... le tout très vague et informulé. Cela faisait plutôt partie de la connaissance que de la vue ou de l'ouïe. D'abord, une lumière, de plus en plus vive et claire... ensuite du sable, de vastes espaces de sable rougeâtre... et çà et là, de longues étendues d'eau rectilignes, comme des canaux...

— Des *canaux !* s'exclama Seldon, le souffle court. Voilà qui est intéressant. Continuez.

— Mais ces choses ne comptaient plus — elles n'avaient plus d'importance. L'important, c'était ce que je ne voyais pas encore, mais que j'entendais... comme un bruissement d'ailes... Je ne saurais dire pourquoi, c'était merveilleux ! Il n'existe rien de tel ici. Et puis est venue une autre merveille : les Ailes, *je les ai vues*... Oh ! Seldon, les Ailes !

— Mais qu'est-ce que c'était ? Des hommes ? Des anges ? Des oiseaux ?

— Je ne sais pas. Je ne voyais pas, pas encore. Mais leur couleur ! *Couleur d'aile*... Nous ne connaissons pas ça ici. Une couleur splendide...

— Couleur d'aile ? répéta Seldon. Ça ressemble à quoi ?

Hamer fit un geste d'impatience.

— Comment pourrais-je vous le dire ? Allez expliquer la couleur bleue à un aveugle ! C'est une couleur que vous n'avez jamais vue — une couleur d'Aile !

— Et alors ?

— Et alors ? c'est tout. Je ne suis pas allé plus loin. Mais à chaque fois le retour a été plus pénible, plus douloureux. Je n'arrive pas à comprendre. Je suis convaincu que mon corps ne quitte jamais mon lit. Ma présence à cet endroit n'est pas *physique*. Alors, pourquoi le retour fait-il si atrocement mal ?

Seldon secoua la tête en silence.

— C'est horrible, le retour. Cette force d'attraction, cette douleur dans chaque membre, dans chaque nerf, et l'impression que les tympans vont éclater. Et puis cette *pression*, le poids de toute chose, le sentiment affreux d'être emprisonné. J'ai besoin de lumière, d'air, d'espace... surtout *d'espace* pour respirer ! Et puis de liberté.

— Et toutes les autres choses qui comptaient tant pour vous ? demanda Seldon.

— C'est bien le pire. J'y tiens tout autant, sinon plus que jamais. Et ces choses, le confort, le luxe, le plaisir, semblent me tirer en sens inverse. C'est entre elles et les Ailes une lutte permanente, et je ne vois pas comment cela va se terminer.

Seldon demeura silencieux. L'histoire qu'il venait d'entendre était en vérité assez fantastique. Etait-ce une simple illusion, une hallucination, ou y avait-il une possibilité pour que ce soit vrai ? Et, dans ce cas, pourquoi *Hamer* plutôt qu'un autre ? Le matérialiste, l'homme qui jouissait de la chair et refusait le spirituel, aurait dû être le dernier à entrevoir un autre monde.

Hamer l'observait avec anxiété.

— A mon avis, dit doucement Seldon, vous ne pouvez qu'attendre. Attendre de voir ce qui va se passer.

— Je ne peux pas ! Je vous dis que je ne peux pas ! Cela prouve que vous ne comprenez pas. Je suis écartelé par ce combat affreux, par cette lutte épuisante entre... entre...

Il hésita.

— Entre la chair et l'esprit ? suggéra Seldon.

Hamer regardait fixement devant lui :

— Je suppose qu'on peut l'appeler comme ça. Quoi qu'il en soit, c'est insupportable... Je ne parviens pas à me libérer...

A nouveau, Bernard Seldon secoua la tête. Il avait affaire à l'inexplicable. Il fit une dernière suggestion :

— A votre place, j'essaierais de mettre la main sur cet infirme.

Mais, en rentrant chez lui, il murmurait : « *Des canaux*... je me demande... »

Le lendemain matin, Silas Hamer sortit de chez lui d'un pas décidé. Il avait résolu de suivre le conseil de Seldon et de se lancer à la recherche du cul-de-jatte. Mais, au fond de lui-même, il était convaincu que ses recherches seraient vaines, que l'homme se serait évanoui aussi complètement que si la terre l'avait englouti.

Le passage était sombre et mystérieux car les immeubles qui le bordaient empêchaient le soleil d'y pénétrer. A un endroit cependant, à mi-chemin, un rai de lumière dorée qui filtrait par une brèche du mur illuminait une silhouette accroupie. Une silhouette... Oui, c'était lui !

Son instrument de musique posé contre le mur à côté de ses béquilles, il était en train de couvrir le sol de dessins à la craie de couleur. Deux d'entre eux, terminés, représentaient des scènes bucoliques particulièrement belles et délicates, des arbres ondoyants et un ruisseau bondissant qui paraissait vivant.

A nouveau, le doute assaillit Hamer. Cet homme n'était-il qu'un musicien, un artiste des rues ? Ou était-il quelque chose de plus ?...

Soudain, il perdit son sang-froid et s'écria, furieux :

— Qui êtes-vous ? Pour l'amour de Dieu, qui êtes-vous ?

L'homme le regarda dans les yeux en souriant.

— Pourquoi ne répondez-vous pas ? Parlez, mon vieux, parlez !

Il remarqua alors que l'homme était en train de dessiner avec une incroyable rapidité. Hamer suivit des yeux ses mouvements. Quelques touches hardies, et des arbres géants prenaient forme. Et puis, assis sur un rocher... un homme... jouant d'une espèce de pipeau. Un homme au visage d'une étrange beauté — et *aux pieds de bouc*...

Un autre mouvement rapide, et les pieds de bouc de l'homme, assis sur son rocher, disparurent. L'infirme chercha à nouveau le regard de Hamer.

— Elles étaient le mal, dit-il.

Hamer le regardait, fasciné. Car le visage qu'il avait devant lui était celui du dessin, mais embelli de façon étrange, incroyable... Purifié de tout ce qui n'était pas une intense, une merveilleuse joie de vivre.

Hamer fit demi-tour et courut dans le passage jusqu'à la lumière, sans cesser de répéter : « C'est impossible. Impossible... Je suis fou... Je rêve ! » Mais le visage continuait de le hanter — le visage du dieu Pan...

Il alla s'asseoir dans le parc, presque désert à cette heure-là. Quelques nurses étaient assises avec leur fardeau à l'ombre des arbres et, çà et là, dans les étendues de verdure, comme des îles dans la mer, gisaient quelques formes humaines...

Pour Hamer, « les pauvres vagabonds » représentaient le comble de la misère. Mais aujourd'hui, tout à coup, il les enviait. De tous les êtres vivants, ils lui semblaient les seuls vraiment libres. La terre sous leurs pieds, le ciel au-dessus de la tête, le monde à parcourir... Ils n'avaient ni chaînes ni entraves.

En un éclair, il comprit que ce qui le retenait si impitoyablement était cette chose qu'il avait adorée et prisée entre toutes : la richesse ! Il l'avait considérée comme la chose la plus importante au monde et, maintenant, pris dans ses chaînes dorées, il voyait la vérité : c'était son argent qui le tenait en esclavage.

Vraiment ? Etait-ce bien ça ? N'existait-il pas une vérité plus juste et plus profonde encore qui lui aurait échappé ? Et si ce n'était pas l'argent qui l'asservissait, mais son amour de l'argent ? Ses chaînes, il se les était lui-même forgées : pas l'argent mais l'amour de l'argent.

Il distinguait clairement maintenant les deux influences qui l'écartelaient : la force composite, la chaleur du matérialisme dans lequel il baignait et, à l'opposé, l'appel clair et impératif qu'il avait surnommé l'Appel des Ailes.

Et tandis que la première luttait et s'accrochait, l'autre méprisait la guerre et ne s'abaissait pas à combattre. Elle se bornait à l'appeler, à l'appeler sans cesse... Il l'entendait avec une telle netteté qu'il aurait presque pu traduire ses paroles.

« Tu ne peux pas composer avec moi, semblait-elle dire. Car je suis au-dessus de toutes choses. Si tu réponds à mon appel, tu dois renoncer à tout, couper les liens qui te retiennent. Car seul celui qui est libre peut me suivre où je le conduis. »

— Je ne peux pas ! cria Hamer. Je ne peux pas...

Quelques personnes se retournèrent pour jeter un coup d'œil à cet individu corpulent qui parlait tout seul.

Ainsi on lui demandait un sacrifice, le sacrifice de ce qui lui était le plus cher, de ce qui faisait partie de lui-même.

Partie de lui-même... Cela lui rappela l'homme sans jambes...

— Au nom du Ciel, qu'est-ce qui peut bien vous amener ici ? demanda Barrow.

En effet, cette paroisse de l'East End n'était pas le lieu d'élection habituel de Hamer.

— J'ai entendu bien des sermons, dit le millionnaire, visant à vous expliquer ce que les gens comme vous pourraient réaliser s'ils avaient de l'argent. Je suis venu vous dire ceci : de l'argent vous allez en avoir.

— C'est très bien de votre part, dit Borrow, un peu surpris. Une contribution importante, hein ?

Hamer eut un sourire ironique.

— Plutôt, oui. Très exactement jusqu'à mon dernier centime

— *Quoi ?*

Hamer lui exposa l'affaire en peu de mots. Borrow en avait la tête qui tournait.

— Vous... vous voulez dire que vous avez transféré votre fortune pour qu'elle soit consacrée aux pauvres de l'East End, et que j'en suis le fidéicommis ?

— C'est bien ça.

— Mais pourquoi, *pourquoi ?*

— Je ne peux pas vous l'expliquer, répondit lentement Hamer. Vous vous souvenez de notre conversation sur les visions en février dernier ? Eh bien, une vision s'est emparée de moi.

— C'est merveilleux ! s'exclama Borrow, le regard brillant.

— Il n'y a rien de merveilleux là-dedans, dit Hamer, l'air sombre. Je me fiche comme d'une guigne des pauvres de l'East End. Ils n'ont besoin que de courage. J'ai été pauvre, et je m'en suis sorti. Mais il faut que je me débarrasse de mon argent et je ne veux pas qu'il aille à une de ces associations d'abrutis. Vous êtes quelqu'un en qui j'ai confiance. Utilisez-le pour nourrir les corps ou les âmes — de préférence les premiers. J'ai connu la faim... Mais vous êtes libre de faire comme vous voudrez.

— Je n'ai jamais entendu parler d'une chose pareille, balbutia Borrow.

— Tout est réglé, poursuivit Hamer. Les avocats et

les notaires ont fini par mettre ça au point et j'ai tout signé. Je peux vous dire que, depuis quinze jours, je n'ai pas chômé. Il est presque aussi difficile de se débarrasser d'une fortune que de la bâtir.

— Mais... vous avez conservé *quelque chose ?*

— Pas un sou, répondit gaiement Hamer. Du moins... ce n'est pas tout à fait exact : il me reste deux pence en poche, ajouta-t-il en riant.

Il prit congé de son ami ahuri, et s'en retourna par de petites rues nauséabondes. Les paroles qu'il venait de prononcer si gaiement lui revinrent, avec le sentiment pénible d'une grande perte. « Pas un sou ! » De cette immense fortune, il n'avait rien conservé. Il avait peur, maintenant, peur de la pauvreté, de la faim et du froid. Ce n'était pas à lui qu'il fallait parler de la douceur du sacrifice.

Cependant il se rendait compte qu'aucun poids, qu'aucune menace ne pesait plus sur lui, qu'il ne se sentait plus oppressé, plus enchaîné. La rupture de ses liens l'avait certes meurtri, mais la vision de la liberté était là pour le réconforter. Ses besoins matériels pourraient brouiller l'Appel, mais ils ne pourraient pas l'annihiler, car c'était quelque chose d'immortel qui ne pouvait donc pas mourir.

L'ambiance était déjà dans l'air et le vent était glacé.

Hamer frissonna. Il avait froid, et puis il avait faim aussi : il avait oublié de déjeuner. Ce qui lui fit toucher son avenir du doigt. Incroyable qu'il eût ainsi tout abandonné : bien-être, confort, chaleur ! Son corps se rebella... Et de nouveau il éprouva un merveilleux, un exaltant sentiment de liberté.

Hamer hésita. Il se trouvait à côté d'une station de métro. Il avait deux pence en poche. Il songea à les utiliser pour gagner le parc où, quinze jours plus tôt, il avait remarqué ces vagabonds allongés au soleil. A part ce caprice, il n'avait aucun projet d'avenir. Il admettait désormais bien volontiers qu'il était fou. Les individus sains d'esprit n'agissent pas ainsi. Mais dans ce cas, la folie était une chose merveilleuse, stupéfiante...

Oui, il irait rejoindre les grands espaces du parc. Le fait d'y aller en métro revêtait pour lui une signification particulière. Car le métro représentait à ses yeux toute l'horreur d'une vie claquemurée, ensevelie... Il émergerait libre de cet emprisonnement, au milieu des grands espaces verts et des arbres qui dissimulaient la menace des maisons oppressantes alentour.

L'ascenseur l'emporta rapidement dans les profondeurs. L'air était lourd et immobile. Il resta tout au bout du quai, loin de la foule des voyageurs. A sa gauche s'ouvrait le tunnel d'où, tel un serpent, allait jaillir la rame. Il avait le sentiment que le lieu, dans son entier, respirait subtilement le mal. Il n'y avait personne près de lui, à l'exception d'un garçon effondré sur un banc et plongé, semblait-il, dans les vapeurs de l'alcool.

Dans le lointain naquit le grondement menaçant d'une rame. Le garçon se leva, s'approcha en titubant de Hamer et, debout au bord du quai, regarda dans le tunnel.

Et puis — si vite que cela parut presque incroyable —, il perdit l'équilibre et tomba...

Mille pensées se bousculèrent dans l'esprit de Hamer. Il revit une sorte de paquet, renversé par un autobus, et entendit une voix rauque qui lui disait : « C'est pas ta faute, chef. De toute façon, t'aurais rien pu faire. » Mais il sut aussi que *cette vie-là*, si elle devait être sauvée, ne pouvait l'être que par lui. Il n'y avait personne d'autre à proximité et la rame arrivait... Tout cela lui était passé par la tête avec la rapidité de l'éclair. Il se sentait curieusement calme et lucide.

Il ne lui restait qu'une petite seconde pour se décider, et il comprit à cet instant que sa peur de la Mort était restée la même. Il avait horriblement peur.

La rame qui débouchait en trombe du tunnel ne pouvait pas s'arrêter à temps.

Hamer saisit le garçon dans ses bras. Aucune impulsion héroïque ne l'y avait poussé. Sa chair tremblante ne faisait qu'obéir à l'ordre de cet esprit de l'au-delà qui l'appelait au sacrifice. Dans un ultime effort, il poussa le garçon en avant, sur le quai, et, lui-même, il retomba...

Et soudain sa peur s'évanouit. Le monde matériel ne le retenait plus. Il était libéré de ses chaînes. Il crut, un instant, entendre les accents de la flûte de Pan. Et puis, plus près, plus fort, couvrant tout le reste, ce fut le joyeux assaut d'une multitude d'Ailes... qui l'enveloppaient, qui l'encerclaient...

La dernière séance

(The Last Seance)

Raoul Dubreuil traversa la Seine en fredonnant. C'était un Français d'environ trente ans, jeune et beau, avec un teint frais et une petite moustache noire. Arrivé rue Cardinet, il pénétra au n° 17. La concierge lui jeta un coup d'œil de sa loge et grommela un « bonjour » auquel il répondit gaiement. Après quoi il grimpa au troisième étage. Il sonna et, en attendant qu'on lui réponde, il se remit à fredonner. Raoul Dubreuil se sentait d'humeur particulièrement joyeuse, ce matin-là. Une dame âgée vint lui ouvrir, dont le visage ridé s'éclaira d'un sourire quand elle reconnut son visiteur.

— Bonjour, monsieur.

— Bonjour, Elise.

Il pénétra dans le vestibule tout en ôtant ses gants.

— Madame m'attend, n'est-ce pas ?

— Oui, bien sûr, monsieur, fit Elise en refermant la porte. Si Monsieur veut bien passer dans le petit salon, Madame va venir dans un instant. Elle est en train de se reposer.

— Elle ne se sent pas bien ? demanda vivement Raoul.

— *Bien !* grogna-t-elle.

Elle alla lui ouvrir la porte du petit salon et l'y suivit.

— *Bien !* répéta-t-elle. Comment pourrait-elle se sentir bien, le pauvre agneau ? Des *séances*, des *séances*, et toujours des *séances !* Ce n'est pas normal, pas naturel ; ce n'est pas ce que le Bon Dieu a prévu pour nous. Pour moi, je vous le dis tout net, c'est trafiquer avec le diable.

Raoul lui tapota l'épaule d'un geste qui se voulait rassurant.

— Allons ! allons ! Elise, ne vous énervez pas et n'allez pas toujours voir le diable dans tout ce que vous ne comprenez pas.

Elise fit une moue sceptique.

— Oh ! bon, maugréa-t-elle, Monsieur pourra dire tout ce qu'il veut, ça ne me plaît pas. Regardez Madame : elle devient plus pâle et plus maigre tous les jours. Et ses migraines !

Elle fit un geste désabusé.

— Ah ! non, ça ne lui vaut rien, toutes ces histoires d'esprits. Des esprits, vraiment ! Tous les bons sont au Paradis, et tous les autres au Purgatoire.

— Votre conception de la vie après la mort est d'une simplicité rafraîchissante, Elise, dit Raoul en se laissant tomber dans un fauteuil.

— Je suis bonne catholique, monsieur, dit la vieille femme en se redressant.

Elle se signa et s'arrêta à la porte, la main sur la poignée.

— Plus tard, quand vous serez mariés, monsieur, ça va continuer, tout ça ? demanda-t-elle, suppliante.

Raoul lui adressa un sourire affectueux.

— Vous êtes bonne et fidèle, Elise. Et dévouée à votre maîtresse. Rassurez-vous, quand elle sera ma femme, il ne sera plus question de toutes ces « histoires d'esprits », comme vous dites. Finies les *séances* pour Mme Dubreuil.

Un sourire illumina le visage d'Elise.

— C'est bien vrai, ce que vous dites ?

Il hocha gravement la tête.

— Oui, déclara-t-il, plus pour lui-même que pour

Elise. Oui, il faut que ça cesse. Simone possède un don merveilleux qu'elle a utilisé à fond, mais maintenant elle en a fait assez. Comme vous l'avez fort justement remarqué, Elise, elle devient chaque jour plus pâle et plus maigre. La vie d'un médium est particulièrement éprouvante et exige une terrible tension nerveuse. Quoi qu'il en soit, Elise, votre maîtresse est le plus merveilleux médium de Paris — de toute la France, même. On vient du monde entier pour la consulter car on sait qu'avec elle il n'y a pas de supercherie, pas de tromperie.

Elise fit entendre un grognement de mépris.

— De tromperie ! Ah ! ça, en effet ! Madame ne pourrait même pas tromper un nouveau-né, si l'envie lui en prenait !

— C'est un ange, affirma le jeune homme avec ferveur. Et moi... eh bien je ferai tout ce qui est en mon pouvoir pour la rendre heureuse. Vous me croyez ?

Elise se redressa et déclara avec dignité :

— Je sers Madame depuis de nombreuses années, monsieur. Avec tout le respect que je lui dois, je peux dire que je l'aime. Si je n'étais pas convaincue que vous l'aimez aussi comme elle mérite de l'être... *eh bien*, monsieur, je vous arracherais les yeux.

Raoul se mit à rire.

— Bravo, Elise ! vous êtes une fidèle amie et vous devez m'accorder sa main, maintenant que je vous ai dit que Madame va renoncer aux esprits.

Il pensait que sa plaisanterie la ferait rire, mais il fut surpris de la voir si grave.

— Supposons, monsieur, dit-elle en hésitant, que les esprits ne renoncent pas à elle ?

Raoul la regarda avec étonnement.

— Oh, là ! que voulez-vous dire ?

— J'ai dit : « Supposons que les esprits ne renoncent pas à elle ? » répéta Elise.

— Je pensais que vous ne croyiez pas aux esprits, Elise ?

— Bien sûr que non, déclara Elise, obstinée. C'est stupide d'y croire. Mais tout de même...

— Eh bien ?

— Ce n'est pas facile à expliquer, monsieur. Voyez-vous, moi, j'ai toujours pensé que ces médiums étaient de petits malins qui abusent des pauvres âmes qui ont perdu un être cher. Mais Madame n'est pas comme ça. Madame est bonne. Madame est honnête et...

Elle baissa la voix et continua, d'un ton de crainte révérentielle :

— *Il se passe des choses.* Ce n'est pas de la tricherie, il se passe des choses et c'est ce qui me fait peur. Car je suis sûre, monsieur, que ce n'est pas bien. C'est contre la nature et contre le Bon Dieu, et *il faudra bien que quelqu'un paie.*

Raoul se leva et alla lui tapoter l'épaule.

— Calmez-vous, ma bonne Elise, dit-il en souriant. Tenez, je vais vous annoncer une bonne nouvelle. La *séance* d'aujourd'hui est la dernière. Après ça, il n'y en aura plus.

— Alors il y en a une aujourd'hui ? demanda la vieille femme, soupçonneuse.

— La dernière, Elise, la dernière.

Elise secoua la tête, inconsolable.

— Madame n'est pas en état... commença-t-elle.

Mais elle fut interrompue car la porte s'ouvrit devant une grande femme blonde et mince. Souple et gracieuse, elle avait le visage d'une madone de Botticelli. Le regard de Raoul s'éclaira. Quant à Elise, elle se retira aussitôt discrètement.

— Simone !

Il prit ses mains blanches et fines dans les siennes et les baisa tour à tour. Elle murmura son nom très doucement :

— Raoul, mon très cher.

Il lui baisa à nouveau les mains, puis, la regarda fixement.

— Simone, comme vous êtes pâle ! Elise m'a dit que vous étiez en train de vous reposer ; vous n'êtes pas malade, ma bien-aimée ?

— Non, pas malade...

Elle hésitait. Il l'aida à s'asseoir sur le sofa et prit place à côté d'elle.

— Allons, dites-moi tout.
Le médium eut un petit sourire.
— Vous allez penser que je suis stupide, murmura-t-elle.
— Moi, penser que vous êtes stupide ? Jamais.
Simone lui retira sa main. Elle resta un instant immobile, les yeux fixés sur le tapis. Puis, d'une voix basse et pressante, elle déclara :
— J'ai peur, Raoul.
Il attendit qu'elle poursuive, mais comme elle se taisait toujours, il l'encouragea :
— Peur de quoi ?
— Peur, tout simplement.
— Mais...
Il la regarda, perplexe, et elle ajouta aussitôt :
— Oui, c'est absurde, n'est-ce pas ? Et pourtant, c'est ce que je ressens. J'ai peur, et rien de plus. Je ne sais ni de quoi ni pourquoi, mais je n'arrive pas à me défaire de l'idée que quelque chose de terrible va m'arriver...
Elle regardait droit devant elle. Raoul la prit doucement par les épaules.
— Voyons, ma chérie, il ne faut pas lâcher la rampe. Je sais ce que la vie d'un médium représente comme tension nerveuse, Simone. Ce qu'il vous faut, c'est du repos... du repos et du calme.
Elle le regarda avec reconnaissance.
— Oui, Raoul, vous avez raison. J'ai besoin de repos et de calme.
Elle ferma les yeux et se laissa aller contre lui.
— Et de bonheur, lui murmura Raoul à l'oreille.
Il la serra encore davantage. Simone, les yeux toujours clos, poussa un profond soupir.
— Oui, murmura-t-elle, oui. Dans vos bras, je me sens en sécurité. J'oublie ma vie, ma terrible vie de médium. Vous comprenez beaucoup de choses, Raoul, mais, même vous, vous ne vous rendez pas compte de tout ce que cela signifie.
Il sentit qu'elle se raidissait dans ses bras. Elle ouvrit les yeux et fixa de nouveau le vide devant elle.
— On est assis dans son cabinet, dans le noir, à

attendre. Et cette obscurité est terrible, Raoul, c'est le vide, le néant. On accepte délibérément de s'y perdre. Ensuite, on ne sait plus rien, on ne ressent plus rien, et puis vient alors le retour, lent et douloureux, on sort enfin du sommeil, mais si fatigué, si horriblement fatigué...

— Je sais, murmura Raoul. Je sais.

— Si fatigué, répéta Simone, tandis que tout son corps semblait s'affaisser.

— Mais vous êtes merveilleuse, Simone.

Il lui prit les mains pour essayer de lui faire partager son enthousiasme.

— Vous êtes unique... Vous êtes le plus grand médium que la terre ait porté.

Elle secoua la tête avec un petit sourire.

— Mais si, mais si, insista Raoul.

Il tira deux lettres de sa poche.

— Tenez, celle-ci est du Pr Roche, de la Salpêtrière, et celle-là du Dr Genir, de Nancy. Ils vous supplient tous les deux de continuer vos séances pour eux, de temps à autre.

— Ah non ! s'écria Simone en sautant sur ses pieds. Il n'en est pas question. C'est fini, terminé. Vous me l'avez promis, Raoul.

Il la regarda, tout surpris : elle tremblait devant lui comme une créature aux abois. Il se leva, lui prit la main.

— Oui, oui. C'est terminé, c'est une affaire entendue. Mais je suis si fier de vous, Simone. C'est pourquoi j'ai parlé de ces deux lettres.

Elle lui jeta un coup d'œil méfiant.

— Ce n'est pas parce que vous voulez que je reprenne ces séances ?

— Mais non, dit Raoul. A moins que vous-même ne le vouliez, à l'occasion, pour ces vieux amis...

Elle l'interrompit d'un ton fiévreux :

— Non, non plus jamais ! Je sens un danger. Je vous l'ai dit, je le sens. Un grand danger.

Elle se prit la tête dans les mains puis alla à la fenêtre.

— Jamais plus, promettez-le-moi, lui dit-elle d'une voix plus calme.

Raoul la rejoignit et passa un bras autour d'elle.

— Ma chérie, je vous promets qu'après ce soir ce sera terminé, lui dit-il tendrement.

Il la sentit sursauter soudain.

— Ce soir, murmura-t-elle. Ah ! oui... j'avais oublié Mme Ixe.

Raoul consulta sa montre.

— Elle devrait être là d'un instant à l'autre. Mais, Simone, si vous ne vous sentez pas bien...

Perdue dans ses pensées, elle semblait ne pas l'écouter.

— C'est une femme étrange, Raoul, une femme très étrange. Vous savez, elle... elle me fait presque horreur.

— Simone ! lança-t-il d'un ton de reproche qui ne lui échappa pas.

— Oui, oui, je sais, vous êtes comme tous les Français, Raoul. Pour vous, une mère est sacrée et je ne devrais pas la traiter ainsi alors qu'elle pleure son enfant. Mais... je ne sais comment l'expliquer, elle est si grande... si noire... et ses mains... avez-vous remarqué ses mains, Raoul ? Des mains grandes, fortes, aussi fortes que celles d'un homme. Ah !

Elle frissonna et ferma les yeux. Raoul retira son bras et déclara presque froidement :

— Vraiment, je ne vous comprends pas, Simone. Vous, une femme, vous devriez ressentir de la sympathie pour une mère qui pleure son unique enfant.

Simone eut un geste d'impatience.

— C'est vous qui ne comprenez pas, mon ami ! C'est plus fort que moi : dès l'instant où je l'ai vue, j'ai senti... *de la peur !* Vous vous souvenez qu'il m'a fallu longtemps avant d'accepter de m'occuper d'elle. J'étais sûre que, d'une façon ou d'une autre, elle ferait mon malheur.

Raoul haussa les épaules.

— Alors qu'en réalité elle a fait tout le contraire, dit-il d'un ton ironique. Toutes les séances ont été de remarquables succès. L'esprit de la petite Amélie a pu aussitôt venir à vous et nous avons eu des matérialisations étonnantes. Dommage que le Pr Roche n'ait pu être là la dernière fois.

— Des matérialisations... répéta Simone d'une voix basse. Dites-moi, Raoul, vous savez que j'ignore tout de ce qui se passe quand je suis en transe. Ces matérialisations sont-elles vraiment si merveilleuses ?

Il hocha la tête avec enthousiasme.

— Lors des premières séances, on voyait la silhouette de l'enfant dans une sorte de brouillard, expliqua-t-il, mais pendant la dernière...

— Oui ?

— Simone, dit-il très doucement, l'enfant était là, c'était une fillette, vivante, faite de chair et de sang. Je l'ai même touchée. Mais voyant que cela vous était extrêmement pénible, je n'ai pas permis à Mme Ixe d'en faire autant. Je craignais qu'elle perde son sang-froid et que cela puisse vous faire du mal.

Simone se tourna de nouveau vers la fenêtre.

— Je me suis réveillée épuisée, murmura-t-elle. Vous êtes sûr, Raoul, vraiment sûr qu'il n'y a là rien de *mal ?* Vous savez ce qu'en pense cette chère vieille Elise ? Elle pense que je trafique avec le diable ?

Elle eut un rire hésitant.

— Savez-vous ce que je crois ? demanda gravement Raoul. Je crois que lorsqu'on touche à l'inconnu, le danger est toujours présent, mais c'est pour une noble cause, pour la Science. Dans le monde entier, la Science a eu ses martyrs, des pionniers qui ont payé le prix pour que d'autres puissent suivre leurs traces. Voilà dix ans que vous travaillez pour la Science au prix d'une terrible tension nerveuse. Maintenant, votre rôle est terminé ; à partir d'aujourd'hui vous êtes libre d'être heureuse.

Elle lui sourit affectueusement, son calme retrouvé. Puis elle jeta un coup d'œil à la pendule.

— Mme Ixe est en retard. Elle ne viendra peut-être pas.

— Je crois que si. Votre pendule avance un peu, Simone.

Simone allait et venait, déplaçant un bibelot ici ou là.

— Je me demande qui est exactement cette Mme Ixe, dit-elle. D'où vient-elle, qui sont ses proches ? C'est bizarre que nous ne sachions rien d'elle.

Raoul haussa les épaules.

— La plupart des gens préfèrent conserver l'incognito lorsqu'ils font appel à un médium, observa-t-il. C'est une précaution élémentaire.

— Peut-être, dit Simone avec indifférence.

Un petit vase de porcelaine lui glissa des doigts et se brisa sur le carrelage de la cheminée. Elle se tourna vivement vers Raoul.

— Vous voyez, murmura-t-elle, je ne suis plus moi-même. Raoul, me trouveriez-vous très... lâche si je disais à Mme Ixe que je ne peux pas tenir cette séance aujourd'hui ?

Son regard de douloureuse surprise la fit rougir.

— Vous avez promis, Simone... commença-t-il doucement.

Elle recula contre le mur.

— Je ne le ferai pas, Raoul. Je ne le ferai pas.

De nouveau, elle tressaillit sous son regard de tendre reproche.

— Ce n'est pas à l'argent que je songe, Simone, mais vous devez quand même vous rendre compte que la somme que cette femme vous a offerte pour cette dernière séance est énorme, tout simplement énorme.

— Il y a plus important que l'argent, lui lança-t-elle d'un air de défi.

— Bien sûr, dit-il avec chaleur. C'est justement ce que je dis. Pensez... cette femme est une mère, une mère qui a perdu son unique enfant. Si vous n'êtes pas vraiment malade, s'il ne s'agit que d'un caprice de votre part... Vous pouvez rejeter les fantaisies d'une femme riche, mais pouvez-vous refuser à une mère de revoir son enfant une dernière fois ?

Elle leva les bras avec désespoir.

— Oh ! vous me torturez, murmura-t-elle. Mais

vous avez raison. Je ferai ce que vous voulez, mais je sais maintenant ce qui me fait peur : c'est le mot « mère ».

— Simone !

— Il existe certaines forces primitives élémentaires, Raoul. La plupart ont été détruites par la civilisation, mais la maternité n'a jamais varié. Chez les animaux, chez les humains, c'est la même chose. L'amour d'une mère pour son enfant n'a rien de comparable sur la terre. Il ne connaît pas de loi, il ignore la pitié ; il ose tout et écrase sans remords tout ce qui se met en travers de son chemin.

Elle se tut, quelque peu haletante, puis se tourna vers lui avec un sourire désarmant.

— Je suis ridicule aujourd'hui, Raoul. Je le sais bien.

Il lui prit la main.

— Allez vous étendre un moment, dit-il avec insistance. Reposez-vous jusqu'à son arrivée.

— Très bien.

Elle lui sourit et s'en alla.

Raoul demeura un instant perdu dans ses pensées puis sortit lui aussi, traversa le vestibule et entra dans un salon assez semblable à celui qu'il venait de quitter, mais où se trouvait au fond un grand fauteuil dans une alcôve fermée par de lourds rideaux de velours noirs. Elise était en train d'arranger la pièce. Près de l'alcôve, elle avait disposé deux chaises et une petite table ronde. Sur la table un tambourin, une corne, du papier et des crayons.

— C'est la dernière fois, murmura Elise avec une satisfaction farouche. Ah ! monsieur, j'aimerais que ce soit déjà fini.

Le tintement aigu d'une sonnette électrique retentit.

— Le voilà, ce grand gendarme de femme, continua la vieille servante. Pourquoi ne va-t-elle pas prier bien honnêtement à l'église pour l'âme de sa chère petite et mettre un cierge à notre Bienheureuse Vierge Marie ? Le Bon Dieu ne sait-il pas ce qui est préférable pour nous ?

— Allez ouvrir, Elise, dit Raoul, d'un ton tranchant.

Elle lui lança un regard en coin mais obéit. Elle revint avec la visiteuse qu'elle fit entrer.

— Je vais annoncer à ma maîtresse que vous êtes ici, Madame.

Raoul s'avança pour serrer la main de Mme Ixe. Les paroles de Simone lui revinrent en mémoire : « Si grande... si noire... »

Elle était grande, en effet, et le noir profond du deuil à la française paraissait presque exagéré sur elle.

— Je crains d'être un peu en retard, dit-elle d'une voix de basse.

— De quelques minutes, dit Raoul en souriant. Simone se repose. Je suis navré d'avoir à vous dire qu'elle n'est pas très bien. Elle se sent très nerveuse, à bout.

Mme Ixe referma sa main comme un étau sur celle de Raoul.

— Mais la séance aura bien lieu ? demanda-t-elle vivement.

— Bien sûr, madame.

Mme Ixe poussa un soupir de soulagement, se laissa tomber sur une chaise, et défit un des lourds voiles noirs qui flottaient autour d'elle.

— Ah ! monsieur ! murmura-t-elle, vous ne pouvez pas imaginer, vous ne pouvez pas concevoir le ravissement et la joie que me procurent ces séances ! Ma chère petite ! Mon Amélie ! La voir, l'entendre, et même... oui, peut-être même pouvoir étendre ma main et la toucher...

Raoul intervint, d'un ton vif, tranchant.

— Madame Ixe... comment vous expliquer... en aucun cas vous ne devez faire le moindre geste sans que je vous y autorise expressément, ce serait risquer un très grave danger.

— Un danger pour moi ?

— Non, madame, pour le médium. Voyez-vous, la science explique en partie ces phénomènes. Je vous exposerai cela très simplement, sans termes techniques. Un esprit, pour se manifester, doit avoir recours à la substance physique du médium. Vous avez pu voir la vapeur qui s'échappe de ses lèvres. Cette vapeur finit par se condenser et par prendre l'aspect physique du défunt. Mais nous pensons que cet ectoplasme est fait de la substance du médium. Nous espérons le prouver un jour en le pesant et en l'analysant. Mais la difficulté principale, c'est le danger et la souffrance qui guettent le médium au cours de toute manipulation du phénomène. Si quelqu'un se saisissait trop brutalement de la matérialisation, il pourrait en résulter la mort du médium.

Mme Ixe avait écouté avec la plus grande attention.

— Voilà qui est très intéressant, monsieur. Dites-moi, ne viendra-t-il pas un jour où la matérialisation pourra se détacher de sa mère, du médium ?

— C'est une supposition fantastique.

Elle insista.

— Mais pas impossible, étant donné les faits ?

— Totalement impossible actuellement.

— Mais dans l'avenir, peut-être ?

L'arrivée de Simone le dispensa de répondre. Elle semblait pâle et affaiblie mais était manifestement de nouveau maîtresse d'elle-même. Raoul remarqua le léger frisson qui la parcourut à l'instant où elle serra la main de Mme Ixe.

— Je suis désolée, madame, que vous soyez souffrante, dit Mme Ixe.

— Ce n'est rien, répondit Simone un peu brusquement. Voulez-vous que nous commencions ?

Elle gagna l'alcôve et s'assit dans le fauteuil. Soudain, Raoul à son tour se sentit gagné par la peur.

— Vous n'êtes pas assez forte ! s'exclama-t-il. Il vaut mieux renoncer à cette séance. Mme Ixe le comprendra.

— Monsieur !

Mme Ixe se leva, indignée.

— Si, si, cela vaudra mieux, j'en suis sûr.

— Madame Simone m'a promis une dernière séance.

— C'est exact, dit calmement Simone. Et je suis prête à tenir ma promesse.

— J'y compte bien, madame.

— Je ne manque jamais à ma parole, dit Simone, froidement. Ne craignez rien, Raoul, ajouta-t-elle gentiment. Après tout, c'est la dernière fois... la dernière, grâce à Dieu.

Elle fit signe à Raoul qui tira les rideaux noirs isolant l'alcôve. Il tira aussi les rideaux des fenêtres, plongeant la pièce dans la pénombre. Il indiqua un siège à Mme Ixe et s'apprêta à prendre lui-même place dans l'autre. Mais Mme Ixe hésita.

— Vous m'excuserez, monsieur, mais, comprenez-vous... je crois absolument en votre honnêteté et en celle de madame Simone. Cependant, pour que ce témoignage ait le maximum de valeur, j'ai pris la liberté d'apporter ceci.

Elle tira une fine cordelette de son sac.

— Madame ! s'écria Raoul, c'est une insulte !

— Une précaution.

— Je maintiens que c'est une insulte.

— Je ne comprends pas votre objection, monsieur, dit froidement Mme Ixe. S'il n'y a pas supercherie, vous n'avez rien à craindre.

Raoul eut un rire méprisant.

— Je peux vous assurer que je n'ai rien à craindre, madame. Liez-moi les mains et les pieds si vous le voulez.

Sa remarque ne produisit pas l'effet escompté, car Mme Ixe se borna à murmurer, sans s'émouvoir :

— Merci, monsieur.

Elle avança vers lui avec sa cordelette.

Soudain, derrière son rideau, Simone s'écria :

— Non, non, Raoul, ne la laissez pas faire ça !

— Madame a peur, remarqua Mme Ixe avec un rire moqueur.

— Oui, j'ai peur.

— Attention à ce que vous dites, Simone. Mme Ixe a apparemment l'impression que nous sommes des charlatans.

— Je dois m'assurer que ce n'est pas le cas, dit Mme Ixe, inflexible.

Elle se mit à l'ouvrage avec méthode, ficelant solidement Raoul à sa chaise.

— Toutes mes félicitations pour vos nœuds, madame, déclara ironiquement celui-ci quand elle eut terminé. Etes-vous satisfaite, maintenant ?

Sans répondre, Mme Ixe fit le tour de la pièce en examinant attentivement les boiseries. Après quoi elle ferma la porte donnant sur le couloir, retira la clé et vint s'asseoir.

— Maintenant je suis prête, dit-elle d'une voix bizarre.

Les minutes passèrent. De l'autre côté du rideau, la respiration de Simone se fit plus lourde, plus ronflante. Puis elle fut tout à coup remplacée par une série de gémissements. Et, de nouveau, le silence, bientôt rompu par un roulement soudain du tambourin. La corne se souleva de la table et alla s'écraser par terre. On entendit un rire ironique. Les rideaux avaient été, semblait-il, légèrement tirés car on apercevait la silhouette du médium, le menton sur la poitrine. Mme Ixe en eut le souffle coupé. De la bouche du médium s'échappait un ruban de vapeur qui se condensa et prit peu à peu la forme d'un enfant.

— Amélie ! Ma petite Amélie ! s'écria Mme Ixe d'une voix rauque.

La silhouette brumeuse se condensa un peu plus. Raoul ouvrait de grands yeux incrédules. Il n'avait jamais vu une matérialisation aussi réussie. Vraiment, c'était un véritable enfant qui se trouvait là, un enfant de chair et de sang.

— *Maman !* lança la voix enfantine.

— Mon enfant ! cria Mme Ixe, en faisant mine de se lever.

— Attention, madame ! s'écria Raoul.

La matérialisation franchit le rideau en hésitant. C'était bien un enfant. Il s'arrêta, les bras tendus.

— *Maman !*

— Ah ! fit Mme Ixe.

De nouveau, elle se leva presque.
— Madame ! cria Raoul, effrayé. Le médium...
— Il faut que je la touche, dit Mme Ixe d'une voix rauque.
Elle se leva et fit un pas.
— Pour l'amour de Dieu, madame, maîtrisez-vous !
Raoul avait vraiment peur, maintenant.
— Asseyez-vous immédiatement.
— Ma petite fille, il faut que je la touche.
— Madame, je vous ordonne de vous asseoir !
Il se débattait désespérément dans ses liens, mais Mme Ixe avait bien travaillé. Impuissant, il se sentait envahi par le sentiment d'une catastrophe imminente.
— Au nom du Ciel, madame, asseyez-vous ! hurla-t-il. Pensez au médium !
Mme Ixe se tourna vers lui avec un rire cruel.
— Je me fiche bien de votre médium. C'est mon enfant que je veux.
— Vous êtes folle !
— Mon enfant, je vous dis. A moi, à moi seule ! Ma chair et mon sang ! Ma petite fille revient d'entre les morts, elle est vivante, elle respire !
Raoul ouvrit la bouche mais aucun son n'en sortit. Cette femme était terrible ! Sauvage, impitoyable, n'écoutant que sa passion.
Les lèvres de l'enfant s'ouvrirent et on entendit pour la troisième fois :
— *Maman !*
— Viens, ma petite fille ! cria Mme Ixe.
D'un geste vif, elle prit l'enfant dans ses bras. Derrière les rideaux on poussa un long cri de souffrance.
— Simone ! hurla Raoul. Simone !
Il eut vaguement conscience que Mme Ixe se précipitait vers la porte, qu'elle l'ouvrait... Il entendit des pas qui descendaient l'escalier...
Derrière le rideau, le long, le terrible cri n'avait pas cessé... un cri comme Raoul n'en avait jamais entendu, qui mourut dans une sorte d'horrible gar-

gouillis. Puis vint le choc sourd d'un corps qui tombe...

Raoul se débattait comme un forcené pour se libérer de ses liens. Dans sa frénésie, il réussit l'impossible et, dans un terrible effort, parvint à rompre la cordelette. Comme il se remettait sur pied, Elise entra en criant :

— Madame !

— Simone ! hurla Raoul.

Ils se précipitèrent ensemble et tirèrent les rideaux. Raoul recula en titubant.

— Mon Dieu ! balbutia-t-il. Rouge... toute rouge...

Il entendit la voix rauque et tremblante d'Elise :

— Ainsi Madame est morte. Mais dites-moi, monsieur, que s'est-il passé ? *Pourquoi Madame est-elle toute ratatinée ?... Pourquoi est-elle moitié moins grande que d'habitude ?... Que s'est-il passé ici ?*

— Je... je ne sais pas, dit Raoul.

Sa voix monta jusqu'au cri :

— Je ne sais pas. Je ne sais pas. Mais je crois... que je deviens fou... Simone ! Simone !

S.O.S.

(S.O.S.)

— Ah ! fit Mr Dinsmead avec approbation.

Il recula un peu pour avoir une vue d'ensemble de la table. La lueur du feu de bois brillait sur la nappe blanche de drap grossier, sur les couteaux, et les fourchettes, sur tout ce qui couvrait la table.

— Est-ce que... tout est prêt ? demanda timidement Mrs Dinsmead.

C'était une femme petite et fanée, au visage incolore, au cheveu rare rejeté en arrière, et perpétuellement nerveuse.

— Tout est prêt, répondit son mari avec une sorte de féroce jovialité.

Il était grand avec des épaules tombantes et un large visage rubicond. Il avait de petits yeux porcins qui pétillaient sous ses sourcils broussailleux et une lourde mâchoire.

— De la citronnade ? suggéra Mrs Dinsmead, presque en chuchotant.

— Du thé. Ça vaut mieux de toute façon. Tu as vu ce temps ? il pleut et il vente. Une bonne tasse de thé chaud, voilà ce qui convient pour le dîner par une soirée pareille.

Il eut un clin d'œil facétieux puis se remit à examiner la table.

— Un bon plat d'œufs, du corned-beef froid, du pain et du fromage. Voilà mon menu. Allons, dépêche-toi de nous préparer cela, maman. Charlotte t'attend à la cuisine pour te donner un coup de main.

Mrs Dinsmead se leva, en rembobinant soigneusement sa pelote de laine.

— C'est devenu une très jolie fille, murmura-t-elle. Jolie comme un cœur.

— Le portrait craché de sa mère ! Allons, ne perdons plus de temps.

Mr Dinsmead arpenta la pièce en fredonnant. Puis il s'approcha de la fenêtre, et regarda dehors. « Sale temps, se dit-il. Guère de chances que nous ayons des visites ce soir. »

Il sortit de la pièce à son tour.

Dix minutes plus tard, Mrs Dinsmead arrivait avec un plat d'œufs frits. Suivaient ses deux filles avec le reste du dîner. Mr Dinsmead et son fils Johnnie fermaient la marche. Le père s'assit à la place d'honneur.

— Et béni soit le repas que nous allons prendre... etc., psalmodia-t-il sur le mode comique. Et béni soit l'inventeur des conserves. Que ferions-nous, à des kilomètres de n'importe où, je vous le demande, si nous ne pouvions nous rabattre de temps à autre sur une boîte de conserve quand le boucher oublie de passer ?

Il entreprit de couper le corned-beef avec dextérité.

— Je me demande qui a bien pu avoir l'idée de construire une maison pareille, à des kilomètres de n'importe où, observa sa fille Magdalen d'un ton maussade. On ne voit pas âme qui vive.

— Non, confirma son père. Pas âme qui vive.

— Je ne comprends pas ce qui a pu vous décider à l'acheter, père, dit Charlotte.

— Vraiment, ma fille ? Eh bien ! j'avais mes raisons... oui, j'avais mes raisons.

Il chercha à croiser le regard de sa femme, mais elle fronça les sourcils.

— Et hantée avec ça, dit Charlotte. Pour rien au monde je ne dormirais seule ici.

— Sornettes, dit son père. Tu n'as jamais vu quoi que ce soit, n'est-ce pas ? Allons !

— Je n'ai peut-être rien *vu*, mais...

— Mais quoi ?

Charlotte ne répondit pas mais elle eut un frisson. Une violente rafale de pluie vint frapper les carreaux et Mrs Dinsmead laissa tomber une cuillère qui tinta sur le plateau.

— Tu es nerveuse, maman ? demanda Mr Dinsmead. C'est une nuit d'orage, rien d'autre. Ne t'en fais pas, nous sommes en sécurité ici, à côté du feu, et personne ne viendra nous déranger. Le contraire serait un miracle. Et les miracles n'existent pas. Non, ajouta-t-il comme pour lui-même avec une espèce de bizarre satisfaction, les miracles n'existent pas.

Juste à cet instant, on entendit frapper à la porte. Mr Dinsmead en resta comme pétrifié.

— Qu'est-ce que c'est que ça ? marmonna-t-il.

Mrs Dinsmead poussa un petit gémissement et serra son châle autour d'elle. Des couleurs étaient montées aux joues de Magdalen. Elle se pencha pour dire à son père :

— Le miracle s'est produit. Vous devriez aller voir qui c'est et le laisser entrer.

Vingt minutes plus tôt, Mortimer Cleveland examinait sa voiture sous la pluie et dans le brouillard. C'était vraiment de la malchance ! Deux crevaisons en dix minutes à des kilomètres de tout, au milieu des collines dénudées du Wiltshire, avec la nuit qui tombait et aucun espoir de refuge. Il ne l'avait pas volé. Cela lui apprendrait à vouloir prendre un raccourci. Si seulement il était resté sur la grand-route ! Maintenant il était perdu sur ce qui ressemblait fort à un chemin de terre, sans même savoir s'il existait un village dans les environs.

Perplexe, il regarda autour de lui et aperçut une vague lumière qui brillait là-haut, sur la colline. L'instant d'après, la lumière disparut dans la brume, mais, après avoir attendu patiemment, il l'aperçut de nouveau. Il réfléchit un instant, abandonna sa voiture et entreprit de grimper à flanc de coteau.

Une fois sorti de la brume, il s'aperçut que la lumière provenait de la fenêtre d'une petite maison. Voilà qui représentait au moins un refuge. Mortimer Cleveland pressa le pas, tête baissée contre les assauts furieux du vent et de la pluie qui avaient l'air de conjuguer leurs efforts pour le renvoyer en arrière.

Cleveland était une célébrité, à sa façon, même si la majorité des gens ne connaissait sans doute ni son nom ni ses travaux. Il faisait autorité dans le domaine de la psychiatrie, il avait écrit deux excellents manuels scolaires sur le subconscient. Il était également membre de la Société des Recherches Psychiques et s'intéressait aux sciences occultes dans la mesure où celles-ci pouvaient avoir un rapport avec ses travaux.

Il était d'un naturel particulièrement sensible aux atmosphères, et s'était entraîné à développer ce don. Quand il atteignit enfin la maison et frappa à la porte, il se sentit gagné par une excitation, par un renouveau d'intérêt, comme si, tout à coup, toutes ses facultés s'étaient aiguisées.

Il avait d'abord entendu un murmure de voix

quand il avait frappé, un silence avait suivi, puis le bruit d'une chaise qu'on repousse. Un gamin d'une quinzaine d'années lui avait ouvert la porte. Par-dessus son épaule, Cleveland eut une vue complète du tableau qui s'offrait à lui.

Cela rappelait tout à fait un intérieur de maître flamand. Une table ronde préparée pour le repas, une famille assise tout autour, une ou deux bougies tremblotantes, et le rougeoiement du feu par-dessus. Le père, un grand gaillard, assis d'un côté, une petite femme grise, à l'air effrayé, de l'autre. Face à la porte, une jeune fille qui le regardait droit dans les yeux, stupéfaite, et dont la main, qui s'apprêtait à porter une tasse à ses lèvres, s'était arrêtée à mi-course.

Cleveland remarqua aussitôt qu'elle était d'une beauté peu commune. Ses cheveux d'un blond vénitien, entourant son visage d'un brouillard ; ses yeux, très écartés, étaient d'un gris très pur ; elle avait la bouche et le menton d'une madone italienne.

Un silence de mort régna un moment. Puis Cleveland entra et leur expliqua sa fâcheuse situation. Quand il eut terminé sa banale histoire, un autre silence suivit, plus difficile à comprendre. Avec un effort, le père finit par se lever.

— Entrez, Mr... Mr Cleveland ?

— C'est bien ça, dit Mortimer en souriant.

— Ah ! oui. Entrez, Mr Cleveland. Il fait un temps à ne pas mettre un chien dehors, n'est-ce pas ? Approchez-vous du feu. Ferme la porte, veux-tu, Johnnie ? Tu ne vas pas passer la nuit là ?

Cleveland alla s'asseoir sur un tabouret près du feu. Johnnie referma la porte.

— Dinsmead, c'est mon nom, dit l'homme, très cordial maintenant. Voici la patronne, et puis mes deux filles, Charlotte et Magdalen.

Cleveland voyait pour la première fois le visage de cette jeune fille qui lui tournait le dos jusque-là ; elle était d'une grande beauté également, mais très différente de celle de sa sœur : très brune, un teint de marbre, un nez délicatement aquilin et la bouche sévère. Une espèce de beauté glacée, austère, presque rébarbative. Elle inclina légèrement la tête et fixa sur Cleveland un regard intense, scrutateur. Comme si elle l'évaluait, le mesurait à l'aune de son jugement juvénile.

— Une petite goutte de quelque chose, Mr Cleveland ?

— Merci, répondit Cleveland. Une tasse de thé fera parfaitement l'affaire.

Mr Dinsmead hésita un instant puis ramassa les cinq tasses et versa leur contenu dans un vide-tasses.

— Celui-ci est froid, dit-il d'un ton bourru. Veux-tu nous en faire d'autre, maman ?

Mrs Dinsmead se leva aussitôt et disparut avec la théière. Mortimer eut l'impression qu'elle était heureuse de sortir de la pièce.

Bientôt arriva le thé frais et l'on servit également à manger à l'hôte inattendu.

Démonstratif, aimable, volubile, Mr Dinsmead ne cessa plus de parler. Il se mit à raconter sa vie. Il avait travaillé dans le bâtiment et venait de prendre sa retraite, oui, il s'était bien débrouillé. Mrs Dinsmead et lui s'étaient dit que l'air de la campagne ne leur ferait pas de mal, ils n'avaient jamais vécu à la campagne auparavant. La saison était mal choisie. Octobre et novembre, évidemment... mais ils n'avaient pas voulu attendre. On ne sait jamais ce que l'avenir vous réserve, ils avaient pris cette maison. A douze kilomètres de quoi que ce soit et à trente kilomètres de ce qu'il est permis d'appeler une ville. Non, ils ne se plaignaient pas. Les filles trouvaient bien cela un peu ennuyeux, mais sa femme et lui appréciaient le calme.

Il continuait de parler, laissant Mortimer quasiment hébété par ce flot de paroles. Il n'y avait rien là qu'une vie de famille banale. Et pourtant, à l'instant où il les avait vus pour la première fois, il avait diagnostiqué quelque chose d'autre, une certaine tension, une contrainte émanant de l'un de ces cinq personnages... il ne savait pas lequel. Pure idiotie, ses nerfs lui jouaient des tours ! Ils avaient été surpris par sa soudaine apparition, voilà tout.

Il aborda le sujet de son hébergement pour la nuit, mais la réponse était toute prête :

— Vous allez devoir passer la nuit ici, Mr Cleveland. Il n'y a rien d'autre à des kilomètres à la ronde. Nous pouvons vous offrir une chambre, et si mes pyjamas sont peut-être un peu amples, eh bien ! ce sera toujours mieux que rien et demain matin vos vêtements seront secs.

— C'est très gentil à vous.

— Pas du tout, répondit aimablement Mr Dinsmead. Comme je vous le disais, il fait un temps à ne pas mettre un chien dehors. Magdalen, Charlotte, montez préparer la chambre.

Les deux jeunes filles s'éclipsèrent et bientôt Mortimer les entendit aller et venir au-dessus de sa tête.

— Je comprends parfaitement que deux ravissantes jeunes filles comme les vôtres puissent trouver l'endroit ennuyeux, remarqua Cleveland.

— Elles sont jolies, n'est-ce pas ? dit Mr Dinsmead avec une fierté paternelle. Elles ne ressemblent ni à leur mère ni à moi. Nous formons un couple très ordinaire, mais nous sommes très attachés l'un à l'autre, je peux vous le dire, Mr Cleveland. Pas vrai, Maggie ?

Mrs Dinsmead eut un petit sourire contraint. Elle s'était remise à tricoter, dans un cliquetis d'aiguilles. Elle travaillait très vite.

Quand on lui annonça que la chambre était prête, Mortimer remercia de nouveau ses hôtes et exprima le désir de s'y retirer.

— Avez-vous mis une bouillotte dans le lit ? demanda Mrs Dinsmead, subitement soucieuse d'hospitalité.

— Oui, maman. Deux.

— Très bien, dit Dinsmead. Accompagnez-le, les filles, et voyez s'il lui manque quelque chose.

Magdalen alla s'assurer que la fenêtre était bien fermée. Charlotte jeta un dernier coup d'œil sur la table de toilette. Puis toutes les deux se dirigèrent vers la porte.

— Bonne nuit, Mr Cleveland. Vous êtes sûr que vous avez tout ce qu'il vous faut ?

— Oui, merci, mademoiselle. Je suis confus de vous avoir donné tout ce souci. Bonne nuit.

— Bonne nuit.

Elles refermèrent la porte derrière elles. Mortimer Cleveland se retrouva seul. Pensif, il se déshabilla lentement. Quand il eut passé le pyjama rose de Mr Dinsmead, il ramassa ses vêtements mouillés et les déposa à la porte, comme son hôte le lui avait recommandé. Du rez-de-chaussée, montaient les roulements de voix de Dinsmead.

Quel bavard ! Somme toute, un bizarre personnage. D'ailleurs toute la famille avait quelque chose de bizarre... ou était-ce un effet de son imagination ?

Lentement, il réintégra sa chambre et referma la porte. Debout près de son lit, il se perdit dans ses pensées. Tout à coup, il sursauta !

La table de nuit d'acajou était couverte de poussière. Et, trois lettres avaient été tracées dans cette poussière, clairement lisibles : S.O.S.

Mortimer resta le regard fixé sur elles, comme s'il n'en croyait pas ses yeux. C'était la confirmation de ses vagues impressions, de ses pressentiments. Il ne s'était donc pas trompé. Il y avait quelque chose qui n'allait pas dans cette maison.

S.O.S. Un appel au secours. Mais quelle était la main qui l'avait tracé dans la poussière ? Celle de Magdalen ou celle de Charlotte ? Il se souvenait de les avoir vues l'une et l'autre près de la table un instant. Il les revit devant lui : Magdalen, brune et lointaine, et Charlotte, comme la première fois, stupéfaite, les yeux écarquillés, avec quelque chose d'insondable dans le regard...

Il alla de nouveau ouvrir la porte. On n'entendait plus gronder la voix de Mr Dinsmead. La maison était silencieuse.

« Je ne peux rien faire ce soir, se dit-il. Demain... ma foi, on verra bien. »

Cleveland se réveilla de bonne heure. Il descendit et, par la salle de séjour, gagna le jardin. Après la pluie, la matinée était fraîche et belle. Mais il n'était pas le seul à s'être levé tôt. Accoudée à la barrière, Charlotte avait les yeux fixés au-delà des collines. Le cœur de Mortimer battit un peu plus vite tandis qu'il allait la rejoindre. Il avait tout de suite pensé qu'elle devait être l'auteur du message. Elle l'entendit venir, se retourna et lui souhaita le bonjour. Son regard était direct, ingénu, sans la moindre trace de sous-entendu.

— Belle matinée, dit Mortimer, en souriant. Quelle différence avec hier soir.

— Oui, en effet.

Il brisa une petite branche d'un arbre voisin et se mit à tracer paresseusement des lettres à ses pieds sur le sol sablonneux du sentier. Il forma un S, puis un O, puis un autre S, tout en surveillant étroitement la jeune fille. Là non plus il ne détecta aucune lueur d'intelligence.

— Savez-vous ce que représentent ces lettres ? demanda-t-il brusquement.

Charlotte fronça légèrement les sourcils.

— N'est-ce pas le signal qu'envoient les bateaux, les paquebots, lorsqu'ils sont en détresse ?

Mortimer hocha la tête.

— Quelqu'un l'a écrit sur ma table de nuit hier soir. Je m'étais dit que ce pouvait être *vous*.

Elle le regarda, avec de grands yeux surpris.

— Moi ? Mais non.

Il s'était donc trompé. Il en ressentit une vive déception. Il en avait été si sûr ! Si sûr ! Ses intuitions le trompaient pourtant rarement.

— Vous en êtes tout à fait certaine ? insista-t-il.

— Oh ! oui.

Ils firent demi-tour et reprirent lentement le chemin de la maison. Charlotte semblait préoccupée. Elle répondait au hasard à ses remarques. Et soudain elle déclara, d'une voix basse et pressante :

— C'est... bizarre que vous m'ayez posé cette question. Ce n'est pas moi qui ai tracé ce S.O.S., bien sûr, mais... j'aurais pu aisément le faire.

Il s'arrêta, la dévisagea, mais elle poursuivit rapidement :

— Cela paraît stupide, je le sais, mais j'ai eu si peur, si terriblement peur... Et puis votre arrivée hier soir... on aurait dit... la réponse à quelque chose.

— De quoi avez-vous peur ? demanda-t-il vivement.

— Je ne sais pas.

— Vous ne savez pas ?

— De la maison, je crois... Depuis que nous nous sommes installés ici, ma peur ne fait que grandir. Tout le monde paraît avoir changé. Mon père, ma mère, Magdalen...

Mortimer ne répondit pas tout de suite. Sans lui laisser le temps de le faire, Charlotte poursuivit :

— On prétend que cette maison est hantée, vous savez.

— Quoi ?

Il était de plus en plus intéressé.

— Un homme y a assassiné sa femme... oh ! cela fait des années, maintenant. Nous ne l'avons découvert qu'après notre arrivée. Papa prétend que toutes ces histoires de fantômes sont des sornettes, mais moi... je ne sais pas.

Mortimer réfléchissait rapidement.

— Dites-moi, demanda-t-il d'un ton net, ce meurtre a-t-il été commis dans la pièce où j'ai couché ?

— Je n'en ai aucune idée, répondit Charlotte.

— Je me le demande, murmura Mortimer comme pour lui-même. Oui, ça pourrait être ça.

Charlotte le regarda sans comprendre.

— Miss Dinsmead, avez-vous jamais eu des raisons de penser que vous possédiez des dons de médium ?

Elle ouvrit de grands yeux.

— A mon avis, vous savez que c'est *vous* qui avez écrit ce S.O.S. hier soir, dit-il tranquillement. Oh ! tout à fait inconsciemment, bien sûr. L'atmosphère est entachée d'un crime, si je peux m'exprimer ainsi.

Un esprit aussi réceptif que le vôtre peut en être influencé. Vous avez reproduit les sensations, les impressions de la victime. Elle aurait pu écrire ce S.O.S. sur cette table et vous avez inconsciemment répété son geste.

Le visage de Charlotte s'illumina.

— Je vois, dit-elle. Vous pensez que c'est là l'explication ?

Comme on l'appelait, elle rentra dans la maison, abandonnant Mortimer qui se mit à faire les cent pas dans l'allée. Sa théorie était-elle satisfaisante ? Rendait-elle compte de tous les faits ? Expliquait-elle la tension qu'il avait ressentie en pénétrant la veille dans cette maison ?

Peut-être, et, pourtant, il avait toujours le sentiment curieux d'avoir provoqué quelque chose comme de la consternation par son arrivée soudaine.

« Il ne faut pas que je me laisse entraîner par cette explication psychique, se dit-il. Elle est peut-être valable pour Charlotte... mais pas pour les autres. Mon arrivée les a tous troublés... tous sauf Johnnie. Quelle que soit l'histoire, Johnnie n'en fait pas partie. »

Aussi curieux que cela puisse paraître, il en était absolument certain.

Juste à ce moment-là, Johnnie sortit de la maison et vint vers lui.

— Le petit déjeuner est prêt, dit-il, un peu gêné. Si vous voulez bien entrer...

Mortimer remarqua que les doigts du garçon étaient tachés. Johnnie surprit son regard et eut un petit rire.

— Je passe mon temps à manipuler des produits chimiques, expliqua-t-il. Papa, ça le rend fou. Il voudrait que je travaille dans le bâtiment, mais moi je veux faire de la chimie et de la recherche.

Mr Dinsmead apparut à la fenêtre, immense, cordial, souriant. Sa vue réveilla en Mortimer toute sa méfiance et son aversion. Mrs Dinsmead avait déjà pris place à table. Elle lui souhaita le bonjour de sa voix incolore et il eut de nouveau l'impression que, pour une raison ou une autre, elle avait peur de lui.

Magdalen arriva la dernière. Elle lui fit un petit signe de tête et s'installa en face de lui.

— Vous avez bien dormi ? lui demanda-t-elle tout à coup. Votre lit était confortable ?

Elle le regardait avec gravité et, lorsqu'il lui répondit poliment par l'affirmative, il eut l'impression un instant qu'elle était déçue. A quoi s'attendait-elle ?

Mortimer s'adressa à son hôte.

— Votre fils s'intéresse à la chimie, paraît-il ?

On entendit un bruit. Mrs Dinsmead avait laissé tomber sa tasse de thé.

— Voyons, Maggie, voyons ! fit son mari.

Il y avait comme un avertissement, comme une menace dans sa voix. Dinsmead se tourna ensuite vers Mortimer et lui dévida tous les avantages des professions du bâtiment, ajoutant qu'il ne fallait pas laisser les jeunes viser au-dessus de leur condition.

Après le petit déjeuner, Mortimer sortit seul dans le jardin pour fumer une cigarette. L'heure était venue de quitter la maison. C'était une chose que d'accepter l'hospitalité pour une nuit, c'en était une autre que de prolonger son séjour sans une bonne excuse. Et quelle bonne excuse invoquer ? Pourtant, il répugnait singulièrement à partir.

Tournant et retournant la question dans sa tête, il prit un sentier qui conduisait de l'autre côté de la maison. Avec ses chaussures à semelle de crêpe, il ne faisait pratiquement pas de bruit. En passant devant la fenêtre de la cuisine, il entendit Dinsmead qui parlait, et ce qu'il disait attira aussitôt son attention.

— Cela fait une belle somme d'argent.

Mrs Dinsmead répondit quelque chose, trop bas pour que Mortimer puisse distinguer les mots, mais son mari reprit :

— Pas loin de 60 000 livres, d'après le notaire.

Mortimer n'avait pas l'intention de se montrer indiscret, et il revint sur ses pas, songeur. L'argent paraissait cristalliser la situation. Pour une chose ou une autre, 60 000 livres étaient en jeu, ce qui rendait l'histoire à la fois plus claire et moins jolie.

Magdalen sortit de la maison, mais son père la rappela immédiatement. Au bout d'un moment, Dinsmead lui-même vint rejoindre son hôte.

— Belle journée ! lança-t-il cordialement. J'espère que votre voiture est en aussi bonne condition.

« Il veut savoir quand je vais me décider à partir », se dit Mortimer.

Tout haut, il remercia de nouveau Mr Dinsmead de son hospitalité si opportune.

— De rien, de rien, répliqua celui-ci.

Magdalen et Charlotte sortirent ensemble de la maison et, bras dessus bras dessous, allèrent s'asseoir sur un siège rustique, un peu plus loin. La tête brune et la tête blonde formaient un plaisant contraste et Mortimer remarqua spontanément :

— Vos filles sont très différentes, Mr Dinsmead !

Celui-ci, qui allumait sa pipe, fit un mouvement brusque et laissa tomber son allumette.

— Vous croyez ? Ma foi, oui, peut-être bien.

Mortimer eut un éclair d'intuition.

— Mais, bien sûr, elles ne sont pas toutes les deux vos filles, dit-il légèrement.

Dinsmead le regarda, hésita un instant, puis se décida :

— Vous êtes très fort, monsieur. Non, l'une est une enfant adoptée. Nous l'avons eue bébé et nous l'avons élevée comme notre fille... Elle ne connaît pas la vérité mais il va falloir qu'elle l'apprenne bientôt, dit-il en soupirant.

— Une histoire d'héritage ? suggéra Mortimer.

Dinsmead lui lança un regard soupçonneux. Puis il parut penser que la franchise était préférable. Il devint aussitôt presque agressivement franc et ouvert.

— C'est curieux que vous disiez cela, monsieur.

— C'est de la télépathie, hein ? dit Mortimer en souriant.

— Voilà ce qui s'est passé, monsieur. Nous avons recueilli Magdalen pour rendre service à sa mère

— moyennant rétribution, car à l'époque je débutais tout juste dans la construction. Il y a quelques mois, j'ai remarqué une annonce dans les journaux, et il m'a semblé que l'enfant dont il était question était notre Magdalen. Je suis allé voir les hommes de loi, et nous avons longuement parlé. Ils étaient méfiants, naturellement, mais maintenant tout est éclairci. Je dois emmener Magdalen à Londres la semaine prochaine. Jusqu'ici, elle ignore tout. Son père, semble-t-il, était un de ces Juifs très riches. Il n'a appris l'existence de l'enfant que quelques mois avant sa mort. Il a donc mis des gens sur sa trace et elle devait hériter de sa fortune quand on l'aurait retrouvée.

Mortimer écoutait avec attention. Il n'avait aucune raison de douter de ce que lui racontait Mr Dinsmead. Voilà qui expliquait la ténébreuse beauté de Magdalen ; qui expliquait aussi, peut-être, ses manières distantes. Et pourtant, même si l'histoire était vraie, il y avait quelque chose de non dit là-dessous.

Mais Mortimer ne voulait pas éveiller les soupçons de son hôte. Il devait au contraire abonder dans son sens pour les dissiper.

— Une histoire très intéressante, Mr Dinsmead, dit-il. Mes félicitations à miss Magdalen. Belle et héritière, elle a un avenir glorieux devant elle.

— En effet, reconnut son père. Et une très gentille fille avec ça, Mr Cleveland.

Il lui prodiguait toutes les marques de la plus chaleureuse cordialité.

— Eh bien, il faut que j'y aille, maintenant. Je vous remercie encore une fois, Mr Dinsmead, pour votre hospitalité si providentielle.

Accompagné de son hôte, Mortimer alla prendre congé de Mrs Dinsmead. Elle était à la fenêtre, le dos tourné, et ne les entendit pas entrer. Lorsque son mari déclara d'un ton jovial : « Voici Mr Cleveland qui vient te dire au revoir », elle sursauta et se retourna si brusquement qu'elle laissa tomber ce qu'elle tenait à la main. Mortimer le ramassa, c'était une miniature de Charlotte, dans le style à la mode vingt-cinq ans plus tôt. Mortimer lui renouvela ses remerciements. Et il remarqua de nouveau le regard craintif et les coups d'œil furtifs qu'elle lançait à son mari.

Les deux jeunes filles n'étaient pas là, mais Mortimer n'avait pas pour politique de paraître anxieux de les voir. D'ailleurs, il avait sa petite idée à ce propos — laquelle n'allait pas tarder à se confirmer.

Il avait parcouru huit cents mètres environ en direction de l'endroit où il avait laissé sa voiture quand, au bord du chemin, les buissons s'écartèrent et Magdalen apparut.

— Il fallait que je vous voie, dit-elle.

— Je vous attendais, répondit-il. C'est vous qui avez tracé les lettres S.O.S. sur ma table de nuit, n'est-ce pas ?

Magdalen hocha la tête.

— Pourquoi ? demanda doucement Mortimer.

La jeune fille se mit à arracher les feuilles des buissons.

— Je ne sais pas. Franchement, je ne sais pas.

— Racontez, dit Mortimer.

Magdalen poussa un profond soupir.

— Je suis une femme terre à terre, dit-elle. Je ne suis pas le genre de personne qui imagine des choses. Je sais que vous croyez aux fantômes et aux esprits. Moi pas. Et si je dis qu'il y a quelque chose d'anormal dans cette maison, j'entends par là quelque chose de tangible ; pas un simple écho du passé. Cela dure depuis que nous sommes arrivés. Et cela empire chaque jour. Papa est différent, maman est différente, Charlotte est différente.

Mortimer l'interrompit.

— Et Johnnie ? demanda-t-il.

— Non, répondit-elle. Maintenant que j'y pense, Johnnie n'a pas changé. C'est le seul... à ne pas être affecté. Comme hier soir, par exemple, quand nous avons pris le thé.

— Tandis que vous ?

— J'avais peur... horriblement peur, comme un enfant... sans savoir de quoi. Et mon père était...

bizarre, il n'y a pas d'autre mot : bizarre. Il a parlé de miracles et, quand je me suis mise à prier... à prier, vraiment, pour que se produise un miracle, *vous* avez frappé à la porte.

Elle se tut brusquement et le regarda fixement.

— Vous devez penser que je suis folle, dit-elle d'un air de défi.

— Non. Bien au contraire, vous me semblez tout à fait saine d'esprit. Tous les gens sains d'esprit sentent venir le danger quand il se rapproche.

— Vous ne comprenez pas. Je n'avais pas peur... pour moi.

— Pour qui, alors ?

De nouveau, elle secoua la tête.

— Je ne sais pas. J'ai écrit S.O.S. sur une impulsion. J'avais le sentiment... absurde, sans aucun doute, qu'ils ne me laisseraient pas vous parler... les autres, je veux dire. Je ne sais pas ce que je voulais vous demander de faire. Je ne le sais toujours pas.

— Peu importe, dit Mortimer. Je vais le faire.

— Que pouvez-vous faire ?

Mortimer sourit :

— Je peux réfléchir.

Elle le regarda, sceptique.

— Oui, on peut faire beaucoup de cette façon, beaucoup plus que vous ne l'imaginez. Dites-moi, avez-vous par hasard entendu un mot, une phrase qui vous aurait frappée, juste avant ce repas, hier soir ?

Magdalen réfléchit.

— Je n'ai pas l'impression. Du moins, j'ai entendu papa dire à maman que Charlotte était son portrait craché, et il a ri d'une drôle de façon... mais il n'y a rien de bizarre là-dedans, non ?

— Non, dit lentement Mortimer, sauf que Charlotte ne ressemble pas à votre mère.

Il resta un instant perdu dans ses pensées puis il remarqua que Magdalen l'observait sans comprendre.

— Rentrez chez vous, mon enfant, et ne vous inquiétez pas. Laissez-moi faire.

Elle obéit et prit la direction de la maison. Mortimer poursuivit d'abord son chemin, puis s'allongea sur l'herbe. Il ferma les yeux, chassa toute pensée, tout effort conscient et laissa une série d'images lui traverser l'esprit.

Johnnie ! Il en revenait toujours à Johnnie. Johnnie, tout à fait innocent de ce réseau de suspicion et d'intrigue, mais néanmoins le pivot autour duquel tout s'ordonnait. Mortimer se souvint de Mrs Dinsmead laissant tomber sa tasse ce matin, au petit déjeuner. Qu'est-ce qui avait bien pu provoquer cette agitation ? Son allusion au goût du gamin pour la chimie ? Sur l'instant, il n'avait pas fait attention à Mr Dinsmead, mais il le revoyait clairement maintenant, sa tasse à mi-chemin des lèvres.

Ce qui le ramena à Charlotte telle qu'il l'avait vue la veille, quand la porte s'était ouverte. Le regardant fixement par-dessus sa tasse de thé. Un autre souvenir lui revint ensuite : Mr Dinsmead vidant les tasses l'une après l'autre et déclarant : « Ce thé est froid. »

Mortimer revit la vapeur qui montait. Ce thé n'était pas si froid après tout.

Quelque chose remua dans son cerveau. Le souvenir d'une lecture récente. L'histoire de toute une famille empoisonnée à cause de l'imprudence d'un jeune garçon. Un paquet d'arsenic qu'on avait laissé dans le cellier s'était petit à petit déversé en dessous, sur le pain. Il avait lu ça dans le journal. Mr Dinsmead l'avait probablement lu, lui aussi.

Les choses commençaient à s'éclairer...

Une demi-heure plus tard, Mortimer Cleveland sautait brusquement sur ses pieds.

Le soir était de nouveau tombé sur la maison. Aujourd'hui, les œufs étaient pochés, et on avait ouvert une boîte de fromage de tête. Mrs Dinsmead arriva de la cuisine avec la grande théière. La famille s'installa autour de la table.

— Quelle différence avec le temps d'hier soir, observa Mrs Dinsmead en jetant un coup d'œil par la fenêtre.

— Oui, dit Mr Dinsmead, c'est si calme, ce soir, qu'on entendrait tomber une épingle. Maintenant, maman, sers-nous, tu veux ?

Mrs Dinsmead remplit les tasses et les passa à la ronde. Tout à coup, comme elle reposait la théière, elle poussa un petit cri et porta la main à son cœur. Mr Dinsmead se retourna pour suivre le regard terrifié de sa femme. Mortimer Cleveland était à la porte.

Il entra, aimable et s'excusant.

— Désolé de vous avoir fait peur. J'ai dû revenir chercher quelque chose.

— Chercher quelque chose ? cria Mr Dinsmead, le visage congestionné, les veines saillantes. Chercher quoi ? J'aimerais le savoir.

— Un peu de thé, répondit Mortimer.

D'un geste vif, il sortit un objet de sa poche. Puis il s'empara d'une tasse et vida un peu de thé dans le tube à essai qu'il avait dans la main.

— Qu'est-ce... qu'est-ce que vous faites ? souffla Mr Dinsmead dont le visage, de rouge qu'il était, était devenu comme par magie d'un blanc de craie.

— Vous lisez les journaux, je pense, Mr Dinsmead ? Je suis sûr que oui. On y lit parfois comment, lors de l'empoisonnement d'une famille entière, certains se rétablissent et d'autres pas. Dans le cas présent, *l'un de vous ne se serait pas rétabli*. On aurait pensé d'abord à la boîte de fromage de tête que vous étiez en train de manger. Oui, mais à supposer que l'on soit tombé sur un médecin soupçonneux, pas dupe de la théorie de la boîte de conserve ? Il y a un paquet d'arsenic dans votre cellier. Et sur le rayonnage inférieur, un paquet de thé. Comme il existe un trou providentiel à l'étage supérieur, quoi de plus naturel que de supposer que l'arsenic est tombé dans le thé par accident ? On aurait accusé votre fils Johnnie d'imprudence, et voilà tout.

— Je... je ne comprends pas ce que vous voulez dire, murmura Dinsmead.

— Je crois que si, dit Mortimer, qui prit une deuxième tasse dont il emplit un second tube à essai.

Il fixa une étiquette rouge sur l'un et une étiquette bleue sur l'autre.

— Le tube à l'étiquette rouge contient du thé de la tasse de votre fille Charlotte, l'autre du thé de la tasse de votre fille Magdalen. Je suis prêt à jurer que dans le premier on va trouver quatre ou cinq fois plus d'arsenic que dans le second.

— Vous êtes fou, dit Dinsmead.

— Mon Dieu, non ! Je ne suis rien de pareil. En vérité, Mr Dinsmead, Magdalen est votre fille. C'est Charlotte que vous avez adoptée, une enfant qui ressemble tellement à sa mère que lorsque j'ai eu en main la miniature la représentant, j'ai cru que c'était le portrait de Charlotte. Vous vouliez que votre fille par le sang hérite de la fortune, et comme il était impossible d'escamoter Charlotte, et que quelqu'un ayant connu sa mère aurait pu découvrir une ressemblance criante, vous avez décidé, ma foi... de mettre une pincée d'arsenic au fond d'une tasse.

Mrs Dinsmead poussa un grand cri et s'agita hystériquement, d'avant en arrière.

— Du thé ! glapit-elle. Voilà pourquoi il a dit du thé, pas de la citronnade.

— Tais-toi, tu veux ! lança son mari, furieux.

Charlotte dévisageait Mortimer, les yeux ronds, sans comprendre. Celui-ci sentit qu'une main se posait sur son bras : Magdalen l'entraîna à l'écart.

— Ces tubes... commença-t-elle. Mon père... Vous n'allez pas...

— Ma chère petite, dit Mortimer, en lui mettant la main sur l'épaule, vous ne croyez pas au passé. Moi, si. Je crois à la pernicieuse atmosphère de cette maison. S'il n'était pas venu habiter ici, peut-être — je dis bien *peut-être* — que votre père n'aurait pas conçu ce plan. Je conserve ces deux tubes pour protéger Charlotte. Dans le présent et dans l'avenir. A part ça je ne ferai rien, ne serait-ce que par gratitude envers la main qui a tracé ce S.O.S.

Table

Composition réalisée par JOUVE

Achevé d'imprimer en mai 2011 en Espagne par
Black Print CPI Iberica, S.L.
San Andreu de la Barca (08740)
Dépôt légal 1re publication : avril 2001
Édition 04 – mai 2011
LIBRAIRIE GÉNÉRALE FRANÇAISE – 31, rue de Fleurus – 75278 Paris Cedex 06

31/8207/8